本书获教育部人文社会科学研究规划青年基金项目
"当代美国亚裔都市叙事中的'漫游者'空间政治研究"资助
（项目批准号：19YJC752029）以及集美大学学科建设经费资助，特此致谢

# 都市行走中的空间重绘：

# 当代美国亚裔都市叙事中的

# "漫游者"空间政治

王 斐 ◎ 著

厦门大学出版社 国家一级出版社
XIAMEN UNIVERSITY PRESS 全国百佳图书出版单位

**图书在版编目（CIP）数据**

都市行走中的空间重绘：当代美国亚裔都市叙事中
的"漫游者"空间政治 / 王斐著. -- 厦门：厦门大学
出版社，2022.12
　　ISBN 978-7-5615-8770-6

　　Ⅰ．①都… Ⅱ．①王… Ⅲ．①亚细亚人-文学研究-
美国-现代 Ⅳ．①I712.065

中国版本图书馆CIP数据核字(2022)第188404号

出 版 人　郑文礼
责任编辑　王扬帆
美术编辑　张雨秋
技术编辑　许克华

出版发行　厦门大学出版社
社　　址　厦门市软件园二期望海路39号
邮政编码　361008
总　　机　0592-2181111　0592-2181406(传真)
营销中心　0592-2184458　0592-2181365
网　　址　http://www.xmupress.com
邮　　箱　xmup@xmupress.com
印　　刷　厦门市金凯龙包装科技有限公司

开本　720 mm×1 020 mm　1/16
印张　11.25
字数　202千字
版次　2022 年 12 月第 1 版
印次　2022 年 12 月第 1 次印刷
定价　50.00 元

厦门大学出版社
微信二维码

厦门大学出版社
微博二维码

# 序

　　美国亚裔文学是美国少数族裔文学的一个重要分支,是美国多元文化格局的重要组成部分。虽然亚裔文学创作出现的时间较早(至少是在 19 世纪 80 年代),但其引起美国文学研究界的真正关注则是在 20 世纪 60 年代。这一迟来的关注既得益于 1965 年美国移民局对中国移民配额制度的取消,同时也是美国民权运动、反战运动、学生运动、妇女解放运动等社会运动所带来的结果。不过,这一领域真正产生具有重要影响的成果则是在 20 世纪八九十年代。国内该领域的研究大约起步于 20 世纪 80 年代末,但与美国学界的情况不同的是,国内对美国亚裔文学的研究主要集中在华裔文学这部分,源自亚洲其他国家的美国亚裔文学既不为普通读者所了解,亦不为学界所重视。这是因为在美国亚裔文学的整个研究范畴之内,华裔文学诞生和发展的历史最长、作家和研究者规模最大、文本数量与种类也较其他亚裔文学更加丰富多元,故国内外相关研究成果也比其他亚裔文学更为深刻而且系统。此外,由于种族血缘关系,国内对华裔文学的研究更加充分、更加深刻,起步也较早。华裔文学研究的迅猛发展无疑带动了我国对亚裔文学整体的研究,使其在美国族裔文学研究的整体版图中占据了更加重要的位置。但从整体来看,美国亚裔文学各分支共享着许多相同或相似的经历,都体现出跨界性(文化疆界、国族疆界、语言疆界)、流散性、后殖民性、传记性、边缘性等特点,在政治诉求、文化背景和传统理念上有很多契合或者暗合之处。而在美国主流看来,所有来自亚洲各国的移民统统可以称作"亚裔"(the Asians),而不太会严格区分中国人、印度人、越南人或者日本人等。这种族裔定位和归类方式无疑对我们也产生了一定的影响。所以进入 21 世纪之后,国内很多急于开辟研究新路径的研究者都采取了一种更为宏观、更加包容的视角,将整个美国亚裔文学纳入考察的范围。

　　半个多世纪以来,国内外对亚裔文学所采取的研究视角呈现出一种多元态势,常见的核心研究视角包括:社会/文化/政治研究、女性主义研究和酷儿研究、跨国主义和跨文化研究、后殖民主义和身份认同研究、生态批评研究、后现代主义研究、精神分析研究、创伤研究、比较文学研究等。国内外的批评发展脉络也大致表现为三个有所交错的阶段:第一,从社会、政治、历史角度出发进行族裔性建构和文化身份的追寻;第二,从族裔性和文化身份建构转向对文学特质和美学内涵的追求;第三,从对文学美学性的探寻转向对文学中具有普遍意义和世界主义特征的议题的关注。而王斐博士的这本专著所采取的研究视角基本上属于后现代主义思潮影响下的文学的空间政治研究,因其角度新颖、选材精当和视野开阔而让人有耳目一新之感。

　　王斐博士的著作虽是其教育部人文社科青年项目的结项成果,但其实她在这一领域的研究,早在八年前攻读博士学位期间就已经开始了。经过四年的潜心研究和不断思索,终于有了这本充满真材实料的著作。该著作研究的是当代美国亚裔都市叙事,其切入点是"都市漫游者"(flâneur),理论工具是空间理论,主要包括法国思想家列斐伏尔(Henri Lefebvre)的空间生产理论以及福柯(Michel Foucault)、索亚(Edward Soja)、德塞托(Michael de Certau)、胡克丝(bell hooks)等理论家的相关理论。这里的美国亚裔都市叙事主要是指自20世纪60年代至今,亚裔作家以美国大都市为背景所创作的小说文本。这些小说通过对都市空间生产、权力-话语宰制、种族/性别/阶级压迫等层面的透视,讲述以亚裔族群为代表的美国都市弱势群体如何逾越与颠覆种种既定的非正义空间,追寻空间正义的都市经验。在作者看来,空间视角下的美国亚裔文学突显了种种空间暴力,包括贫困阶层生存空间的萎缩化、基于种族和性别话语形成的弱势群体的边缘化,以及文化空间的歧视压迫、政治空间的暴力驱逐等。那么,作者对这一都市地理空间的"重绘",就是要挖掘美国都市中蕴藏的空间政治、意识形态和权力关系,运用后现代文本策略参与都市空间意义的生产建构过程,扰乱和松动原有的阶级、种族、性别的疆界,开辟包容差异性的空间,于其中彰显亚裔族群的历史记忆、语言文化和性属意识。显而易见,作者通过对美国亚裔文学领域六位著名作家的文本的细腻解读,成功地达到了预期的研究目标。作者指出,这些亚裔作家成功地讲述了美国都市空间中阶级、种族、性别和身份等多种权力关系的纠葛,生动地再现了亚裔族群对白人文化霸权的抵抗与颠覆,揭示了都市空间的非正义性,并通过"都市行走"、"越界"、"重新命名"和"重绘"等"战术性"叙事,动摇了都市空间中的非正义性结构和规则,以勃发的想象力对其进行了重构,彰显了亚裔族群的集体性记忆和性属意识,使被边缘化的他者重新获取了主体地位,被消音的他者之声得以被听见,揭示了都市空间所隐含的解放潜质并从中开辟出一富有生产性的新空间。

众所周知,自20世纪下半叶以来,后现代主义思潮就主张打破传统上对社会历史的现代性宏大叙事,而推崇一种多维度、多元性、多中心、异质性、解构性、反本质主义的叙事策略、观察视角和思维方式。该著作所采用的空间诗学就兴起于20世纪中期,且在21世纪初呈现出燎原之势,成为一支带有浓厚的后现代色彩的批评劲旅,并愈来愈显示出其重读经典、拓新视角和干预现实的巨大潜力。通过作者对六位作家的都市叙事代表作的深刻解剖和条分缕析,读者可以看出,正是这些都市的边缘人和漫游者面对强势意识形态的不断抗争,对都市空间的解释权和划分权锲而不舍的干预和抢夺,才使得这一空间叙事彰显为一种"再现空间的政治",使都市空间成为对抗权力宰制下的场域,成为颠覆主导性秩序的一个对抗性空间。这些族裔漫游者通过持续地质疑和对抗多种权力关系和主流秩序,终于"有限地"或者"局部地"形成了一种社会性、历史性、文化性和政治性的异质性空间,表述或者"重述"了亚裔族群的叙述权以及对自己的族裔历史、性属意识和政治地位的解释权。在这片模糊暧昧的接触地带,亚裔得以实现主体身份的建构或者重构,他们的文化认同得以恢复或者重塑,在茫茫都市中开辟出一少数族裔的多元文化生存空间。

我们可以看到,作者在书中不仅仅强调干预、抵制和对抗,而且十分注重协商、沟通与包容,而这正是我所一直强调的。我们在这里不仅看到了文化及种族间的巨大差异、历史的沉重负荷和社会的残酷不公,还也看到了后现代社会中异文化交流的必要性和文化互鉴的可能性。在这个随着经济和金融全球化而日益文化全球化的21世纪,异文化之间的包容和融合已成为十分必要的文化交往态度和交往策略。文明之间老死不相往来的时代早已随着全球化的不断推进走入了历史的死胡同,而缔造一种含纳不同种族、不同文化、不同地域甚至不同意识形态的全人类或者超人类共同体迟早将成为人类的共识。然而,理想的社会文化形态和世界性治理模式的实现不会是一个近期目标,就其实践性难度和复杂程度而言也不是一蹴而就的,但这不妨碍我们去大胆地憧憬这样一种理想的社会形态和共处模式,更不妨碍我们去从文学中发掘文化共融和文明互鉴的精神资源,去不断启蒙所有种族、所有国家的人们——包括我们自己——反思我们当下的人类境况,设想未来的人类图景,并共同为着这样一个遥远且美好的前景而不懈努力。

王斐博士在其研究中关注被美国主流社会边缘化的少数族裔群体，而在这个群体中她又尤其关注女性作家，在她所集中讨论的六位亚裔作家中就有四位是女性。王斐不但深入探讨了作为少数族裔的亚裔人需要共同面对的来自主流的种族歧视、社会压制和阶级盘剥，而且从一位中国女性学者的视角探讨了女性叙事的独特性及其所呈现出来的一种双重边缘化的存在状态；她提醒我们不但要在族群（或者社群）内外寻求合作、建立同盟，而且要对来自族群内部的异性压制或者父权压迫时刻保持警惕。

美国的少数族裔文学纷繁复杂、异彩纷呈，近半个世纪以来无论是其文学创作还是研究都显出蔚为大观之势。王斐博士的这本专著从都市空间诗学的理论视角，对当代美国亚裔作家颇具代表性的都市文学作品进行了富有新意的研究，获得了令人耳目一新的发现；但这并不是说就没有进步的空间了。一方面，王斐的著作所涉及的作家作品数量还可以进一步扩展，将考察的范围扩大一些；在论述的过程中也要旁及同时代的其他作家作品，这样就能更好地勾勒出当代美国亚裔文学的概貌，也能让读者更容易看清其在整个美国文学史中的地位。另一方面，我一向认为理论是一种认知框架和分析工具，我们在文本分析中不必拘泥于某一种理论，更没必要"忠于"某种理论，因为并不存在某种放之四海而皆准的理论，所以在对文学文本的研究中，文本是中心，而作为工具的理论是可以有所取舍，甚至是可以修正的。

总而言之，王斐博士的著作选题新颖，资料翔实，论证扎实，富有新意，是国内首部以都市漫游者为切入点，以空间理论为分析工具，对当代美国亚裔都市文学进行深入研究的著作。我真诚地期盼王斐博士继续在美国文学领域深耕细作，并不断产出新的成果。

生安锋
**2023 年 1 月于清华园**

# 目　录

# 绪　论

20 世纪 70 年代初期以来,空间研究逐步进入当代西方社会学领域以及人文学科研究的阐释视野①。在学术研究呈现"空间转向"(spatial turn)的过程中,空间不再仅仅被认为是具有物质属性的环境或纯粹的客体对象,而是具有精神属性并能够表征生活意义的观念形态。更为重要的是,空间能够决定社会行动,进而具备寻求社会正义的政治性。正如后现代空间学者索亚(Edward W. Soja)所言:

> 我们生活的空间维度从来没有像今天这样具有更大的现实和政治意义。无论我们是否采取政治行动的方法,以处理日益严重的贫穷、种族主义、性别歧视和环境退化等问题,或者试着去理解全球不断增加的地缘政治冲突,我们越来越意识到,我们本质上是空间的存在,而且我们一直积极地参与着空间性的社会建构……空间已经成为当代生活世界的理论和实践意义的重要组成部分。(*Thirdspace* 1)

---

① 列斐伏尔(Henry Lefebvre)于 1974 年出版的《空间的生产》(*The Production of Space*)致力于理解空间(生产)在社会生产关系再生产中的重要性。列斐伏尔在该书中指出,空间是一种社会产品,或一种复杂的社会结构(基于价值和意义的社会生产),影响着空间实践和感知。这一论点意味着研究视角从空间向空间生产过程的转变。他指出,必须关注社会生产和社会实践中产生的空间多样性,并挖掘空间生产过程中的矛盾、冲突以及最终的政治性。列斐伏尔进一步指出,都市空间的社会生产是社会再生产的基础,因此也是资本主义本身的基础;都市空间的社会生产是由霸权阶级所操弄的,作为再现其统治地位的工具。上述观点引领了城市理论,尤其是人文地理学研究视阈的空间转向,如哈维(David Harvey)、梅西(Doreen Massey)和索亚(Edward W. Soja)等学者的研究著作多围绕都市空间生产、空间正义等议题展开讨论。

可以说,当代学术思想界对空间的再审视与再思考,给整体学术研究范式带来了巨大变革。"空间转向"对哲学、社会学、城市学、文学、文化研究等学科的研究产生了巨大影响,并逐步建构起一种"空间化"的理论视阈,各个学科在空间理论的牵引下彼此交叉渗透。不可否认的是,对空间的总体研究,尤其是都市空间的研究,占据了都市文学和都市文化研究领域的很大一部分。在此情境下,以空间视角展开文学批评,在二者互动阐释的过程中挖掘文学与空间的辩证关系,也日益成为文学批评转型的创新点。

亚裔都市叙事主要经由想象和文学创作,以真实地理的书写行为挖掘美国都市中蕴藏的空间政治、意识形态和权力关系;其运用后现代文本策略参与都市空间意义的生产建构过程,扰乱和松动原有的阶级、种族、性别的疆界,开辟包容差异性的空间,于其中彰显亚裔族群的历史记忆、语言文化和性属意识。因此,本书拟在现有亚裔美国文学批评的基础之上,以空间理论及与空间理论交互影响而发展起来的文化研究理论为理论基础,对当代美国亚裔都市叙事代表文本中"漫游者"所彰显的空间政治进行编码与解码,挖掘其逾越权力宰制下的都市空间的解放力量。首先,绪论对都市、都市叙事进行定义,并从都市空间文化研究以及美国亚裔都市文学研究两个方面,梳理美国亚裔都市叙事关于主体再现、历史书写、族裔文化等重大议题;其次,对相关的国内外研究现状进行述评;最后,就本书研究思路及内容、研究重点进行简要概述。

# 第一节 亚裔都市叙事的定义

都市生活常常成为文学创作的重要题材,并且在空间转向的思潮中,文学中的都市已经作为一种文化现象综合体,成为作者呈现都会群体的各类观点以及生活经验的文化空间,成为揭示社会文化表征的重要符号,其中所凸显的问题也超越了都市居民个人主义或者个别城市的范畴,极力彰显了社会文化景观。美国都市对于少数族裔作家具有特殊意义的原因是,就像它的形象出现在美国主流小说和诗歌中一样,城市实际上是一种文化建构,而少数族裔与文化问题紧密相关。骆里山(Lisa Lowe)认为,"跨越国界"的亚裔都市作家运用离散书写干扰或挑战了都市文化霸权("Heterogeneity" 22-24)。具体言之,亚裔作家的都市体验以种族、阶级、性别的面向,使美国都市成为亚裔族群与美国强势霸权和文化颉颃交锋的"抵抗场所"(site of resistance),从中开辟富有生产性的空间,彰显其中的文化和空间政治。美国亚裔都市叙事(Asian American urban narratives)属于亚裔美国文学的一种文学体裁。下面将亚裔都市叙事置于美国都市的发展脉络下,梳理其定义及政治内涵。

## 一、都市的定义

在对都市叙事(urban narratives)进行定义之前,先厘清其中的都市之内涵。根据《牛津英语词源词典》的阐释,本书所采用的 urban 一词来自拉丁语 urbanus,在拉丁语中意为"与城市或与城市生活有关的"。urban 在英语中作为形容词使用,表示"显示城市生活的特征,与城市或城镇相关的",与 rural (乡村的)一词互为反义词(Onions 531)。urban 一词在美国英语中更具"和大都会有关的"之意,如纽约、洛杉矶、费城、华盛顿等大都市(metropolis)就被称为都市地区(urban areas);在 20 世纪八九十年代美国文化中,urban 则与 suburb(郊区的、郊区)一词相对应,前者表示中低收入者居住的市中心的内区域(inner city),后者则表示中上层阶级居住的市郊,从而具有阶级区分之意涵(Cochrane 18-19)。与英语形容词 urban 相关联的名词为 city(城市),根据《布莱克维尔社会词典:社会学语言使用指南》(*The Blackwell Dictionary of Sociology: A User's Guide to Sociological Language*,2000)的阐释,城市就是以非农业性为特征的、社区人口集中并且社会生产主要是围绕服务和商品而设置的区域(Johnson 135)。根据城市社会学的分析,"城市"(city)是一个统属之词,其包含以下三种形态:"城邦"(polis)、"都市"(metropolis)和"大都市带"(megalopolis)。[①] 根据城市发展形态,全球化时代下的世界城市具有都市或大都市带的形式与特征。那么,何为都市?都市具有不同于古希腊城邦的结构与意识形态,也迥异于封建时代君王贵胄统御的都城,市民阶级萌芽的中世纪城市,以及中产阶级拥有行政自主权的商业城市。都市指的是在 19 世

---

[①] 美国著名城市理论学家芒福德(Lewis Mumford)提出城市发展"五阶段论"——萌芽状态的"生态城市"(eco-polis)、发展阶段的"城市"(polis)、成熟阶段的"都市"(metropolis),以及处于衰竭状态的"超级城市"(megalopolis)与"暴君城"(tyrannopolis)。之后城市社会学界将五个阶段整合分类,得出"城邦"、"都市"和"大都市带"为城市发展的三个典型状态。1961 年,法国地理学家戈特曼(Jean Gottmann)将由美国东北部大西洋沿岸主要城市组成的区域(北起马萨诸塞州,南到弗吉尼亚州的 10 个州)定义为"大都市带"。具体可见刘易斯·芒福德:《城市发展史:起源、演变和前景》.宋俊岭,倪文彦译.北京:中国建筑工业出版社,2005.

纪蓬勃发展的工业革命下所形成的现代城市,在其演变过程中,已成为一个与资本主义工商业文明紧密相连,拥有大量甚至巨型人口体量,并自成特殊的经济活动与文化特色的空间。一言以蔽之,都市是人类城市历史发展的高级空间形态与当代城市化进程的最高逻辑环节的统一(刘士林 18)。结合城市发展演变以及特征的分析,本书所涉及的当代美国城市(如纽约、洛杉矶)可以称为都市或者"大都市带"中的核心都会城市。为了与之相契合,本书中 urban narratives 的 urban 一词应理解为"都市的",较之于"城市的"更为确切,故此为将其译为都市叙事的第一个原因。

另外,列斐伏尔(Henry Lefebvre)则从空间生产特征的维度对人类社会城市的演变阶段进行分类与界定:分别为城邑(ville)、城市(cité)以及都市(urbain)(《空间与政治》50),与之相对应的人类历史时期则分别为农业时代、工业时代和都市时代。列斐伏尔认为,都市是后工业时代国家和政治权力空间实践介入的产物,是由社会生活的各种要素集聚而成的,包括了从土地生产出来的农产品到文化体系所生产的符号与作品这样广泛的要素。列斐伏尔在《空间政治》中指出,后工业时代的都市空间的同质性(homogène)与同时性(simultané)排除了时间和节奏,从而使国家依据其统治目的对都市空间做任意的形式、结构和功能的规划、分割与隔离,并赋予等级秩序(54)。此外,都市具有构成性的中心并集结了财富、压迫性的权力和信息:"中心性的本质恰恰是其生产边缘活动的基础,中心挑拨并放逐边缘,它们维持并抛弃边缘;决策中心(比如权力、权威、信息和知识中心)将那些不服从权力的事物置于远离它们的地方"(引自张笑夷 35)。但列斐伏尔同时指出,都市的中心并非都是固若金汤的,来自边缘的反抗力量促使其进行着自我瓦解,边缘与中心颉颃相争,使都市空间处于流动变化的状态:"随着都市的扩张,一种在日常话语中被奉若神明的空间被颠覆了,它就是常识、知识、社会时间和政治权力的空间……欧几里得和透视法的空间作为参照体系已经消失了,连同其他一些从前的公共场所,例如城镇、传统伦理、夫权、政治权力的秩序等"(The Production of Space 28)。具体言之,都市不仅是一种地理空间的指涉,更是崭新的经济组织形式以及社会关系产生的场域(field)。场域这个空间概念源自布迪厄(Pierre Bourdieu)以关系式思维对社会空间中或明或暗的权力运作机制的阐释。布迪厄认为,场域的本质是行动者争夺有价值的支配性资源的空间场所;构成场域的最基本因素是占据社会不同位置和地位的行动者所构成的多元社会关系网络。这些社会空间网络由身居不同社会地位的社会行动者所握有的权力和资本,以及其所具有的精神状态和精神力量,依靠各种象征性符号系统彰显的文化因素所组成。场域是一个动态而非静态的空间,在场域中,行动者依据其占有的位置和拥有的特定资本,采取相应策略,进而生产与构建空间的结构。由于场域中的每一个位置意味着不同的利益诉求,从而呈现出差异性位置所引发的对抗和竞争的客观关系,主要包括支配关系、屈从关系和对应关系等。因此,在这个狼烟四起的动态空间的鏖战中,统治者和被统治者在当中相互角逐,争夺控制场域的支配性价值、评价标准的垄断权。在布迪厄看来,任何统治都隐含着对抗甚至场域和场域边界的确定,都充满着不同力量关系的不断对抗(*The Field of Cultural Production* 18-21)。由此观之,都市作为各种社会力量和因素的场域,是一个包含着潜在的活跃力量的空间,也是一个维护或者改变空间中多重力量格局的场所。具体言之,代表着美国白人资产阶级利益的政治权力团体,在美国都市空间中架构起形形色色的中心,如资本中心、符号中心、信息中心与决策中心等,并对包括少数族裔在内的弱势群体进行种种区隔和边缘化,从而维持其统治的权威,并实现对后者的宰制。换言之,这种美国都市空间的划分与隔离,实现了一系列巩固宰制集团统治的中心/边缘二元秩序的建构。但被剥削、驱逐和宰制的边缘群体则在富有开放性、流动性、解放性的美国都市空间里,从边陲发动对中心的挑战与颠覆,逾越强势权力所设定的阶级、种族和性别的空间宰制。可以说,在全球化时代中,美国都市已呈现后现代语境中的种种社会变化,其所诱发的矛盾焦点,亦成为各种力量博弈角逐,以及进行更为复杂隐蔽的文化冲突的斗争场域,而这些竞争与协商也不断定义与扩充着美国都市的内涵。通过以上分析,本书所涉及的全球化与后现代脉络下的美国都市具备了列斐伏尔所定义的都市特征。

## 二、都市叙事的定义

都市叙事中"叙事"这个概念又该如何界定呢? 热奈特(Gerard Genette)首先对故事(story)、叙事(narrative)和叙述(narration)这三个不同的概念作了界定。他认为故事指真实或虚构的事件,叙事指讲述这些事件的话语或者文本,叙述则指产生话语或者文本的叙述行为。根据他的观点,叙事包含着所叙述的事件、事件所发生之历史顺序、叙事内部所呈现的时间顺序、叙事者的视角与语气、叙事者与受众的关系以及叙述行为本身。具体言之,热奈特从三个层面阐释"叙事"的含义:第一层含义是指"承担叙述一个或一系列事件的陈述,包括口头或书面的话语",即呈现故事的话语。第二层含义是指"连续发生的、真实或者虚构的事件，以及事件之间连贯、反衬、重复等不同的关系"。概而言之，叙事就是以散文或诗的形式叙述一个真实或虚构的事件，或者叙述一连串这样的事件，即事件本身。第三层含义是指"某人讲述某事的事件"，也就是讲述故事这个行为（Abbott 83-87）。美国文学批评家艾布拉姆斯（M. H. Abrams）简要地将其定义为："散文体或诗体的故事，其内容包括事件、人物及其言行。一些文学形式，比如散文体小说和短篇故事、诗体的史诗和传奇，都是由叙述者讲述得很明显的故事"（347）。女性主义叙事学者哈乐薇（Donna Haraway）认为叙事在过往的文学理论传统中，经常被用来指称小说或日记基于对个体、群体或者地理空间抱持的一种特定的认同感或者深刻的情结，而呈现出的独特的虚构性；而在后现代语境中，属于边缘群体的叙事更凸显出本土话语的历史和地理空间。文化研究学者埃德加（Andrew Edgar）则认为叙事是一种通过有效组织语言而形成的表达结构，以连贯和有序的方式记录事件，并认为后现代语境中的叙事具有多元化和异质性，其多重与无限性能够进一步消解与代替元叙事或"宏大叙事"。他进一步指出，以霍米·巴巴（Homi Bhabha）为代表的后殖民主义作家通过返回中心重写有关历史和都市的叙事，表明了由边缘向中心挺近的意图，也由此揭示了在民族主义和后殖民主义的领域中，叙事与身份认同之间存在着密切关系。因而在后殖民语境下，叙事可以被认为就是民族的文化生产或者民族的写作与表述（Edgar 219-220）。

综合上述关于叙事的定义，都市叙事指的是：作家通过对都市情境的想象性书写，讲述都市的生活场景、生活事件、生活方式和体验，并呈现都市空间之社会意义的文本。结合空间理论和文化研究视角观之，当代美国亚裔都市叙事可以进一步理解为：创作于自20世纪60年代至今，以全球化语境下的美国都市为主要背景，由亚裔作家对都市情境进行想象性再现的小说文本；其通过对都市空间生产、权力-话语宰制、种族/性别/阶级压迫等层面的透视，讲述以亚裔族群为代表的美国都市弱势群体如何逾越与颠覆种种既定的非正义空间，追寻空间正义的都市经验。此外，之所以强调"叙事"，是因为本书试图对亚裔作家的书写策略进行研究，同时对其讲述行为进行解读。

都市在人类发展的进程中具备特殊的社会意义，因而"都市一直是权力投射下的经济、政治、宗教空间化的重要场所，也是孕育文学与文化的场域"（Sassen，"Analytic Borderlands" 183）。麦克阿瑟（Colin McArthur）进一步指出都市在叙事文本中的意义："都市，甚至其中的'自然'风景早已深具社会属性，并暗含构建该空间的意识形态。因此，在那些定义与重新定义人类世界乌托邦与反乌托邦的叙事游戏中,都市充当着一枚重要的棋子"(17)。由此可见,都市在文学作品中扮演着举足轻重的角色。美国都市空间的异质性、开放性、多元化、碎片化等特征都为亚裔文学叙事提供了极为深厚与广阔的意义表现空间。

## 三、当代美国亚裔都市叙事概述

在美国移民历史中,亚裔族群与美国工业和都市的兴起及变迁关系密切。在美国工业化和都市化迅猛发展的 19 世纪中叶,作为流散者的众多亚裔族群开始涌入。他们远离故土,向新世界前行,最后的落脚之地往往就是美国的都市。①

亚裔美国人在美国已有 160 多年历史,他们的移民迁徙伴随着美国的工业化和城市化进程。这些亚裔劳工的祖居国多为中国、日本、朝鲜、韩国、菲律宾以及南亚地区(印度、巴基斯坦、孟加拉国)和东南亚地区(越南、老挝和柬埔寨)的国家(吴冰 15)。第一批亚裔劳工(195 名华裔契约劳工)于 1852 年抵达夏威夷甘蔗园与制糖厂。19 世纪 60 年代,由于加利福尼亚州的淘金热和美国西部劳动力的短缺,两万余名亚裔劳工(主要为华裔劳工)作为廉价的劳动力到达加利福尼亚州,从事采矿业,昔日的小渔村旧金山随着纷至沓来的淘金者而蜕变为繁荣的大都市。华裔劳工随后参与了 19 世纪 60 年代美国横贯大陆的太平洋铁路的建设,加快了美国工业化的进程。但随着 19 世纪 70 年代末美国加利福尼亚州经济的低迷,排华浪潮此起彼伏,大部分华工被遣散回国,剩余的华工则离开内华达山脉地区,流落旧金山、纽约等城市街头,从事餐饮、洗衣等行业中边缘低薪的工作。直至 2010 年,华裔人口大都分布于几个大都会区,如纽约(735 019 人)、旧金山(629 43 人)和洛杉矶(522 619 人)(Le 16)。最早的日裔移民于 1868 年的明治维新后,作为劳力输出抵达夏威夷的甘蔗园

---

① 2010 年美国人口普查数据显示,亚裔美国人口为 14 465 124,占美国总人口的 4.7%。除拉美裔之外,亚裔是美国各族裔中人口增长最快的少数族裔。根据 2010 年美国人口普查,华裔是亚裔族群中人数最多的族群,占 24.2%,其次为菲律宾裔(19.9%)、南亚裔(16%)、韩裔(10.3%)、越南裔(10.3%)和日裔(9.7%)。大约 66% 的亚裔美国人集中居住在 5 个州:加利福尼亚州(占州人口的 12.1%)、纽约州(占 5.6%)、夏威夷州(占 63.6%)、得克萨斯州(占 2.9%)、伊利诺伊州(占 3.4%)。54.7% 的亚裔美国人居住在六大都市地区(metropolitan areas),即洛杉矶、纽约、旧金山、檀香山、华盛顿特区——巴尔的摩、芝加哥,其中洛杉矶、纽约和旧金山的亚裔数量位居前三名。以上数据转引自吴冰:《亚裔美国文学导读》.北京:外语教学与研究出版社,2012:19.

和制糖厂,此后逐渐迁徙至美国大陆本土。主要日裔人口同样分布于美国大都会,如洛杉矶(272 528)、纽约(37 780)和华盛顿(35 008)(Le 143)。由于占夏威夷甘蔗园和制糖厂劳动力三分之二的日本工人罢工,夏威夷糖业种植园主协会(Hawaiian Sugar Planter's Association)从 1902 年开始招募朝鲜人来对抗日本工人。于是,最早的一批韩裔于 1902 年抵达夏威夷,从事种植园工作,并逐步向美国本土迁徙。20 世纪 50 年代朝鲜战争的爆发促成了第二次大规模的韩裔难民移民潮,如今韩裔主要定居在美国的洛杉矶(452 000 人)和纽约(141 000 人)两大都会区(Le 193)。美国通过《排华法案》(The Chinese Exclusion Act of 1882)以及与日本签订限制日本劳工入境美国的《君子协定》(The Gentlemen's Agreement of 1908)之后,为了填补美国劳力短缺,菲律宾劳工以美国殖民地侨民(American nationals)的身份,来到夏威夷甘蔗园和美国西海岸的农场工作。由于 20 世纪 20 年代美国农产品价格下跌,菲律宾裔劳力逐步涌入美国工业,并于 20 世纪三四十年代起,分布于美国西岸主要城市的鲑鱼罐头工厂和餐馆。根据 2000 年美国人口普查的结果,美国亚裔人口中,数量仅次于华裔的菲律宾裔大约有 340 万人分布在旧金山、檀香山以及纽约都会区(Brooks 4)。19 世纪末 20 世纪初的南亚裔移民规模很小,先行者中大多数是印度西北部旁遮普邦的锡克教徒,他们三五成行,前往美国西海岸工作。两次世界大战后,随着 1965 年《移民法案》消除了移民基于国家起源的配额,大批主要来自印度的南亚技术移民进入美国。他们主要聚居在纽约都会区中的 20 多个"小印度"(Little India)族裔聚集区,其中,纽约市南亚裔人口达到 227 994 人。受过良好教育并且掌握流利英语的南亚裔移居美国后多从事专业技术工作,如在加利福尼亚州旧金山的硅谷 IT 行业占有一席之地,为美国的 IT 产业发展贡献颇多(Brooks 81)。

通过简要回顾半个世纪以来的亚裔离散历史,可见亚裔对美国工业化、都市化以及文化多样性做出了巨大贡献,其中美国都市已经成为铭刻书写族群离散历史的重要场域,更是亚裔族群在这块新生土地上孕育民族叙事时不可或缺的注脚。亚裔身处主流社会边缘,面临种种不公不义——贫富不均、种族歧视、性别压制、白人强权对少数族裔在人权与公民权上的侵犯、对亚裔劳工的剥削与奴役。亚裔族群的这些遭遇以及随后的抗争与颠覆等,经过亚裔作家的洗礼和升华,都在美国亚裔都市叙事中以多样化的视角得以记录、铭刻与再现。

本书所研究的当代美国亚裔都市叙事,主要指创作自 20 世纪 60 年代至今,以全球化时代的美国都市为主要背景,由亚裔作家书写其族裔如何颠覆美国都市中既定的非正义空间,对抗主流种族/性别论述,以及重构都市少数族裔生存空间的小说文本。当代亚裔都市叙事中的都市不仅仅是空间元素,更是文本化的符号场域,它蕴含着意义的多个层面,并展示其政治意义。邓肯(J. Duncan)认为文本自身就是一种空间:"宽泛地讲,文本可以视为一种空间。在文本的空间中,各种符号互相交织,从而衍生出一种相互关联而又不可分割的意义合成物。作为一种意指实践(signifying practice),文本消解了写作与阅读、生产与消费之间的差别……文本是生产行为和意指行为发生的场所"(27)。罗兰·巴特(Roland Barthes)从符号学视角,将城市景观与文本相关联,通过"解读""解构"城市景观或者再现城市生活,揭示出作为基础的权力关系和文化价值观,并指出城市文本就是那些不稳定的、短暂的意指不断转换为意符的场所,构成了一种"无穷无尽的隐喻的链条,其中的意指总是在后撤,或者将自身转化为意符"("Semiology and the Urban" 95)。巴特的理论极易陷入后结构主义的虚妄,但我们不应忽略其深刻的寓意:既然所有城市使用者都在铭刻着自己与城市空间的关系,那么就不存在科学的、可知的对景观加以阐释的基础——意符与意指之间并无必然直接的关系。可以说,城市文本是被高度体验的,因而可以被人们以数不胜数、高度个性化的方式加以解读。巴特进一步描述了这一高度个性化的阅读与了解城市的过程:"城市是一种话语,而且这种话语是城市讲述给其居民聆听的真正的语言,而作为城市中的人,我们则是通过生活其中、游荡其中、观览其中的方式对我们的城市诉说……同时,城市正在书写。那些城市的使用者们作为城市的阅读者,借用言说的片段秘密将其现实化"(92)。可以说,通过阅读城市文本,我们不仅能够洞悉意指过程和城市空间符号系统建构中的文化意义、权力关系的再现与复制,还能探究都市文本之下潜藏的诸如阶级、种族与性别的社会政治与意识形态的需求,同时发现城市文本也随着个人乃至具体群体的历史之变迁而产生不同的解读与阐释。

综上所述,亚裔都市叙事经由想象和文学创作,以真实地理的书写行为挖掘美国都市中蕴藏的空间政治、意识形态和权力关系,运用后现代文本策略参与都市空间意义的生产建构过程,扰乱松动原有阶级、种族、性别的疆界,开辟包容差异性的空间,于其中彰显亚裔族群的历史记忆、语言文化和性属意识。生活于美国都会的亚裔作家们讲述都市体验与感触,正是将一种都市空间转化为文学符号的意义编纂过程。作为一种文化想象的综合体,都市的意涵经由亚裔作家再现与创作而得以丰富,成为众多意象表征以及符号凝聚的空间。在这个意义多元、互相指涉、互相演绎、互相碰撞的开放空间里,他们以其敏锐的洞察力，挖掘美国都市中蕴藏的空间政治、意识形态和权力关系；通过想象与书写，质疑主流强势文化与知识霸权下的空间配置和区隔。亚裔作家以其如椽之笔讲述了美国都市空间中阶级、种族、性别、身份等权力关系的纠葛，生动再现了亚裔族群对白人强势文化霸权宰制的抵抗与颠覆，打破及逾越都市中所存在的种种非正义空间的尝试。他们以勃发的想象重构美国都会空间，于其中彰显亚裔族群的历史记忆、语言文化和性属意识，使被边缘化的"他者"得以再现，被噤声消音的"他者"之呐喊与诉求得以被聆听。

# 第二节　国内少数族裔都市叙事及漫游者研究概览

就美国文化而言，都市空间和种族、迁徙、移民有密不可分的关系。因此，近年来，反映美国都市空间诉求和身份建构的都市叙事引发了学术界的关注，其中漫游者作为重要的空间意象和文化符号，成为国内外学界研究的关注点。

## 一、国外都市叙事及漫游者研究概览

第一类研究主要界定"漫游者"（the flâneur）的内涵，梳理该文化符号在都市叙事中的再现，以及挖掘美国都市书写所呈现的与欧洲城市经验不同的文化异质性。换言之，对比两者的都市漫游者形象，欧洲城市可被解读为反封建主义和彰显帝国主义崛起的中心；美国城市则与广袤的西部荒野及边疆构成鲜明的对比，突出中心/边缘、规训/自由、文明/野蛮的二元对立。[1] 具体到美国都市叙事中的漫游者研究，主要以历史实证主义，结合新批评文本细读的方法，来阐释"漫游者"的主题意义、形式特征等。例如，美国学者布兰德

---

① 具体可见如下主要文献：(1)Clarke, Graham, ed. *The American City: Literary and Cultural Perspectives*. London: Vision Press, 1988. (2)Tester, Keith, ed. *The Flâneur*. London: Routledge,1994. (3)Preston, Peter, and Paul Simpson-Housley, eds. *Writing the City: Literature and the Urban Experience*. London and New York: Routledge, 1994. (4)Lehan, Richard. *The City in Literature: An Intellectual and Cultural History*. Berkeley: University of California Press, 1998. (5)White, Edmund. *The Flâneur: A Stroll through the Paradoxes of Paris*. New York: Bloomsbury, 2011.

(Dana Brand)对 19 世纪美国城市文学中的"漫游者"这个文化符号进行了系统梳理。布兰德在她的书中指出,漫游者既是法国文学现象也是美国文学现象,其历史可以追溯到 17 世纪的英国文学。早期英语文学中的漫游者常常用 spectator 一词指代超然卓绝的城市旁观者,因此他用 spectator 这个英文单词指代源自法语的 flâneur。该书还就"漫游者"一词自 19 世纪末进入英语体系后在其社会、文化和哲学语境中的发展进行了系统梳理。布兰德认为,都市观察者与城市生活的相遇可视为美国文学文化现代性的重要表征。该书对 19 世纪三位最重要的美国作家即霍桑(Nathaniel Hawthorne)、爱伦·坡(Edgar Allan Poe)和惠特曼(Walt Whitman)进行了全新解读,分析他们各自作品中所再现的不同社会历史语境。通过分析坡、霍桑和惠特曼的创作历程,布兰德追溯了每个作家再现城市生活的文学形式的异同之处。布兰德指出,三位作家都是敏锐的都市观察家,各自作品均涉及了南北战争之前美国作家未曾处理过的城市文化议题。他们注视着城市的人群,并经由漫游者作为一种有趣的奇观予以回应——爱伦·坡的小说揭露现代都市生活潜藏的人性阴暗面,霍桑的小说凸显了对城市和现代生活的复杂迷恋,惠特曼以新型诗歌自由体重新定义都会所表征的美国民主和自由。布兰德(Dana Brand)最后指出:"如果这些形式在我们今天看来是特别现代的,那么我们需要承认,正如这本书所暗示的那样,19 世纪城市文学及漫游者对当今美国城市文学依旧影响深远"(13)。卡洛(Darren Carlaw)具体考察 20 世纪美国城市书写所再现的曼哈顿边缘社群的空间生产。他的博士论文以凯鲁亚克(Jack Kerouac)、鲍德温(James Baldwin)、金斯伯格(Allen Ginsberg)、奥哈拉(Frank O'Hara)、休内克(Herbert Huneke)、沃伊纳罗维茨(David Wojnarowicz)、舒尔曼(Sarah Schulman)及埃利斯(Bret Easton Ellis)的城市书写为研究案例,将文本中的漫游者对纽约的再现定义为步行叙事(walking narrative)。该论文通过漫游者在纽约城区中的步行路径,解读宰制意识形态下的种族/性别/阶级的界限,以及由此引发的各种矛盾,如曼哈顿中产白人和贫民黑人之间的种族摩擦、"异性恋"和"酷儿"之间的空间区隔、都市漫游者与流浪汉之间潜藏的阶级矛盾等。卡洛指出,漫游者的步行叙事表征了多元种族化的城市文本,为深入了解纽约边缘群体提供了契机。同时,漫游者摆荡在主流空间/边缘空间的过程,就是挑战美国白人宰制权力的权威与监视,在此过程中以他者性(otherness)摧毁和重构边缘空间(Carlaw 1-3)。拉卡特斯(Agnieszka Lakatos)选取了具有明显后现代文本特征的当代美国都市文学作品,即费德曼(Raymond Federman)的《华盛顿广场上的微笑》(*Smiles on Washington Square*)、汤亭亭（Maxine Hong Kingston）的《孙行者：他的即兴曲》（*Tripmaster Monkey：His Fake Book*）、品钦（Thomas Pynchon）的《拍卖第 49 批》（*The Crying of Lot 49*）和奥斯特（Paul Auster）的《玻璃之城》（*City of Glass*），借鉴波德莱尔（Charles Baudelaire）和本雅明（Walter Benjamin）等有关当代都市漫游者的论述以及城市文化学和精神分析等理论，探讨上述后现代小说中的城市主题叙述技巧，并着重研究了 19 世纪以来美国都市叙事中典型的漫游者形象，即游手好闲者和侦探，从而阐释漫游者所彰显的美国城市后现代文化政治，指出后现代文化观不是对以前文化模式的激进否定，而是某种前现代趋势的延续（Lakatos 4）。柯楚伊（Nathalie Cochoy）则在其文章中提到，在美国城市文学中，城市漫步（city walking）体现了话语的不确定性，以及一个既受限制又向未知开放的地方的波动之间的某种巧合。城市漫步不能简单地被认为是现实主义描述的借口，也不能简单地与抽象的表达方式联系在一起。漫步于纽约街道同时象征着对一种话语的元文本质疑（265-67）。尽管上述专著及论文较为详尽地概述了美国都市叙事及漫游者书写的历史语境和发展脉络，但主要以 19、20 世纪的白人主流作家作品为文本例证，对少数非裔或犹太裔作家的部分作品有所涉及，除了华裔作家汤亭亭外，其他亚裔的文本鲜见。

第二类研究为美国少数族裔都市叙事研究。但由于美国非裔文学在少数族裔文学中成果丰硕且具有代表性，故而国外学术界在非裔美国都市叙事领域以及非裔漫游者相关研究领域中成果颇丰。近年来，以非裔都市漫游者为题材的小说不断受到学界关注，与非裔城市文学的文史考察成果不无关系。学者们针对非裔城市文学的发展脉络，梳理出了不少相关文集。巴尔特（Robert Butler）和美国日裔学者伯谷嘉信（Yoshinobu Hakutani）编著的《非裔美国文学中的城市》（*The City in African-American Literature*，1995）为研究美国非裔都市叙事的代表著作，其系统梳理了发轫于弗雷德里克·道格拉斯（Frederick Douglass），发展于哈莱姆文艺复兴，繁荣于当代非裔文学的城市书写主题之嬗变。伯谷嘉信在引言中指出，"反城市传统"在美国主流文学中占据统治地位，但美国非裔作家通常将城市视为一个允许重构非裔自我主体性和非裔社群的流动空间，从而令非裔作家得以逃离受限的美国种族主义的禁区（Hakutani 9-10）。古兹曼（Richard R. Guzman）编纂了第一本全面收录从 1861 年至今 60 多位作家，从匿名的"J. W. M."到肯·格林（Ken Green）等芝加哥黑人作家作品的文集《来自芝加哥的黑色书写》（*Black Writing from Chicago：In the World，Not of It?*，2006）。该文集收录了反映芝加哥非裔都市生活的诗歌、小说、戏剧、散文、历史和社会评论等，密切关注诸如非

裔族群的创伤与希望、种族主义与平等、宗教等主题，由此梳理芝加哥非裔城
市文学的发展史。布尔肖(Maria Balshaw)在其著作《寻找哈莱姆：美国非裔文
学中的都市美学》(*Looking for Harlem*：*Urban Aesthetics in African-American
Literature*，2000)中为 20 世纪美国黑人文学的多样化提供了一种有说服力的新
解读。布尔肖另辟蹊径，选取的文本案例囊括了费雪(Rudolph Fisher)、瑟曼
(Wallace Thurman)和麦凯(Claude McKay)经常遭忽视的作品，以城市的物
质文化和消费主义为切入点，审视了哈莱姆文艺复兴中"城市美学"的发展嬗
变，并探索了城市与虚构的种族身份和种族写作之间的联系，为当代美国城市
小说的研究提供了一种兼具批判性与挑战性的视角。福特(Elizabeth
Vennate Ford)在其著作《黑色大都会：20 世纪的非裔美国都市叙事》(*Black
Metropolis*：*African American Urban Narratives in the Twentieth Century*，
2002)中，以 20 世纪早期非裔作家邓巴(Paul Laurence Dunbar)、约翰逊(James
Weldon Johnson)和拉森(Nella Larsen)等非裔城市文学作品为文本案例，阐
释非裔都市叙事如何再现非裔迁移到美国北方城市，以挣脱南方种族暴力，进
而重构黑人身份及重置非裔族群空间的尝试，并考察了非裔都市叙事与美国
现代都市文化如好莱坞电影、黑人流行音乐的互文性。德米图克(E. Lâle
Demirtürk)的专著以 21 世纪，尤其是奥巴马时代以来涌现的非裔"新城市小
说"(neo-urban novel)为考察对象，借鉴后现代批评理论，审视新城市小说如
何经由包括都市漫游在内的日常实践，再现与批判由白人宰制的城市秩序所
导致的不公不义，探讨如何重新想象美国城市景观以颠覆白人规范的城市话
语，从而彰显鲜明的政治意义(i-v)。正如伯谷嘉信所言，非裔文学对城市经
验的看法比白人中心主义的文学表达更具多样性与异质性，因此，有关非裔都
市叙事中"漫游者"的研究大多探讨文本如何对波德莱尔以及本雅明所定义的
白人都市漫游者进行戏仿性改写，将非裔特有的族裔历史、文化记忆以及文学
传统融入非裔漫游者的都市经验再现。评论界尤其对民权运动以来产生巨大
影响的当代非裔作家如莫里森(Toni Morrison)、赖特(Richard Wright)、鲍德
温(James Arthur Baldwin)、埃利森(Ralph Ellison)、沃克(Alice Walker)等人
的都市叙事作品及其中的漫游者如何言说非裔在美国城市化进程中的身份建

构、族群文化记忆进行了较为深入的研究。① 90 年代后期涌现的非裔"新城市小说"(neo-urban novel)继续在延续文化传统或与之决裂的两轴间创造暧昧空间，在挪用和戏仿西方白人都市漫游者言说的过程中，开拓多重混杂的都市话语，与主流论述形成对抗。近年来，国外学界对莫斯利(Walter Mosley)、科勒(Teju Cole)、埃弗雷特(Percival Everett)、威德曼(John Edgar Wideman)、赛格特(Martha Southgate)、班德乐(Asha Bandele)、托马斯(Michael Thomas)等新生代非裔作家都市叙事中的都市漫游者的文本政治性进行了全方位多视角的阐释。②

然而，对于美国其他少数族裔如亚裔、原住民裔、拉美裔的都市叙事则鲜

---

① 由于篇幅有限，具体作家作品的都市叙事和漫游者的研究成果详见以下研究论文与专著：(1)McMillan, Bo. "Richard Wright and the Black Metropolis: From the Great Migration to the Urban Planning Novel." *American Literature* 92.4 (2002): 653-80. (2)Scheper, Jeanne. The New Negro Flâneuse in Nella Larsen's *Quicksand*. *African American Review* 42.3(2008): 679-95. (3)Kim, Yoonjeong."Flâneur and Flânerie in Harlem: Toni Morrison's *Jazz*." May 2020. <https://www.researchgate.net/publication/332258511_Flaneur_and_Flanerie_in_Harlem_Toni_Morrison's_Jazz> (4)Cleary, Emma."Here Be Dragons: The Tyranny of the Cityscape in James Baldwin's Intimate Cartographies." *James Baldwin Review* 1.1 (2015): 91-111. (5)Jansen, Katherine Elizabeth. "The Marginalized Flâneur: An Exploration of Race, Gender, Ethnicity and Commodity Culture in *Invisible Man*." June 2020. <https://digitalcommons.bucknell.edu/honors_theses/365/>(6)Tucker, Lindsey. "Walking the Red Road: Mobility, Maternity and Native American Myth in Alice Walker's *Meridian*". *Women's Studies* 19.1(1991): 1-17.

② (1)Valkeakari, Tuire. "The Photographer-Flâneur as Facilitator of Urban Connectivity in John Edgar Wideman's *Two Cities*."*Critique Bolingbroke Society* 60.2(2019):222-35. (2)Mózes, Dorottya. "Black Flânerie, Non-White Soundscapes, and the Fantastic in Teju Cole's *Open City*". *Hungarian Journal of English and American Studies* 26.2 (2020): 273-98. (3)Stewart, Jacqueline."Negroes Laughing at Themselves? Black Spectatorship and the Performance of Urban Modernity." *Critical Inquiry* 29.4(2003):650-77. (4)Szmańko, Klara. "Oppressive Faces of Whiteness in Walter Mosley's *Devil* in a *Blue Dress*". *Text Matters: A Journal of Literature* Theory and Culture, 8(2018): 258-77. (5) Demirtürk, Emine Lâle. "Rescripted Performances of Blackness as 'Parodies of Whiteness': Discursive Frames of Recognition in Percival Everett's *I Am Not Sidney Poitier*." *Journal of Literature and Art Studies* 1.2(2011):83-95.(6) Kernicky, M. J."The B-Side of Oblivion: Context and Identity in Michael Thomas's *Man Gone Down*." *The Journal of Men's Studies* 23.2(2015):212-25.

见较为系统的研究。在亚裔美国文学都市叙事研究中,国外学术界主要集中
于亚裔聚居区的文学再现及其彰显的文化政治性。最具有代表性的研究专著
为韩裔学者张恩美(音译自 Yoonmee Chang)的《书写贫民窟:阶级、作者和美
国亚裔族裔飞地》(*Writing the Ghetto:Class,Authorship,and the Asian
American Ethnic Enclave*,2010)。该专著聚焦于 19 世纪晚期以来亚裔都市
叙事中的族裔聚居区书写,探讨了欧亚裔作家伊顿姐妹即水仙花(Sui Sin
Far)和温尼弗雷德·伊顿(Winnifred Eaton)、日裔作家索内(Monica Sone)、
华裔作家伍慧明(Fae Myenne Ng)、韩裔作家李昌来(Chang-rae Lee)、南亚裔
作家卡利塔(S. Mitra Kalita)和越南裔作家南·勒(Nam Le)的作品。所选的
文本涉及排华浪潮、日裔迁徙营、越南战争、20 世纪末唐人街全球化、1992 年
洛杉矶骚乱以及当代族裔郊区化的社会语境。张恩美系统考察了族裔聚居区
书写中的唐人街、韩国城、小东京和小印度的阶级结构,指出美国宰制文化将
亚裔族群建构为"模范少数族裔"的操作,实则掩盖了亚裔族群内部的贫困问
题;而聚居区书写则彰显了"民族志的必要性"(ethnographic imperative)。她
将这块族裔空间所遭遇的不公不义再现于公众视野,颠覆了主流的模范少数
族裔论述。张恩美以空间的视角挖掘了亚裔文学中的都市族裔聚居区叙述,
指出文化差异性一直是主流文化对亚裔聚居区进行种族化的核心因素;宰制
权力经由文化和出版机制,将贫民区重新塑造成一个族裔飞地,从而将原本基
于"结构性强加的种族/阶级不平等"而建构的空间,重新塑造成一个基于族裔
文化差异而形成的社区,掩盖了种族和阶级的结构性压力是造成种族化贫民
区的罪魁祸首这一事实,令公众认为亚裔美国人的族裔聚居区是"自愿形成的
文化社区"(Chang 2-3)。冯品佳(Pin-chia Feng)在《中国/华裔文学中的纽约
书写》("Writing the Big Apple in Chinese and Chinese American
Literature",2020)一文中,考察了自 20 世纪初至 21 世纪初将近一世纪的时
间内反映纽约华人漂泊离散经验的中英文小说,所探讨的作品涵盖了梁启超
的《新大陆游记》(*Travels in the New Continent*,1916)、林语堂的《唐人街》
(*Chinatown Family*,1948)、朱路易(Louis Chu)的《吃一碗茶》(*Eat a Bowl
of Tea*,1961)、白先勇的《纽约客》(*The New Yorkers*,1963)、周励(Julia
Zhou)的《曼哈顿的中国女人》(*Manhattan's China Lady*,1992)、曹桂林
(Glen Cao)的《北京人在纽约》(*Beijinger in New York*,1994)、郭强生(Kuo
Chiang-Sheng)的《夜行之子》(*Nightly*,2010)、曹青桦(David Qinghua Cao)
的《行板-纽约》(*Andante-New York*,2010)、郭珍芳(Jean Kwok)的《唐人街的
曼波》(*Mambo in Chinatown*,2015)、张珍妮(Jenny Zhang)的《心酸》(*Sour

Heart，2017）。冯品佳指出，这些纽约书写和当代全球语境结合紧密，体现了
文本的历史性，回应了百年来美国乃至全球重大里程碑式事件，如中国的抗日
战争、第二次世界大战、美国移民法案、中国的解放战争、1978 年中国改革开
放、1997 年香港回归和美国"9·11"事件等。因此，这些来自不同年代华裔作
家的作品，对纽约的再现带有不同时期社会政治和历史背景的明显痕迹。冯
品佳认为在阅读华裔族群骄傲的崛起、悲伤的堕落或平凡的生存的故事时，需
要铭记纽约华人如何通过跨越国界，与歧视性法律斗争来争取美国大都市权
益的历史（Feng 75）。

　　美国华裔文学作为当代亚裔文学的先锋之一，作家作品数量在亚裔文学
中首屈一指，因此相较于其他亚裔族群，华裔文学中的"唐人街叙事"研究成果
颇丰。这方面的代表研究著作为帕特里奇（Jeffrey F. L. Partridge）的《超越
文学唐人街》（*Beyond Literary Chinatown*，2007）。帕特里奇从接受理论的
视角来审视当代美国华裔文学。该专著首先分析了主流出版业的宣传文案和
其他营销手段，展示宰制文化机制如何构建一个东方主义的期待视野，有效地
将美国华裔文学置于文学"族裔聚居区"，进而建构了如其书名所言的"文学唐
人街"。通过梳理汤亭亭（Maxine Hong Kingston）、李立扬（Li-Young Lee）、
任碧莲（Gish Jen）、徐忠雄（Shawn Wong）、林玉玲（Shirley Geok-lin Lim）和
雷祖威（David Wong Louie）以美国唐人街为背景的华裔文学作品，帕特里奇
指出，主流读者在阅读美国华裔文学时，往往将其预设成以代际冲突、种族认
同和移民奋斗史为主题，且富有异国情调的民族志。在分析了主流读者期待
与华裔美国作家对此进行挑战的相互动态关系后，帕特里奇（Jeffney F. L.
Partridge）指出，主流出版构建的"文学唐人街"正是萨义德所谓的"东方主义
的、他者想象的共同体"；与此同时，他展示了华裔美国作家如何在其创作中引
领读者走出主流出版业所预期的"文学唐人街"，进而构建一种批判性的多元
文化主义视角，声言坚持历史活力、族裔多样性和政治斗争的必要性（39）。黄
秀玲（Sau-Ling Cynthia Wong）在《族裔主题、族裔符号及复原再现之困难：部
分华裔文学中的唐人街》（"Ethnic Subject，Ethnic Sign，and the Difficulty of
Rehabilitative Representation：Chinatown in Some Works of Chinese Ameri-
can Fiction"，1994）一文中，指出在 20 世纪 60 年代美国民权运动期间及之
后，许多华裔作家都渴望在其作品中再现唐人街。面对同样的现实，华裔作家
可能会以截然不同的方式编码，使唐人街成为一个特别有争议的场域。由此，
唐人街在华裔文学作品中以何种方式再现常被视为华裔作家艺术可信度的试
金石。黄秀玲进一步指出，有些华裔作家构建的"唐人街"及其生产的族裔叙

事,可能与主流社会压迫性机制存在某种共谋,即满足西方的东方主义窥淫癖,伪造唐人街具有异国情调的生活,进而取悦西方读者;而真实的唐人街属性以及圈囿于其中的华人社群则依旧复制了主流文化的刻板印象,本应具备个性与内在属性的个体都被面具化,唐人街的华裔在这些作家的贩卖中丧失了自我主体性。最后,黄秀玲提出,华裔作家只要足够正直,足够坚持,遵循杜波依斯所说的"双重意识",即自我意识与对方凝视的意识在本质上是不同的,它们同时存在,彼此平行,但不相交,那么就可以恢复真实与原始的华裔情感,重新确立唐人街的华裔美国属性,不落入异国情调和无历史的本质主义圈套("Ethnic Subject",251-262)。美国华裔文学研究者 Patricia Chu 的《唐人街生活作为争议的地域》("Chinatown Life as Contested Terrain",2015)一文则通过梳理华裔作家蒋希曾(H. T. Tsiang)的《出番记》(*And China Has Hands*,1937)、黄玉雪(Jade Snow Wong)的《华女阿五》(*Fifth Chinese Daughter*,1955)、黎锦扬(C. Y. Lee)的《花鼓歌》(*The Flower Drum Song*,1955)这三部"唐人街叙事"的文本特征和主题,揭示了唐人街是一个充满矛盾又生发契机的空间,是老一辈华裔记忆萦绕之所,华裔美国人主体性的建构也经常根植于唐人街;然而,唐人街在主流话语中又是"蒙受种族歧视、陋巷区隔之污辱的飞地";但是,唐人街由华裔作家通过文字和想象构建而转化为中美文化彼此交融的空间,开启了一个相互协商、包容各种对抗性事物的开放性空间(165)。值得关注的是,伍慧明的小说《骨》(*Bone*)成为唐人街叙事研究最常用的文本案例。美国著名亚裔文学研究者骆里山从劳动力的性别化、性属的种族化以及种族的阶级关系方面,指出《骨》对唐人街的空间化处理是过去一个世纪以来华裔美国人生活的象征。基于福柯的异托邦理论,骆里山指出,《骨》具有"揭露将空间分为公共与私人的、休闲与工作的、合法与不合法的等级划分的不合理性的潜在力量"(Lowe,"Decolonization",106)。戴维斯(Rocío G. Davis)在《Backdaire:唐人街作为〈骨〉和〈玉牡丹〉中的文化场域》("'Backdaire': *Chinatown as Cultural Site in Fae Myenne Ng's Bone and Wayson Choy's 'The Jade Peony'*",2001)一文中,通过考察美国华裔作家伍慧明的《骨》和加拿大华裔作家崔维新的《玉牡丹》中唐人街的再现,指出唐人街不仅是亚裔美国人确立自我身份的地方,也是重新阐释族群历史的空间;在建构这个民族空间的过程中,必然涉及边界性、主体性和真实性的问题。戴维斯(Roáo G Davis)认为,上述两位作家对唐人街语境化的再现,凸显了其试图维系华裔生活的复杂完整性的尝试,展现了一种令人痛苦的二元对立,即景观与居住、反抗与辩解,以及它的意识形态建构(95)。阿尔达玛(Frederick Luis

Aldama)的《伍慧明作品中唐人街的空间再想象》("Spatial Re-imaginations in Fae Myenne Ng's Chinatown"，1994)认为，伍慧明所刻画的唐人街是一个由宰制意识形态所划定的、偏离都市中心的边缘空间，但是伍慧明借用国家空间内"他者"，即唐人街各色人物的回忆叙述，将唐人街再想象与塑造为拥有对抗记忆的空间(87)。

　　可以说，对于亚裔美国文学中都市叙事方面的文献主要集中于美国华裔文学中的唐人街叙事。目前在 Pro Quest 上搜索到的系统梳理亚裔美国文学，并且和亚裔都市叙事有一定关联的博士论文为史蒂芬·孙(Stephen Hong Sohn)论著的《迷失在都市：亚裔文学中的"生产性"彷徨》("Lost in the City：Productive Disorientation in Asian American Literature"，2006)。该博士论文采用城市学及空间理论探讨了山下凯伦(Karen Tei Yamashita)的《橘子回归线》(*Tropic of Orange*)、越南裔女作家兰曹(Lan Cao)的《猴子桥》(*Monkey Bridge*)、菲律宾裔女作家哈格多恩(Jessica Hagedorn)的《食狗人》(*Dogeater*)、韩裔女作家金淑姬(Suki Kim)的《口译员》(*Interpreter*)等亚裔作品中迷失于美国都会的亚裔美国人所产生的肉体与情感的错置，揭示了在城市空间中蕴含的种族、阶级、文化钳制下主体性丧失的主题；同时，该著作采用德·塞托(Michael De Certeau)的日常生活实践理论，探讨文本中失去主体性的亚裔群体如何以"空间战术"创建"对抗点"(counter-site)，来应对他们的身份迷失，为其族群争得生存空间。

## 二、国内少数族裔都市叙事及漫游者研究概览

　　国内关于美国亚裔都市叙事的研究或者与漫游者分析相关的文献主要还是集中在美国华裔文学中的唐人街叙事的讨论上。蒲若茜的《华裔美国小说中的"唐人街"叙事》(2006)通过系统梳理与分析不同历史文化语境下"唐人街"叙事的嬗变，指出随着时代文化背景的演变更迭，华裔作家所再现的"唐人街"存在较大的差异——从早期"他者导向"的叙事、"亚裔感性"的追寻到华裔第二代逃离或固守"唐人街"的种种诉求，表现出美国强势文化凝视之下，作为弱势群体的华裔要冲破"玻璃天花板"的艰难(48)。郑晓风的《唐人街：美国华裔作家的中国文化情结》(2006)同样从美国华裔文学作品中的唐人街切入，指出华裔文学中的唐人街是一个由多种力量组成、变动不居的场域，其中来自中国故土的文化以及唐人街所负载的具有强烈族裔属性的文化符号，是华裔作家中国文化情结的表现，即"唐人街既是华裔作家的现实生活空间，也是其文

学想象空间"（ii）。袁荃的《唐人街叙事与华裔美国人的文化身份——赵健秀、伍慧明与陈耀光研究》（2015）以杜波依斯的"双重意识"观点为理论依据，借鉴后殖民文化研究理论，以赵健秀、伍慧明和陈耀光的五部唐人街叙事为作品研究对象，梳理出唐人街叙事中三种文化身份的嬗变，即"分裂的文化身份—协商的文化身份—重构的文化身份"，分析唐人街叙事所呈现的具有异质性的族裔身份政治及其历史文化根源（vi）。

国内学界从空间视阈对当代美国少数族裔文学的探讨，目前主要集中于非裔和华裔文学，如对奥古斯特·威尔逊《匹兹堡系列》中非裔美国人的空间表征研究（吕春媚，2014）、对莫里森小说中种族、性别及权力空间政治中身份建构的研究（李祥，2011；李亚南，2013；杨平，2013）、对谭恩美小说中空间诗学和空间意识的探讨（秦丽霞，2013）以及对美国华人文学中空间形式与身份认同的研究（蔡晓惠，2014）。但是，从空间视阈的角度对美国少数族裔（除了非裔和华裔之外，如印裔、拉美裔、菲律宾裔等少数族裔作家）的都市书写，在国内学界尚未见系统的研究。

# 第三节　基于亚裔都市叙事文本的空间政治研究

就美国文化而言，都市空间和种族、迁徙、移民有密不可分的关系。因此，反映美国都市空间诉求和身份建构的都市叙事近年来引发了学术界的关注，其中漫游者作为重要的空间意象，成为国外学界研究的关注点。亚裔都市叙事中的漫游者将都市地理空间与族群历史和个人乃至集体的离散体验联结，揭示了复杂的权力关系在城市空间以及空间关系上的展现，其身上具备了对现实空间的批判力与逾越现实非正义空间的解放性，乃至重绘都市族裔空间的创造力，彰显了独特的空间政治性。

本书拟在空间理论关照下，撷取六部具有代表性的亚裔都市叙事文本，其为本书的阐释提供了丰富的文本例证。这些文本包括菲律宾裔作家桑托斯（Bienvenido N. Santos）的《为何把心留在旧金山？》（*What the Hell for You Left Your Heart in San Francisco*，1987）、华裔作家汤亭亭（Maxine Hong Kingston）的《孙行者：他的即兴曲》（*Tripmaster Monkey：His Fake Book*，1989）、华裔作家伍慧明的《骨》（*Bone*，1993）、韩裔作家李昌来（Chang-Rae Lee）的《说母语者》（*Native Speaker*，1995）、南亚裔作家亚历山大（Meena Alexander)的《曼哈顿之乐》(*Manhattan Music*,1997)、日裔作家山下凯伦的《橘子回归线》(*Tropic of Orange*,1997)。本书将选取上述国内学术界较少涉及的美国亚裔都市叙事为文本例证以组织线索,结合美国亚裔社会历史发展脉络,以都市漫游者为切入点,在后现代主义、后殖民主义,以及文化政治性争论的视野之下,对亚裔都市叙事所蕴含的空间政治进行系统研究,阐释亚裔都市叙事中的"空间正义"主题如何通过批判性的空间想象力及叙事策略得以呈现,并对其中所蕴含的空间政治和诗学给予批判性关注。

## 一、空间与亚裔身份政治之间的三个相关问题

本书试图在现有亚裔美国文学批评研究的基础上,运用空间理论以及文化研究理论,将"漫游者"的空间政治作为研究切入点,试图从以下几个问题探索分析空间与亚裔身份政治之间的关联,扫除美国亚裔文学研究所留下的学术盲点:

首先,作为一个地理学的概念与符号,美国都市如何(perceived space)与符号、权力及话语产生关联,从一个感知空间变成为一个凝聚空间生产实践意义的场域,以及富有构想性、观念性与象征性的意识形态空间? 都市地理景观如何在阶级、族裔、性别以及权力关系等意识形态因素的参与下,形成具有其社会性、历史性、文化性的空间?

其次,亚裔都市叙事中"再现"(representation)的实践与空间实践的关系该如何阐释? 亚裔都市叙事如何彰显"再现空间的政治"(politics of representational space),使其所开辟的文化空间即再现空间(representational space)成为产生对抗空间的场域、抵抗主导秩序的空间?

最后,漫游者的空间实践与身份认同的建构之间存在何种关联? 亚裔都市叙事如何借"漫游者"的疆域挪移、动态开放的全新都市景观的编织,争夺对都市空间的解释权和划分权,进而彰显"再现空间的政治",使都市成为对抗权力宰制下的构想空间(conceived space)的场域以及颠覆主导秩序的对抗空间(counter-space)?

## 二、研究的基本思路和主要内容

本书试图突破国内学界在亚裔文学研究视角方面的阈限,将文学文本分析与空间理论、文化研究、城市学研究阐述相结合,打破传统封闭的单一研究

模式,具有一定的跨学科性质。本书以空间理论和相关文化研究理论为基础,以美国亚裔都市叙事为文本例证组织线索,以"美国霸权宰制下的都市空间政治性—漫游者的空间政治内涵—美国亚裔都市叙事中的漫游者空间实践"为研究框架,厘清当代美国亚裔都市叙事中"都市漫游"的文类特征,剖析其文本中的主题意义、形式特征和空间政治意识,探讨这些文本如何经由"漫游者"的空间实践,使亚裔的语言表达权、族裔历史、性属意识和历史脉络在空间的重塑与再现中得以凸显,从而与国内外学界相关研究形成对话与交流。

本书分为三大部分,即绪论、主体(共七章)和结论。

绪论部分第一小节结合亚裔和美国都市发展的历史脉络,运用城市学的前沿研究以及叙事学理论对美国亚裔都市叙事进行界定;第二小节针对国内外学术界相关研究进行系统梳理和论述;第三小节就本书的研究框架、研究重点和研究内容进行概述。

主体部分包括第一章至第七章。

第一章首先对空间理论进行系统梳理,并对与之相关的人文地理以及后殖民主义理论进行简要概述;其次梳理波德莱尔、本雅明、福柯以及德·塞托关于都市"漫游者"的空间实践的相关论述,同时结合城市学相关理论,探讨其中蕴含的空间政治性,揭示空间生产与身份和主体性形成之间的复杂联系;最后将"漫游者"相关论述与亚裔都市叙事中的空间政治性相结合,阐释亚裔都市叙事如何借"漫游者"的逾越区隔,以都市行走绘制多元异质的都市景观,彰显"再现空间的政治",使都市成为产生对抗空间的场域,抵抗主导秩序的空间再现的政治性。

第二至第七章基于空间理论和文化研究理论,将对于所遴选的亚裔都市叙事文本的解读落实于具体的历史脉络,挖掘亚裔都市"漫游者"所蕴含的解构、颠覆与重新定位的空间策略,探讨都市漫游者如何通过再现异质多元的空间实践,对美国都市中的霸权空间进行反向操作,构筑包括亚裔在内的美国少数族裔的正义空间。

第二章以华裔女作家伍慧明的《骨》为文本案例,首先梳理唐人街的历史发展脉络,以及西方白人漫游者凝视下的唐人街景观嬗变,剖析唐人街如何在都市宰制阶层的空间规划中,成为宰制意识形态所操控和监督的"空间再现"(representation of space)。其次,本章阐释了华裔女性漫游者莱拉对唐人街的重新审视如何构成对白人男性漫游者凝视的回望(the return of white male gaze),将唐人街翻转为重现族群真实历史、铭刻族裔文化记忆的家园。最后,本章节将借漫游者莱拉的观察,深入唐人街"内部故事"所构筑的空间再现,剖析唐人街所蕴含的性别空间宰制，并探讨唐人街华裔女性如何在日常生活实践中反抗种族/性别压迫，进而建构确立自我主体的生存空间。

第三章以华裔女性作家汤亭亭的《孙行者：他的即兴曲》为文本案例。本章首先阐释种族话语所建构的带连字符的身份空间（hyphenated space/positions）如何框定亚裔性与美国性之间的界限，将亚裔拘禁在种族意识形态实体化的族裔聚居区。其次，主要结合德·塞托"都市行走"（urban walking）的空间策略，阐释嬉皮士漫游者慧特曼（Wittman Ah Sing）如何跨出族裔聚居区，游弋穿梭于美国都会，将文化记忆和族裔传统嵌入由白人定义的都会空间，以摆荡在既非"此"亦非"彼"的多重身份之间，粉碎"连字符"空间，挑战白人逻各斯中心主义宰制下的都会空间内部的限定，重新建构属于亚裔美国人的族裔再现空间，将亚裔从被隔绝、压抑与本质主义的种族空间及其不正义性中解放出来。

第四章以菲律宾裔作家桑托斯的《为何把心留在旧金山？》为文本案例，首先在空间理论视阈下，探讨该小说如何戏仿西方文学的"寻父主题"，经由主人公菲律宾裔记者大卫"失父"之创痛，剖析菲律宾裔族群在美国都市所遭遇的空间暴力及其所导致的身份认同困境；其次，剖析大卫如何翻转白人记者/都市漫游者的言说视角，以不断移动的城市漫游策略规避霸权机制的凝视，经由漫游旧金山城区，以"寻父"的空间实践，对菲律宾殖民历史以及菲律宾裔离散记忆碎片进行收集与拼贴，从而解读文化疏离与历史遗忘之创伤，重书菲律宾殖民/反殖民历史，借此开展对菲律宾裔个人情感、家庭关系与社群交流等生存诗学的求索。

第五章以日裔女作家山下凯伦的《橘子回归线》为文本案例，通过三位都市漫游者即日裔流浪汉曼扎那、非裔流浪汉巴兹沃和奇卡纳吟游诗人阿坎吉尔对洛杉矶都市的空间解读，剖析美帝国主义霸权如何借助全球主义的宏大叙事，在帝国内外部建构基于种族/阶级的空间区隔，以及南北发展不平衡的非正义空间。此外，该章亦论述在全球化时代，国家边界消融以及跨国移民流动的语境下，都市漫游者如何借助都市行走、重绘都市地图、逾越民族/国家边界的空间实践，建构包容性、国际性、开放性的国际都会空间。

第六章以韩裔作家李昌来的小说《说母语者》为文本案例，首先经由都市漫游者朴亨利行走于纽约执行间谍任务时的观察和思考，论述白人宰制权力如何操弄国家机器与意识形态来褫夺有色少数族裔的政治公民权利，更聚焦另外一位都市漫游者、韩裔政治家姜约翰如何通过民主竞选和街头集会的空间实践，介入白人宰制权力操控的公共领域，解构基于单一文化地理起源的民族身份,将美国重铸为含纳多元异质、彰显空间正义的"山巅之城"。此外,本章还以语言空间为着眼点,经由漫游者朴亨利的所见所思,讨论了宰制阶层如何将标准英语作为制造种族/阶级空间区隔的有效工具,并解读少数族裔如何在日常生活中,以族裔语言建构流动变化的都市语言地景。

第七章以南亚裔女作家亚历山大的《曼哈顿之乐》为文本案例,以身体的空间统治技术为切入点,探究亚裔女性的身体空间如何在白人菲勒斯权力的驱使下被控制和压迫,以及南亚裔女性如何在跨国/界和都市漫游的逾越性行动中,运用颠覆性的记忆和激进开放的行为艺术,破坏男性在城市景观中的主导地位。此外,本章也经由日常生活实践的视角,探讨南亚裔女性漫游者如何通过节日庆典和女性聚会等日常生活实践,战略性地对"家"进行重新想象,建构其离散脉络下的主体能动性和美国都市中少数族裔女性的生存空间。

结论部分指出,亚裔都市叙事展示了亚裔等都市边缘群体以异质多元的日常空间实践对加之于身的非正义空间的抵抗,彰显了追求空间正义的主题。其中,亚裔都市漫游者作为亚裔都市叙事的重要符号,充分彰显了亚裔等都市边缘群体以都市行走、逾越、越界、游牧、街头狂欢等空间体验与实践,将彰显族裔历史的地景意象与日常生活的实质内涵相互交织,在漫游叙述中,运用另类的历史和对抗的记忆、文化杂糅、性别越界等策略,对抗强势文化宰制下既成的都会种族/性别/阶级空间部署。可以说,当代美国亚裔都市叙事中的都市漫游者形象生产了一种介入式的美国都市景观,改变着美国都市文化和政治景观,其彰显的空间实践与策略颇具独特性。

# 第一章　漫游与逾越：漫游者视角下的都市空间与都市叙事

　　罗兰·巴特(Roland Barthes)认为："城市里四处走动的城市使用者，他们循着自身的规范和行动，借用言说的片段，秘密地将城市书写现实化"("Barthes" 95)。换言之，通过对城市环境与城市生活的阅读与阐释，城市的使用者再现了城市生活与都市空间，将其所蕴含之特定文化意义进行编码与解码，主动参与了城市空间的对话与书写。在形形色色的"城市使用者"当中，与阅读、阐释城市景观和体验城市生活过程紧密相连的、最为引人注目的莫过于都市漫游者。他们的漫游成为一种阅读城市文本的方式，这是"一种旨在发现嵌入都市空间分层构造中的社会意义的方法"(Featherstone 910)。首先，本章将对本书的研究理论，即空间理论及城市学等相关理论进行简要概述；其次，将系统梳理"都市漫游者"的相关论述，探讨这一独特的都市文化符号所蕴含的空间政治性，由此揭示空间生产与身份和主体性形成之间的复杂联系；最后，将"漫游者"相关论述与亚裔都市叙事中的空间政治性相结合，系统概述亚裔都市叙事中的"漫游者"如何经由都市行走、越界与游牧等空间体验与实践，将彰显族裔历史的地景意象与日常生活的实质内涵相互交织，在漫游叙述中，运用另类的历史和对抗的记忆、文化杂糅、性别越界等策略，对抗都市宰制权力划定的非正义空间部署。

# 第一节　都市叙事研究的空间理论视野

本书借鉴空间理论，特别是在人文和社会科学领域发展起来的城市空间理论，以都市漫游者这一独特的人物形象为切入点，展开对亚裔都市叙事的空间政治研究，挖掘文本中身居美国都市的亚裔和其他弱势群体如何逾越宰制权力已经配置好的种族、阶级和性别空间，重构属于亚裔坐标所在的城市空间。下面将对本书所采用的基本理论进行简要梳理。

## 一、空间理论概述

本书以社会学空间论述作为分析的理论基础。法国思想家列斐伏尔提出的空间生产理论为本书的亚裔都市叙事空间政治研究奠定了坚实的哲学基础。"空间"，如同其他流行于西方学术界的理论术语一样，成为一种统摄和阐释社会现象的工具和思维方式。在亚裔都市叙事中，地理的、个体的、文本的三种空间因文本的主题和暗喻修辞产生了相关性，因此本书以列斐伏尔的空间三元理论（conceptual triad）作为最基本的理论基础切入文本，挖掘三元空间的辩证关系，而这种辩证关系正是亚裔文学质疑中心权力、认同边缘弱势群体的方式。列斐伏尔发展于 20 世纪 70 年代的空间三元理论更是被挪用、补充和发展；因此，在下文对列斐伏尔的空间理论的梳理中，也将穿插索亚、福柯（Michel Foucault）、德·塞托（Michael De Certeau）等学者的观点作为补充。此外，列斐伏尔的空间理论影响深远，更是被延伸到晚近人文社会学领域（后殖民主义、女性主义、城市社会学等）的新概念和新理论中，从而通过增补引申，令空间理论体系更有深度与跨学科性。因此，在梳理列斐伏尔的空间生产理论中，也将涉及上述领域的代表观点，构成相互参照。

列斐伏尔的理论试图整合物质、心理和社会三种空间（a unitary theory of physical，mental and social space），讨论三者的互动关系。所谓整合，就是指这种理论可以应用在想象与实际等不同层次的空间，也因此令其空间理论有了较为广泛的适用领域。在列斐伏尔看来，空间既不是静态不变的物质（写实的错觉），也不是纯粹想象的产物（透明的错觉），而是社会关系的产物，一种不断制造社会关系的过程。进而言之，列斐伏尔没有将空间视为一个稳定的、被动的容器、背景或舞台，而是强调了这样一个事实——空间是影响社会、文化和政治的形成与转型的"行动者"(actor)，即空间在这个相互构成和转型的过程中被生产和重新定义(Lefebvre, *The Production of Space* 21)。空间不仅仅是社会关系的产物，它在社会建构中发挥着积极的作用，使各种层次的社会关系通过相互作用、整合而成为可能。在这里，列斐伏尔指涉的"社会"，确切说来是通过"生产方式"界定的，并有其特殊的生产和再生产之社会关系及互动，而这些具备空间性；或者说，这一切都包含于社会空间中，还涉及这些社会关系的正面公共和底面隐秘领域的再现(*The Production of Space* 31)。因此，列斐伏尔的观点可用于剖析本书所要探讨的美国都市空间议题。"空间"已非纯粹的客观现实，而是被赋予了更为深层的文化建构意涵——"空间"不仅是一种方位参照体系，同时更是一种价值反映体系。可见，空间不仅是小说人物活动的场所，更作为某种文化情境参与了叙述。空间也不是空白或先验的存在，而是蕴含着某种"被隐藏"的不对等权力关系以及在其操控下的"虚假呈现"。

列斐伏尔提出，可以将社会空间概括为感知空间、构想空间和生活空间(lived space)三个空间层次，并将此与他的空间三元理论相结合，用于解析不同空间层次的辩证关系(dialectic)。列斐伏尔在空间三元论中不再沿用传统心理/物质、想象/真实的二分法，他提出一组概念：空间再现(representation of space)、再现空间(representational space)和空间实践(spatial practice)。值得注意的是，他的空间三元论下的空间，不论是权力中心所规划的空间，以意象、象征为主的空间，还是诠释社会关系的空间实践，都不是客观的物质存在，而是一种建构。

空间再现是概念化的(conceptualized)空间，是科学家、规划师、都市计划师、技术官僚和社会工程师(这些社会精英)的空间，他们都以构想(conceive)来辨识生活(lived)和感知(perceived)世界，把再现化的空间作为维持其统治的手段。空间再现密切联系于生产关系和这些关系所施加的"秩序"，从而和知识、符号、符码等产生关系。因此，空间再现是由权力与话语架构的抽象空间，并通过空间科学、奇观和监控对具体空间的支配，呈现为经济领域的商品化和国家领域的官僚化。因此，空间再现指涉了空间的概念化(conceptualization)或权力、知识和空间性的配置，主流社会采纳的主导性秩序被安置于这个系统和抽象的空间，并据此获得宰制他者的正当性。列斐伏尔的这种空间观事实上也呼应了福柯在空间与权力关系方面的论述。[①] 由此观之，美国都市宰制权力操控下的空间源自于白人菲勒斯逻各斯中心主义所构想的种族/父权主义论述，进而成为白人主流社会某些团体维持统治优势的运用战略。这种以自我为中心投射出的空间想象，遏制了他者出现乃至立足的可能性。

列斐伏尔进一步指出，再现空间则是"通过其相关意象和象征所直接生活出来的空间"(space as directly lived through its associated images and symbols)，是属于居住者的空间，也属于艺术家和那些少数描绘生活并且渴望不止于描绘生活的作家和哲学家的空间，其试图通过想象改变或占用受主导的空间。这个空间也是被支配的空间，是消极体验到的空间，但想象力试图改变和占有它。它与物理空间重叠，在象征上利用其客体(Lefebvre, *The Production of Space* 38)。因此，再现空间可说是"偏向于多少有连贯性的、非言词象征与符号的系统"(Lefebvre, *Writings on Cities* 48-49)。列斐伏尔认为，再现空间呈现了复杂的象征作用(有编码或无编码)，既和社会生活的隐秘面或底面相关，也和文化艺术有关联，而艺术就是再现空间的符码(42-43)。可以说，再现空间构成了一个福柯所言的"对抗空间"(counter-space)，而这类型空间性的再现(spatial representation)，乃源于社会生活的私密底面，以及以想象力来质疑主流空间实践和空间性的批判性艺术。

列斐伏尔的社会空间理论中，关于空间内部权力的再现与再现的权力的观点，被倡导"彻底开放与反抗"的后现代主义理论学者所沿用与发展，在后现代新文化政治中将空间、话语、权力进行交叉论述，构成了后现代激进的空间主体性与实践的语境。后现代空间学者索亚则进一步发展了此观点，他将"兼具真实与想象"(real-and-imagined)的第三空间，对应到了再现空间。[②]具体而言，索亚将相对丁物理空间(第一空间的实在论幻觉，认定眼见为凭)和心灵空间(第二空间的透明幻觉，认定思想和概念才能掌握空间知识)，超越二元对立而持续衍生的可能性场域定义为"第三空间"(Thirdspace)，并将"第三空间"的动力称为"生三成异"(thirding-as-othering)。可以说，"第三空间"对额外

---

① 福柯曾表述：人类社会的一切并非当下形成的，而是具有其历史渊源。空间是社会的产物，是一系列操作的结果。参见 Paul Rabinow 访问福柯的全文：Foucault, Michel. "Space, Knowledge, and Power." *The Foucault Reader*. ed. Paul Rabinow. New York: Pantheon, 1984:349-64.

② 索亚主要将二元对立放在第一空间和第二空间之间，分别对应了空间实践和空间再现，然后在生三成异的过程里，迈向第三空间——"再现的空间"。

的他者保持开放，将"非此即彼"（either/or）的封闭逻辑，转换为"兼而有之"（both/and also）（Soja, *Thirdspace* 60-61）。因此，索亚（Edward W. Soja）格外强调要破除支配/被支配，抽象/具体、物质/想象的二元对立，迈向"真实与想象兼具"的再现空间。索亚认为再现空间虽然也是对抗的所在，但并非支配和反抗二元对立中的一端，而是兼容并蓄一切对立事物的超越性场域，"以其支配、臣属和反抗关系的显性化，下意识的神秘与不可尽知道的特性，彻底的开放及充沛的想象，成为社会斗争的空间"（*Thirdspace* 68）。索亚的第三空间概念，突破了非此即彼的二元对立思维模式，开辟了一片容纳种种对立、异质、边缘之所，具有极大的开放性和包容性。索亚的第三空间理论在后殖民批评家霍米·巴巴（Homik Bhabha）那里得到了应和，后者用"第三空间"（the Third Space）概念指代"既非这个也非那个（自我或他者），而是之外的某物"，这是一片通过"杂糅性"开辟的协商地带（*The Location of Culture* 65）。事实上，福柯的"异托邦"（heterotopia）和索亚的"兼具真实与想象"的第三空间亦有类似之处。概而言之，再现空间在福柯的阐释中被以镜像为隐喻。他指出异托邦如同由虚构的镜子所投射出的幻象，"所处的位置和我周围相互关联的空间，一方面绝对真实，另一方面又绝对不真实，因为我必须透过某个虚拟的点观看，才能确知它在哪里。"而在真实与想象交杂的异托邦中，福柯（Michel Foucault）认为"由镜中的位置观看我所处的位置，进而重新建构我所在的位置"（"Of Other Spaces" 23）。在某种程度上，异托邦赋予了扰乱、松动甚至打破原有空间配置和区隔的解放意义。被支配的空间充斥着资本主义、种族歧视、父权体制，具体化了生产、再生产、剥削、支配与屈服的社会关系，但同时也充满了象征、梦想和欲望，是属于被边缘化者的空间，展现了挑战权威和霸权宰制的反抗性。再现空间的出现，使曾经被支配的反叛力量通过掌握抽象性及知识性构想的再现——即再现空间的欲望或艺术创作，揭露主导商品化或监控逻辑的宰制力量，从而具有挺进与颠覆空间再现的革命性，也使空间再现不再属于抽象系统的支配力量，而是成为各种力量博弈的场域。亚裔都市叙事中的空间就是亚裔文学艺术工作者这个"被支配的群体"利用文学想象与艺术创作，在中心与边缘之间开设一个索亚所认为的"第三空间"。在这个全新的族裔空间里，一切貌似对立的二元观念都可以纳入其中，诸如自我/他者、主体/客体、抽象/具体、实践/想象、意识/无意识等等。在这个暧昧的空间里，亚裔个体得以实现身份的建构、主体的确立和文化的认同，并进而重绘属于亚裔族群乃至更具包容性的、跨国性的边缘族群在都市空间的坐标。

空间实践包含了空间生产和再生产，对应于每个社会的特殊地方和整体空间,空间实践以辩证、互动的方式解释、建构、控制和挪用社会空间。也就是说,空间实践既可以是位居权力中心的宰制阶层的空间生产,也可以是居于边缘位置的"被支配者"的空间再生产活动。列斐伏尔指出,西方新资本主义下的空间实践可以分为两种:一种是在空间再现的生产里,空间实践往往偏向于系统的逻辑,且渗透于日常生活;另外一种就是酝酿了抵抗性的再现空间的场合中,空间实践经常是"非例行化"的节庆式逾越,并存在于格网结构(grids)的缝隙中,伺机偏离主流秩序(Lefebvre, *Writings on Cities* 48-49)。第二种具有解放与颠覆意义的空间实践更是被德·塞托进一步发展。其中"非例行化"的节庆式逾越被德·塞托拓展为日常生活的空间实践。他将日常生活看成一个再现空间,一个在全面监控之下的宰制与抵抗的斗争场域。德·塞托分别以战略(strategies)与战术(tactics)代表拥有权力的强者与被支配的弱者的空间操作方式。强者运用战略如分类、划分、区隔等方式以规范空间,即生产"空间再现"。弱者则采用"战术",即在日常生活中采用各种游击战式的行为和手段,迂回渗入权力之所在而进行颠覆。例如,德·塞托(Michael De Certeau)认为,居住、晃悠、说话、阅读、采购、烹饪、做神秘的事情、耍聪明、游戏狂欢、恐吓等等,都是制造出这种战术诡计和惊奇效果的活动。在这种充满艺术的空间实践中,战术的空间是他者的空间,蕴含着自由和可能性(*The Practice of Everyday Life* 40-45)。本书中所研究的亚裔都市漫游者正是德·塞托式的战术执行者。他们以信马由缰的都市行走逾越宰制权力划定的边界,并重绘了都市文本地图,更是打破都市主流空间/边缘空间及公共空间/私域空间的二元对立,以另类异质的族裔日常生活实践质疑宰制文化的中心性,乃至以游击或者狂欢性质的行动对国家政治空间的宰制权力提出挑战。可以说,亚裔都市漫游者充分彰显了德·塞托式的空间实践。

## 二、都市文化空间理论

为了充分认识亚裔作家如何以空间化的叙事策略,达到重构都市空间与寻求空间正义的目的,有必要梳理文本论证过程中所涉及的都市空间理论。具体而言,空间与主体之间的相互构成关系也嵌入城市环境与竞争、性别化的主体之间的关系中。这些关系构成了德·塞托、梅西(Doreen Massey)、萨森(Saskia Sassen)、格罗兹(Elizabeth Grosz)和胡克丝(bell hooks)等学者论述城市空间文化的基础。上述学者聚焦于这样一个问题:权力如何在都市景观的规划、建筑的设计、都市统治机制的建构乃至城市居民的日常生活中发挥作用。

　　德·塞托(Michael De Certeau)发展了波德莱尔、本雅明、福柯的"都市漫游者"的相关论述，试图挖掘出漫游者颠覆既定都市空间的力量。德·塞托指出，漫游者以都市漫步为表征的空间实践凸显了日常生活所蕴藏的变革力量，从而在权力操纵规划的都市空间中另辟蹊径。具体而言，在宰制权力构建的都市空间中，漫游者采用"反规训网络"(the network of an anti-discipline)的战术——信马由缰、恣意驻足停留甚至逾越边界等个性化方式，将都市空间挪为己用，打破由权力所规划和定义的几何性街道（空间再现）对行人活动的制约，抗拒宰制权力原本加之于都市空间的意义和价值观(*The Practice of Everyday Life* xiv-xv)。

　　继索亚提出以"第三空间"为核心的后现代空间理论之后，城市空间和人文地理学者试图将后现代地理学和后殖民主义的认同、边缘、身份政治与地方等议题相联结，找出更具抗争性的空间。这些观点大部分强调"他者性"、族群身份和社会地位在空间中的建构方式，其中所涉及的空间政治论述与本书所要探讨的议题存在着契合点。后现代空间学者梅西(Doreen Massey)注意到后殖民主义的"差异"与"身份建构"在城市空间的政治性。她认为，重新思考城市空间和政治之间的关系将导致"不仅仅是对'差异'的更大关注，而且对差异构成的本质和身份建构投以更大的关注"("Spatial Disruptions" 288)。格罗兹的后现代空间理论同样促进了我们对差异的理解，即身份、社会关系，甚至看似静止的空间之间都存在着变化和流动性的关系。不同的社群和个体，都以各自独特的方式，存在于这些流动和相互连接的关系里。格罗兹(Elizabeth Grosz)没有把二元范畴斥为固定的、对立的属性，而是探索了它们之间复杂的、相互构成、相互转化的可能性。她指出，空间"是一种蜕变，不是面向有序、受控、静态，而是面向事件、运动或行动"(*Architecture from the Outside* 116)，空间因此可以根据主体与它的情感和工具关系被"转化"。同时，格罗兹(Elizabeth Grosz)指出长期在西方逻各斯中处于属下与被支配地位的身体与城市的联系，即"城市总是代表和投射着身体的形象和幻想，无论是个人的、集体的还是政治的"(*Space, Time, and Perversion* 122)。这种关系"通过各种各样的介入、规范、阐释和铭刻的关系变得极其复杂，这些关系在城市的特殊性和人口的异质性中产生了身份的概念"(Grosz, *Architecture from the Outside* 49-50)。另一位后现代城市空间学者萨森(Saskia Sassen)则在对跨国离散语境下的国际大都市的考察中指出，由于经济全球化，"一个新的中心和边缘的地理位置"出现了("Analytic Borderlands" 196)。但萨森

(Saskia Sassen)认为，"国际大都市的另一边由于聚集了大量的移民而构成了一种新的边陲地带"("Reading the City in a Global Digital Age" 15-16)，这使得经常处于极端不利条件之下的边缘群体(如少数族裔、移民、女性)拥有获得新型政治主体的可能。从这些角度看，相互转化的可能性嵌入在移民和少数族裔的自我发明和自我创造、抵制同化和排斥的过程中，这是一个宰制权力集团无法控制的过程，但改变了美国的身份和文化的本质化定义。在胡克丝(bell hooks)等学者看来，身处都市边缘空间的少数族裔，可以将其所处的"边缘"地带作为激进开放的空间。胡克丝倡议"将边缘作为生产反霸权话语的重要地点，对抗所有压迫性结构所强加的边缘性与支配性"(*Yearning* 149-51)，占据边缘地带这个"真实和想象兼具的空间"(和索亚的第三空间观点类似)，使这个实际被宰制与压迫的空间被翻转为具有彻底开放性，并且含纳各种差异的地方。

　　本书也将在文本分析当中加入人文地理学"地方"(place)等文化认同议题。人文地理学者普遍认为"空间"倾向抽象论述，缺乏具体形式。克朗(Mike Crang)认为"地方"之所以有别于"空间"，是因为人类将主观情愫投射其中，并赋予特殊意义，即认为地方并非具有固定区位、地点，却必须具有来自想象的、视觉的具体形式。华裔人文地理学家段义孚(Yi-Fu Tuan)以"地方之爱"(topophilia)这一术语对"空间"和"地方"这两个概念进行区分。他指出，地方的概念强调了人和地方之间的情感联系，即个体或者群体在和特定"地方"的互动中产生了独特的情感体验和经验，并由此建构了主体性，这就和看似客观实则冰冷的空间科学逻辑区别开来。由此观之，不论是克朗还是段义孚的"地方"论述，都是强调其具备的"真实与想象兼具"的特质，从而拥有对抗宰制权力话语支配的空间再现的潜力，因而都与列斐伏尔的再现空间、索亚的第三空间观念存在一定的契合点。席尔斯(Rob Shields)指出地方是空间的次范畴，宰制权力通过标签化、简化、刻板化的文化指涉而赋予地方意象，产生地方意识；而在建立宰制文化的地方意识及地理想象的同时，社会文化活动也创造了备受歧视、打压的边缘地方(*Places on the Margin* 30)。可以说，席尔斯的"边缘地方"理念发展了胡克丝的边缘观点，他指出，边缘是"空间"在现代化过程中进一步分化成"地方"的产品，但边缘也是具有革命性与颠覆性的地方。贾维斯(Brian Jarvis)指出，为了凝聚地方意识，宰制权力在空间建构的过程中，会对地方意义争斗过程中的落败者加以排挤并且褫夺他们对地方的命名权，因此空间/地方的再现总是与镶嵌在社会权力结构里的文化符码紧紧相连(113-38)。上述关于"地方"与空间的讨论与本书探讨的权力结构所生产的阶级、资本、性别、性意识、种族和族裔主体的议题相关，并为本书探讨身为空间被支配者的亚裔族群如何运用地理想象颠覆与重绘披着"科学的公正性"外衣的都市制图学（cartography），进而重新命名城市及重新镶嵌地方历史，凝聚族群地方意识，开辟族裔空间等议题提供了理论基础。

除了上述都市空间理论、人文地理理论之外，本书也将结合后殖民文化批评的理论，进一步拓宽研究视角，夯实研究基础。因此，本书也将在具体的文本分析过程中，结合后殖民主义中具有人文地理意涵与空间修辞的理论，如萨义德（Edward Said）的"东方主义"（Orientalism）、"帝国"（empire）、"离散"（diaspora），霍米·巴巴的"第三空间"和"杂糅性"（hybridity），安德森（Benedict Anderson）的"想象的共同体"（imagined communities），安扎尔杜阿（Gloria Anzaldúa）的"边界"（border），以及诸如逾越（transgression）、跨境（border-crossing）、游牧（nomad）等后殖民文化空间理论进行讨论，挖掘亚裔都市叙事文本中所蕴含的解构、颠覆、置换与重新定位的空间策略与空间实践。

# 第二节　漫游者视角下的都市空间与都市叙事

漫游者之所以被看作是社会的代言人、诗人甚至创造者，原因在于他们能够在漫游中随心所欲地出入各种实存与心灵的空间，并凭借其个人意识赋予社会更有意义的观察结果。同时，其自身也随着空间研究的深挖而被正视。除了可以悠闲自在地进出具体的空间，他们还可以随心所欲地游走于诸多想象空间，带着自己的意识，走进历史，走进文本，进行两度空间，甚至三度空间的漫游。可以说，漫游者身上所具备的空间政治性，使其成为都市叙事中一个不可或缺的人物角色。因此，本小节将结合波德莱尔、本雅明、福柯及德·塞托等学者的观点，就都市漫游者以及其所体现的空间政治进行梳理，并对其在亚裔都市叙事中所彰显的空间正义进行概述。

## 一、都市文本的阅读者：都市漫游者及其空间政治

"都市漫游者"有时被翻译为"浪荡子"，源自北欧斯堪的纳维亚语，原指"东奔西跑"之意。19世纪初引入法语，但转义为"无所事事地漫游闲逛"，用

来指称 19 世纪在巴黎街头和商场这类场所漫无目的地闲逛的失业艺术家和无业游民。该词尤其与 19 世纪 50 年代巴黎城市改建的社会背景密切相关。从 19 世纪开始，欧洲大陆加快其都市化与现代化进程，出现了以巴黎、伦敦为代表的国际大都会。19 世纪 50 年代，拿破仑三世委任奥斯曼男爵（Baron Georges-Eugène Haussmann）主持了 1853 年至 1870 年的巴黎重建工作。奥斯曼主导的大规模都市改造计划，让巴黎成为一个洋溢着现代气息的都市。笔直的通衢大道取代脏乱逼仄的小巷弄堂。街道两旁的精品商店、餐厅和路旁的咖啡座，如雨后春笋般应景而生。这种转变彻底改变了传统巴黎的都市景观，也改变了巴黎人的生活模式（Buck-Morss 89-90）。在巴黎景观的改建过程中，一种大型的商业拱廊（arcade）出现了，并且立刻成为一种时尚景观，其为"现代工业文明的新事物，屋顶上有玻璃帷幕，人行道铺设大理石，而通道两旁，灯光由上而下照射，奢侈名品商店一字排开。整个拱廊就像一座城市，甚至是一个世界的缩影"（Benjamin，"The Return of the Flâneur" 36-37）。可以说，由拱廊形成的现代人造公共空间与其间流动的人群，展现了现代都会的兴起；而装修豪华的商店与其间琳琅满目的商品，则说明资本主义的商业逻辑与商品化社会的到来。在这样的时代背景下，漫游者应运而生。他们踟蹰于拱廊大街，在此新开发的都市空间中流连忘返；他们在商品拜物的现实中带着自觉意识，通过凝视进行观察、创作或批判。

法国诗人波德莱尔（Charles Baudelaire）在《现代生活的画家》一文中，使用了 1806 年就在法语中出现的词"flâneur"，指代这个现代都市的新生人群——有脚步慵懒、嘴叼烟斗的绅士，有以哲思的眼光寻觅灵感的诗人，有醉醺醺的拾荒者，也有在爱情萌动的瞬间旋即淹没于熙攘人群的女子。在波德莱尔看来，都市漫游者是一个"完美的悠闲人士"，同时也是个"敏锐的观察者"：

> ［他］如天空之于鸟，水之于鱼，人群是他的领域。他的激情和他的事业就是和群众结为一体。对一个十足的漫步者、热情的观察者而言，生活在芸芸众生当中，生活在反复无常、变动不居、短暂和永恒之中，是一种巨大的快乐。离家外出却总是感到是在自己家里；看看世界，身居世界的中心，却又为世界所不知（482）。

事实上，波德莱尔本人也被公认为"现代性"的使徒，他晃荡街头，无所羁绊，以其诗人之秉性与感性，过着波希米亚人的流浪生活；其行踪往往取决于日常生活里的偶发事件；他常游走于当时所处城市的边缘场域，而小酒馆与咖啡馆是他偶尔歇脚的地方。经由他的诗歌创作，波德莱尔的"漫游者"混于人群中，隐藏身份，以"匿名"（incognito）的方式漫游于现代城市空间；以抽离的姿态旁观世事，同时不拘泥于传统，试图打破一切固定的结构；信马由缰、不带预设的目的，在凝视与环视之间，在驻足与行走之间，打破空间的维度，割裂时间的延续，是热情拥抱现代性与现代文化艺术的英雄。

马克思主义文化批评家瓦尔特·本雅明（Walter Benjamin）在研究波德莱尔的著作中，从机械文明与资本主义的角度，审视漫游者在面对现代性时的挣扎与抗拒。"漫游者"遂成为本雅明重要的理论概念，是他解读现代性空间的重要主题意象。本雅明首次将"漫游者"作为重要的文化意象来解读现代性、现代城市和现代知识分子，其影响深远，直至现在，漫游者都是文学、社会学和城市文化研究中经常出现的主题，是现代性和后现代性状况研究中不可或缺的一个人物或一种人类活动（陈永国 141）。本雅明由此探讨了如何通过艺术家的作品，以及城市漫游者的体验与感受来认知城市，挖掘城市经验与城市空间的关联，为城市文化和城市文学研究的后现代解读奠定了基础。本雅明对都市漫游者形象的阐释，揭示了空间生产与身份及主体建构之间存在的微妙关系。

本雅明是波德莱尔作品的翻译者，也是其忠实信徒。本雅明（Walter Benjamin）认为，漫游者不仅包括艺术家和作家，还包括所有那些流离失所、没有地位、"无法被政治和社会整合的人"（*Charles Baudelaire* 42）。如果说波德莱尔的漫游者是爱伦·坡式的"人群中的人"，那么本雅明的都市漫游者则凭借一种权威的、超脱的态度，自觉地与都市中的人群保持某种疏离。而由于本雅明的漫游者身处人群又保有回旋转身的余地，因此具备辩证意义：隐没于人群享受观察的特权，但同时游离于人群之外而享受超然的自由；既享受现代城市景观，又以冷漠的态度抵制现代消费经济的诱惑；既信马由缰漫无目的地行走，又以深刻的洞察力审视城市文本，搜寻转瞬即逝的印象，将根本的过去和永恒的未来静止辩证地在空间中展现。因此，本雅明认为，诗人、闲逛者和波希米亚人都是具备自觉意识的梦想家，能够展现主体，并唤醒只知道追逐新奇的、"醒着的/睡着的大众"。"漫游者是漫无目的的生活家，既消磨时间，又不让时间成为自己的时间，如此才能纵横古今、出入各家作品，并让自己成为居中的摆渡者"（42）。

本雅明（Walter Benjamin）认为，都市漫游是一种阅读城市文本的方式，是一种发现内嵌于城市经纬内社会意义的方法论。这些漫游者通过"游荡"的行为，不仅在观察都市生活，更是在进行着城市考古学的工作。在本雅明看来，由于这些都市漫游者是城市的居民而非游客，因此他们不会尽挑名胜观光，而是专捡拾并收藏"历史垃圾"——漫游者以自己的视角使之成为历史的珍宝。对于这种漫游者的"收藏行为"，本雅明以近似于空间的论述进行阐释："把过去的存在呈现给当下的真正方法，就是在我们的空间里再现它们（而不是在它们的空间里再现我们自己，收藏者就是这样做的，轶事也同样如此）"（Benjamin, *The Arcades Project* 206）。可以说，通过拾掇收藏历史的陈迹旧物，漫游者让过去进入现在的空间，使其作为过去事件的证据留存，形成一种象征性的叙事，并使不在场的事件和人物得以再现。此外，本雅明通过考察波德莱尔诗歌中"对往事的喃喃低语"，认为漫步者在悠闲信步中挖掘并收藏被隐藏在生活缝隙中的记忆碎片，进而穿梭记忆的长廊，把握了真实的历史经验，重建已经逝去的昔日生活，而令记忆的碎片作为经验而彰显出持久强大的力量。因此，当漫步者描绘都市时，绝不会具有外来作家特有的表现主义的兴奋色彩，或者"都市面面观"式的肤浅叙述，而是具有史诗性质的叙述，而这种叙述产生于记忆与漫步（"The Return of the Flâneur" 165）。

　　具体而言，这些漫游者以作家、诗人或记者的参与方式观察城市街道，这和人类学家或者民族志学家"实地考察"的方式相吻合。本雅明以波德莱尔为例，指出置身人群的漫游者诗人能以一种疏离的目光与距离，关注城市生活，描绘各种光怪陆离的社会现象，尤其是对城市芸芸众生中的下层社会阶层——罪犯、妓女等无数游荡于巴黎地下社会、流离失所的人进行偷窥凝视。这些反映当下又富于诗意的题材，在波德莱尔笔下以一种"寓言式的直觉"（allegorical intuition）、一种象征性的符号语言、一种疏离者的目光，反映了漫游者更深入人世萧索，关心又容忍社会中抛弃与被抛弃之人（Benjamin, *The Origin of German Tragic Drama* 176）。于是，漫游者就像拾荒者在街衢间左顾右盼，拾取可以兑换财物或回收利用的垃圾。具体而言，拾荒者、卖艺老者、玻璃匠等穷人的眼睛充斥于巴黎的忧郁碎片乃至"垃圾"，在漫游街头的诗人波德莱尔的记忆里散发薄薄光晕，不断被拣拾，进而转化成文字的片段。换言之，漫游者在此过程中尝试重现而非恢复过去"失落的回忆"，"发掘着有关现代性的神话和集体梦想（collective dream）"，将"城市空间当作集体记忆与经验的集中陈列室"（Frisby 224）。由此可见，都市漫游者在日常生活中对城市进行体验与想象的鲜活瞬间（lived moment），构成了对宏大叙事的某种质疑乃至颠覆，其意义不容小觑。从列斐伏尔的空间理论观之，漫游者以鲜活瞬间构成了再现空间。正如弗格森（Priscilla Parkhurst Ferguson）所言，都市漫游者及其都市漫游预设了一种全新的都市认识论;都市漫游者以行走和观察城市中的各色人等,尤其是边缘群体的方式,生产了一种独特另类、别于主流的知识(31)。

　　福柯(Michel Foucault)则对本雅明的漫游者美学进行了补充与修正。福柯在1983年法兰西学院的演讲中,指出本雅明所阐释的漫游者身处时代流变却毫不自知,而他认为漫游者应该在历史变迁时刻充分了解自己所应该承担的任务:"身为现代主义者,不是接受自己在时间流逝中随波逐流,而是把自己看成必须苦心经营的对象,这就是波德莱尔的漫游者美学。"("What is En-lightenment?" 41)由此可见,福柯挖掘了漫游者所彰显的现代性中所具备的"逾越"特性,即代表时代,并且更是超越时代。同时,作为艺术家的漫游者是一个有意识的行动者,而不是"捕捉转瞬即逝、处处惊奇的当下",也不仅仅"满足于睁眼观看,储藏记忆"(41),而是"当全世界沉睡时,他开始工作,并且改造了世界"(Foucault, "What is Enlightenment?" 42)。他们一面对现实高度关注,一面从事自由实践,既尊重事实又挑战现实,而这和福柯之后提出的权力关系理论密切相关。在福柯的系统中,现实也影射既有秩序或者体制威权(institutional power)。根据福柯的观点,彰显现代性风骨(ethos)的艺术家/漫游者身为知识行动的主体,透过自由实践觉察局限所在,并由此得知僭越的程度,将福柯所言的"界限态度"(a limit attitude)进一步"转化为一种可能进行逾越的批判实践"(45)。简而言之,福柯的"都市漫步者"既依附于时代,又与时代保持距离;他的立场既在现有秩序之内,又在其外,体现了一种居间性(in-betweenness)。在此,可以借用美国城市学者格罗兹(Elizabeth Grosz)的话,进一步揭示这些漫游者所开创的居间空间(the space of in-between)中的空间政治意涵:"居间空间是社会、文化和自然变化的场所,其不仅仅是一个为运动和调整提供便利的空间,事实上还是衍生新身份的场所……这个居间空间并非是一个各类身份和主体之间或受外部约束事物之间的滞定关系的场所。事实上,它是一个充满了移动性、发展性乃至成长性的空间,其开创了某种虚拟性空间,进而撼动、破坏那些操纵身份定义的运作……可以说,居间空间是颠覆和磨损的空间,是任何身份界限的边缘"(*Architecture from the Out-side* 92-93)。换言之,都市漫游者此等居间式的空间实践总是不断试探权力体制的界限,在与现实秩序角逐的游戏中,凭借发挥自身能动性进行自由实践,借此寻找逾越被宰制权力划定的空间界限的机会,以及建构身份的可能。

　　由以上关于都市漫游者理论的综述,可以洞悉其中蕴含的空间政治性,尤其是空间生产与身份和主体性形成之间的复杂联系。本雅明提供了一套研究文化身份和历史如何铭刻进空间中的理论框架——都市漫游者在其行走都市的过程中,通过自觉意识的观看以捡拾历史的碎片,将时间空间化,将根本的过去和永恒的未来静止辩证地在空间中展现;经由人的自觉意识而产生的往昔塑造了一个再现空间,这是一个具备实践与改造可能的解放性空间,进而抵抗了国家权力控制筛选过滤后的地域秩序性,从而彰显了自身的权力与意志。福柯的都市漫游者则具备了空间逾越的实践能力。他们身处中间地带,自由穿梭于城市任何一个角落,不为任何空间所塑造和规训,不断挑战权力操控的空间实践所设定的界限,在不同界限中来回穿梭并介入各体制实践之间,从而能够同现实秩序展开一种游戏或抵抗,借此寻找逾越的可能。

德·塞托(Michael De Certeau)进一步借鉴了本雅明与福柯的研究成果,认为具有居间性的城市漫游者的都市行走,是一种"逃避秩序"却又停留在"秩序得以推行的领域"内的空间实践。具体而言,德·塞托把城市日常生活的空间实践者划分为以下两种:第一种是身处摩天大楼、俯瞰全城奇观的"窥视者"(voyeur)①;在全景敞视权威视角下的城市,是一个在规划和审查操作下建构的场所,是一个将城市中模糊不清的流动转码为透明可读的文本的场所,或者就是经由空间组织者、城市规划者与权力的联手,对城市某些具体的实际情况进行筛选、剔除,乃至遗忘的运作而成的一幅画,这幅画可以说就是列斐伏尔所言的"空间再现"的隐喻。另一种则是城市平凡生活的实践者,生活在被条条门槛挡住了视野的"下面"(down),而这种生活的基本形式就是步行者的方式(wander's manner);他们用身体编织着纵横交错的城市街道,书写着各类流动交汇而成的城市文本,讲述着既无作者也无读者的城市叙事(De Certeau, *The Practice of Everyday Life* 141-42)。也就是说,由于空间在某种程度上是被在空间里发生的活动整体所激活的,故在几何学意义上被国家权力机构规划与定义的都市街道和格局分布,被行走于其中的都市漫游者的日常实践翻

---

① 德·塞托援引希腊神话人物伊卡鲁斯(Icarus)不听父亲劝告,飞得离太阳太近以至于人造翅膀上的蜡都融化而坠海的故事,批判高高在上鸟瞰都市空间的人,不过是有一种对先验超然(transcendence)的渴望,以为真理可以从一个超越一切的位置来观看与构建,根本是自大与自欺。他写道:"这种拔高(elevation)将伊卡鲁斯瞬间变成一个窥淫狂(voyeur):因此冷眼遥望,整个世界被转换成一种'文本',躺在他眼前供他阅读,他也变成一只日眼(a solar eye),如同俯视尘世的上帝。观视及妄知冲动被升到云端:这种知识的虚构性,纯粹与妄想成为一个观点往往和个人的贪欲有关。"(详见 De Certeau, Michael. *The Practice of Everyday Life*. Berkeley, CA: University of California Press,1988:140)

转成彰显自我意识的空间，而这使其都市行走具备了反抗权威的政治性。诚如德·塞托的观点，城市由于居民对其空间的使用，可以成为人们自下而上进行策略性反抗的重要地点，即城市使用者通过选择，组织起专属于自己的空间叙述方式，并通过步行，将静态的地方激活，使之变为动态的实践空间(117)。漫游者的脚步游戏就是对既存都市空间的再加工——通过行走轨迹的一个个片段和空间的一次次变更，"创造"某一场所，并叙述与之相关的故事，而这些故事又有助于建立与地方的种种联系(33)。这些轨迹与联系对于体验和记忆一座城市乃至重新建构城市的文化与历史，都具有重要的意义。德·塞托认为，整个步行的动态过程，其实也是一个标示空间的各种边界的空间实践，而边界与界定一个人以何种身份占据城市空间休戚相关，是个人身份协商的重要一环(104)。

综上所述，波德莱尔、本雅明、福柯以及德·塞托关于都市漫游者的解读与书写城市文本的行为，都可以理解为一种生产另类的他者知识的方式，而这恰好也为本书提供了一个研究视角：聚焦于亚裔都市叙事中的"都市漫游者"，考察他们如何借都市漫游的空间实践，逾越霸权宰制下的种族空间区隔，审视美国都市里蕴含文化意涵和体现政治权力运作的事物，挖掘深埋于城市历史废墟中的族裔历史与记忆，从而对霸权宰制予以抵抗与拒绝，最终开辟都市族群的生存空间。

## 二、亚裔都市叙事中的漫游者与空间实践

美国种族主义透过国家机器以及社会文化机制进行空间隐喻，通过规划、界定种族关系的设计了使美国都会的地理空间呈现出种族化的景象，即将原本属于公共空间的美国大都会以种族、移民身份、收入等作为根据，进行专门化的居住活动区域隔离，使其呈现出不同等级的空间格局。美国社会以非正义种族空间的建构行使权力，将空间作为建构他者的媒介，此种空间暴力是白人权力得以实现的方式之一。在美国种族话语操控的空间实践和规划下，美国大都会中的亚裔族群聚居区呈现出落后衰败、自我隔绝，乃至化外之地的特征。它同时也是二元对立的种族/阶级空间秩序所生产的非正义空间，隐喻了权力宰制下的美国社会空间的结构力量以及空间秩序。然而，在美国都市这样一个极富张力的空间中，各种政治力量盘结交错，体现出压迫性与解放性交杂并存的特征；种族话语宰制下的区隔空间不仅仅是种族和经济意义上的"他者"的媒介，同时也是"他者"实现自我主体建构的重要载体，因而，区隔空间又

是一个生活的空间(lived space)，或者说就是一个"真实与想象兼具"的地方，蕴含了松动原有空间架构的可能性。作为美国都市空间使用者的亚裔等边缘群体，通过重构彰显权力意志和种族话语的空间再现，反过来颠覆权力的合法性，使之成为富于反抗潜能的"再现空间"。

城市是一种符号，也是一种话语，更是一种文本。作为再现城市生活风貌的都市叙事，都市漫游者是该文本中最为重要的符号。正如罗兰·巴特(Roland Barthes)所言，城市是"石头上的写作"，而文学则是纸面上的写作(Barthes，"Semiology and the Urban" 76)。亚裔都市叙事中的漫游者则是此种写作中不可或缺的空间意象。犹如本雅明所揭示的欧洲漫游者那样，亚裔都市漫游者也呈现与之类似的特质：于漫步中对周围事物的瞬间感触(immediate circumambient sensory stimulus)，对城市中的"贱斥之人"的关注、对城市过往的迷恋(a fascination with the citys outcast's or nostalgie de la boue)以及对城市街道所构建的复杂符码进行破解的渴望(Brand 13)。而全球化时代的美国都市，如纽约、旧金山、洛杉矶这些少数族裔较为集中的国际大都会，在本土与外来、自我与他者的相互对抗、渗透影响的过程中，已经成为一个彰显多元文化复杂性的"接触地带"(contact zone)。因此，亚裔都市叙事作为再现后现代时代语境的美国都市文本，其中的都市漫游者当然彰显了与本雅明、波德莱尔等现代主义学者所提出的都市漫游者的迥异之处。后者的漫游，既包含对现代性的批判，又不乏浪漫的怀旧情绪，而亚裔都市叙事所塑造的，则是一群彰显亚裔文化异质性的都市漫游者，他们捕捉浮现于每个街头的普鲁斯特式的瞬间。亚裔都市叙事中的漫游者，摆荡在美国繁华现代大都会与被隔绝的族群聚集区之间，在都市行走过程中，每时每刻都将城市地理空间与人物心理、族群历史和个人乃至集体的离散体验联结起来，揭示城市空间以及空间关系复杂的权力关系，进而以后现代、后殖民的政治策略开展美国都会少数族群的空间实践，以及对现实空间的批判和超越。

对于亚裔都市叙事中的都市漫游者而言，其身上特有的文化杂交性与多元性，使其能够拥有某种居间性(in-betweenness)。具体说来，这种特性就是与主流文化以及族群文化之间的关系既熟悉又疏离，进而使他们在不同空间之间自由穿梭而获得某种空间优势。都市漫游者的每一次行程都不具备明确的目的地，他们的行走本身就是一种反抗权力宰制下的种族空间拘囿的方式。德·塞托(Michael De Certeau)认为，对都市空间的"漫游"和"凝视"是居于和占有城市空间的一个社会过程(*The Practice of Everyday Life* 97-98)。因此，漫游者的身体和视角在具体的感知空间，即城市街区中位移，但同时并非像本雅明式的西方"漫游者"那样，以超然疏离的态度对城市文本进行优势性阅读；反之，亚裔都市叙事中的漫游者对彰显主流意识形态的构想空间进行反抗性阅读，即他们将族裔、性别、文化、历史等多重论述贯穿于被异化的种族聚居区，或者被神化的都市地标建筑等城市地理景观中。可以说，这种具备后现代游牧的独立性、流动性、偶然性特质的空间实践，使其乃至整个族群得以从彰显权力意志的空间再现的陷阱中逃离，与秩序暴力进行对抗，进而构建出彰显族裔特性的再现空间。

　　正如沃克威兹（Judith Walkowitz）所认为的，漫游者通过跨越大都会的空间区隔，进而体验整个城市的方式，事实上确立了都市漫游者"声张城市的权利"的能力，这个权利不是以传统的方式获取的，甚至通常超出弱势群体想象力的范畴（414-15）。换言之，漫游者信马由缰的行走就是一种空间思考与言说的实践，揭露了城市意象背后隐含的意识形态逻辑，挫败了权力对亚裔等边缘群体进行空间宰制的企图。这个逾越种族/阶级边界的空间建构和生产过程也是一种主体性的自我塑造过程，以及对个人、族裔文化身份的探索过程。具体言之，漫游行走挑战了权力宰制下都会空间的限定和压迫性机制，使地理空间与精神空间、个人体验与族群历史得以联结；其以族裔传统、文化记忆的地理想象解构族裔身份的连字符空间，建构具有流动性与多元杂糅的主体身份，并最终颠覆既成的都会种族空间部署。通过文本中游弋、穿梭于都会的亚裔漫游者（flâneur/flâneuse）的越界和游牧体验，放眼观察城市符号，旁观种族空间区隔下少数族群身份认同的分裂与痛苦。亚裔漫游者以不断移动的城市漫游策略去占领城市空间，规避凝视，并借此寻求自我主体的生机。漫游者的所见所思生动再现了亚裔个体与族群在大都会搜寻立足之地的奋斗与挣扎，其中对都市、家园、社群的地理想象，将文化记忆和族裔传统嵌入由白人定义、想象的都会空间，进而挑战白人逻各斯中心主义宰制下都会空间内部的限定和压迫性机制，松动饱受种族话语管理与控制的贫瘠与阶序化空间（striated space），重绘兼容差异又异质相争的族裔空间，实现多元共存、自由平等的空间正义。

# 第二章　华裔女漫游者反凝视下的唐人街:《骨》中的族裔空间重绘

在美国亚裔都市叙事作品中,少数族裔聚居区一直是一个充满争议的领域;亚裔作家以对族裔集居区的重新书写和再现,挑战美国城市中基于种族/阶级/性别而划定的空间非正义。正如肯尼迪(Liam Kennedy)所指出的:"文学再现的作用使得空间同时是真实的、象征的和想象的,通过批判地审视再现的过程、内容、意象及其效应,进而赋予都市空间清晰的形式"(9)。值得关注的是,亚裔都市叙事中的漫游者作为一个重要的空间意象,诚然具备漫游所涉及的城市空间、步行以及观看的要素,但是在全球化与多元化的美国后现代都市情境中,其空间意义得以延伸并被赋予不同的内涵,逾越了波德莱尔、本雅明对于现代漫游者的界定。早期的西方漫游者多为有钱有闲的中产阶级白人男性,而亚裔都市叙事中的亚裔漫游者兼具了福柯以及德·塞托等学者对漫游者的后现代建构,涉及了阶级、族裔与性别等因素,因此他们的漫游具备了别样的政治意识。他们行走于都市空间,以反凝视的姿态重新审视空间配置下蕴藏的阶级、种族和性别之符号。可以说,在漫游中,他们不仅通过转换都市意象重新解读都市文本,而且重新建构都市空间,以独有的批判意识打破种族区隔,重现属于他们的族裔空间。

伍慧明(Fae Myenne Ng,1956—)初试啼声之作《骨》(Bone,1993)以旧金山唐人街一个普通家庭的悲欢离合为底色,通过记忆与想象衔接过去与现在,揭示了美国《排华法案》(Chinese Exclusion Act,1882—1943)对华裔劳工群体、华裔移民及其后代所造成的心理创伤和历史贻害。小说以一种另类的书写方式,打破了西方历史书写的次序性、直线性与进展性的时间观,采用倒叙的叙事手段,夹杂着回忆与遗忘的不连贯的、包含多重观点的叙事方式,讲述了唐人街上华裔劳工家庭梁家三代的家族往事,并由此再现了"被遮蔽"与"被扭曲"的旧金山唐人街的真实历史,构成对抗官方历史的颠覆性力量。小说一开始以梁家二女儿安娜自杀为引子,随即以长女莱拉和其他人物探寻安娜自杀的理由展开故事。大女儿莱拉在这部都市叙事作品中,漫步于旧金山唐人街,并回忆与观察唐人街的过往尘嚣。在寻找安娜死因与安抚父母的过程中,莱拉以少数族裔都市女性漫游者(ethnic flâneuse)的身份,逐渐发现了唐人街不为人知的"内部故事"(inside story),揭示了唐人街作为美国都市中意识形态空间隔离的象征,标志着美国都市中种族地位被空间化的现实。

本章将首先从唐人街的历史发展脉络以及其在主流文化中的再现嬗变,探讨以唐人街为代表的族裔聚居区如何在都市权力宰制的种族空间规划中遭遇区隔(ghettoized),而成为权力、意识形态、控制和监督的"空间的再现"。其次,本章将经由华裔女性漫游者莱拉的视角,探讨她对唐人街全新的观察与重新审视如何形成对白人男性漫游者凝视的回望,将这个原本在权力宰制下产生的非正义空间,翻转为重现族群真实历史、彰显族裔文化的家园这个全新的族裔空间。最后,本章将深入唐人街的"内部故事"所构筑的空间再现,挖掘唐人街蕴含的性别空间宰制/政治,探讨唐人街中的华裔女性如何在日常生活实践中反抗种族/性别的压迫,进而建构确立自我主体的生存空间。

# 第一节 "化外之地"的空间再现: 白人 漫游者"凝视"下的族裔空间

空间形式往往根据社会人群行动和生活的特定方式而产生与发展,除了显示国家权力关系的运作,以及反映支配阶级的利益,还呈现出各阶层、各族群的特殊属性(Castells 215)。换言之,权力宰制下的都市空间区隔化自然是一种象征、一种符号,通过空间区隔化,可以看到的不只是一种分而治之的制度或政策,还有在这种制度、政策背后所隐喻的普遍性意义,即社会分层与身份差异。美国都市正在划分成一个个比以往界限更为分明的同质化隔离区,使得城中居民无法与不同的群体接触;属于白人中产阶级和上流社会的居民更是通过精心谋划的空间,部署掌控他们自身的环境,避免与他者发生关联。美国大都会的都市空间是以被依照阶级、种族与国籍区隔开来的明显例子,体现了西方后现代都会中隐然存在的种族、身份问题,以及它们背后所挟带的历史、文化遗产、传统对空间的操控、定义和再现。福柯曾就城市规划与政治权力提出类似的观点。他认为,都市的管理模式及其所呈现的空间形态就是管理整个国家的原型(Rabinow 241),而现代国家的统治艺术(the art of government)已经由自上而下的、以君主为中心的统辖(the art of sovereignty),逐渐转变为对人和事物关系的空间配置和制约(Foucault,"Governmentality" 90)。也就是说,城市空间的划定与区隔是国家权力意志的体现;国家权力通过对领域划定疆界、对人口进行区隔、对不同的社会运作加以规范,实现其对社会的统御。区隔与规范完成之后,国家宰制权力再透过对社会空间、社会功能和社会流动进行符码化与再符码化,以稳定权力所制造的疆界。

由上述讨论观之,美国都会中的亚裔聚居区,如唐人街(Chinatown)、韩国城(Koreatown)、小马尼拉(Little Manila)、小东京(Little Tokyo)或日本城(J-Town)、南亚移民社群以小印度(Little India)为代表的聚落(ghetto or enclave),无不是以"赋权、压迫和排他性"的模式形成的都市空间区隔,皆是在美国种族话语操控下的非正义空间,是美国历史上压迫、边缘化少数族裔的国家管理模式的体现。少数民族聚居区(ghetto)这一术语,最初指的是中世纪欧洲城市中与城区其他部分相隔离的犹太人飞地。当这一术语传至美国时,其意义发生了转变。美国都市中的少数民族聚居区渐渐指任何一个与主流社会有明显差异的单一族群所占据的区域。这意味着,这一空间上的集中造就了一个与主流社会的价值观和道德规范鲜有共性的平行社会。

于是,在权力宰制的城市空间配置下,都市少数族裔的聚居区偏离美国白人主流价值下的社会规范体系,包括亚裔在内的少数族裔聚居区成为黑暗的中心,俨然形成白人凝视(white gaze)下的"异域""异族""异文化"的化外之地。这种先存于真实空间的投射性假想造成的地理区隔,产生了所谓的"具威胁性的地理"(minatorial geography)(Jenks,"Watching Your Step" 145)。以华裔聚居区"唐人街"为例,美国族裔研究学者沙哈(Nayan Shah)在其专著中指出,政府调查、新闻报道和白人旅行见闻生产出了关于中国人的所谓"种族知识",并协助绘制了反映西方自我臆想与投射的"唐人街"地理(the cartography of Chinatown)(18)。因此,在主流社会所再现的亚裔聚居区文化中,白人(以男性为主的漫游者)常常以观光客的心态,"莅临"政治、经济、社会等多方面上遭受严重隔离与歧视的亚裔聚居区,以游记、民族志、摄影等艺术表现形式建构具有浓厚东方色彩,并且在美国严重"内部殖民化"的异己之地。在他们的呈现下,亚裔族群聚集区成为现代都会场景之外的落后野蛮之地,是一个污秽低俗、犯罪高发、传染病肆意横行的邪恶之地，或者干脆就是一个充满神秘异域色彩（exoticism）的旅游景点。白人漫游者关于亚裔聚居区的叙述暴露出其复制他者的兴趣，体现了东方主义式的白人男性凝视（orientalist white male gaze）。他们所炮制的各种关于聚居区的游记、小说、新闻报道和摄影作品，常常带有都市漫游者式的典型民族志书写特点，但同时是一种类似动物园的猎奇观察，又不乏歪曲真相与夸张之嫌：他们的凝视体现了西方的窥视狂倾向（the voyeurism of the west）。

由于特定的政治、历史、文化原因，美国华裔聚集的"唐人街"成为众多亚裔聚居区中，历史最为悠久、数量与面积也最多，并且在美国主流文化中被勾画得最多的一个"化外之地"。例如，随着 19 世纪末和 20 世纪初美国城市场景的商品化，主流社会对唐人街刻板印象的生产变得流行起来。美国白人男性作家凭借他们在城市中流动的特权，往往以一个西方漫游者居高临下的态度，为"唐人街"以及"东方知识"的生产发挥核心作用。美国白人诗人兼记者斯托达德（Charles W. Stoddard）的唐人街游记《中国的一角》（*A Bit of Old China*，1912），充斥着西方人臆想的异国情调——"空气中弥漫着东方所特有的檀香木烟味和奇异的气味；街道上流连着一群苦力，飘荡着一种未知语言的回声。街道狭小到举步维艰，同时我还要被长着吊梢眼的异教徒好奇地打量"（引自 Chen 98-99）。通过充满虚假意识的描述，佐以街头漫步所呈现的实景现场感，白人漫游者将"偏离美国规范"的中国文化以及华人的体貌特征，作为一个族群的意义铭刻进这片种族区隔空间里。可以说，唐人街被建构成美国大都市的"古老中国的一角"，成为东方主义的表征。如此，文学和美学实践在某种程度上以其欺骗性的想象掩盖了种族歧视之实，遮蔽了操作种族空间区隔的社会政治力量的运作，进而将唐人街与美国现代化的城市隔绝开来。由于美国移民法律的禁令，唐人街在 19 世纪末 20 世纪初成为一个性别比例失调的单身汉社会，因此在白人文学作品中，唐人街常常被污名化成一个威胁白人女性人身安全与贞洁的邪恶之所。诺里斯（Frank Norris）的短篇侦探小说《第三圈》（*The Third Circle*，1897）中讲述了一个年轻白人女子艾克小姐（Miss Ten Eyck）在旧金山唐人街失踪的案件。正如小说标题所示，诺里斯借用白人侦探/漫游者的视角，在描述唐人街隐秘的恶习时采用了空间的隐喻："旧金山唐人街里所梦想的东西比在天堂和人间还要多。这个城中之城实际上由三个部分组成：一部分是导游展示给你看的，一部分是导游遮盖起来的，还有一部分是闻所未闻的"（Norris 1）。诺里斯表明第三部分就是艾克小姐消失的地方——一个潜藏在唐人街地下的"第三圈"，是鸦片馆遍布、女性人口买卖泛滥的邪恶之处。旅游指南、新闻报道以及社会调查报告经常以耸人听闻的口吻,将唐人街的地形与该地区的各种恶劣活动联系起来。例如 1904 年的旅游指南《纽约唐人街》,采用"crooked"的双关含义(该词可以理解为"弯曲的",亦可理解为"狡诈的")来描述唐人街中蜿蜒曲折的街道:"从查塔姆广场到佩尔街的弯曲街道就有十几个,尽管这是曼哈顿下城的一个共同特点,但也暗示了这个社区及其居民的不道德和隐藏的犯罪性质"(Lui 39-40)。正如简克思(Chris Jenks)所言,基于种族和阶级进行的城市空间布控,事实上预设了某些区域适合某种人从事某种活动,或者某些地区具有危险性和高犯罪率("Watching Your Step" 158)。

此外,医学和社会道德的论述在针对唐人街的种族歧视和知识生产网络的形成中也发挥了重要作用。在 19 世纪和 20 世纪早期,对聚居区中华裔族群形成的担忧以及对当时社会流行病的恐惧掺杂在一起,创造了"一种新的空间和种族的表达方式,使得唐人街成为一个独特又疏离的地方,或者说成为一个官方检查(official inspections)和大众舆论所抨击的目标。而主流社会对唐人街的恐惧强化了种族化的身体和空间的界限"(Shah 24-25)。1878 年,当美国的反华情绪成为一股强大的政治力量时,索特尔博士(Dr. Mary Priscilla Sawtelle)发表了一篇社论文章,认为"唐人街上的中国妓女正使我们的国家受到毁灭的威胁"(Sawtelle 4)。索特尔博士的医学背景赋予了她阐释权威,其将中国女性视为向白人男性传染性病的主要来源,并将白人男性等同于"我们的国家",而华裔女性则是败坏美国白人的道德观的罪魁祸首(Sawtelle 4)。正如哈乐薇(Donna Haraway)所主张的,这是通过对身体的论述建构种族话语:"凡是涉及种族和性的地方,就有人们对卫生、堕落和健康的担忧"("Universal Donors" 338)。总而言之,种族空间的区隔往往和文化刻板印象(尤其对少数族裔而言),以及对"未知"的陌生和恐惧产生交互作用,进一步将包括华裔在内的少数族群与主流空间隔绝开来。

摄影镜头作为一种政治工具,通过对人物和景观的技术和美学的筛选及过滤,有意无意地渗透了意识形态。反映唐人街的摄影作品亦是白人凝视下的建构。美国德裔摄影师根特(Arnold Genthe)的畅销书《旧唐人街摄影集》(*Pictures of Old Chinatown*, 1913),呈现了白人男性漫游者凝视下对唐人街和华人物化、异化的操弄,体现了其将唐人街与代表先进文明的美国城市空间隔绝的企图。根特由此写道:"除非有导游作伴,否则最好不要去鱼龙混杂的唐人街。但漫游者的性格令我明知故犯,我一有空就去了唐人街,之后便一去再去,因为这个坐落于西方大都市核心的东方,将我的命运引领向全新与不可预见的方向"(Genthe 32)。可以说，根特的摄影行为具有猎奇、冒险与观光的性质，他手中的坦白相机(candid camera)①成为他凝视、冻结与固化异己形象/意象的工具，其所拍摄的唐人街照片具有强烈的东方主义意涵。根特犹如猎奇的游客与漫游者，在唐人街的街头巡弋，伺机偷拍唐人街居民的日常生活，并常常在对方不愿意的情况下强制拍摄，并在照片上附上表明自己观点的标题。根特的行为无疑体现了西方男性漫游者所扮演的入侵者/掠夺者/命名者的角色。种族差异与文化差异成为根特相机所猎取与企图再现的对象的选择前提，因此，根特的唐人街照片总是能呈现出与现代美国都市景象迥异的一面。同时，为了保持唐人街族裔的纯粹性以及异国情调，根特对唐人街照片中可能出现的白人影像采用如框选(framing)、剪切(trimming)等技术手段剔除，确保唐人街"既不能污染白人的美国，也不能被白人的美国所污染"(Moy 76)。汤亭亭对此批判道："唐人街的语境一向为白人所赋予，根特将白人排除在照片外的操作孤立了华人，增添了异域、神秘、高深莫测的东方人的刻板形象"(引自 Chen 39)。可以说，根特的照片以一种拟态行为复制了东方主义的形象，他以高高在上的姿态凝视、窥探这个被区隔的种族空间，甚至摆布操控它的知识生产，传达出这样的一个信息：拘囿于区隔空间的华人可能是"和我们在一起的，但不是我们当中的一员"。

　　以上讨论尽管以华裔聚居区为例，但同样可以代表都市亚裔族群在权力宰制的种族空间规划中所遭遇的区隔经历。在西方漫游者的叙述中被歪曲、被污名化的历史遭遇，其他亚裔族群也不能幸免。主流话语以空间化的身份建构将少数族裔聚居区塑造成了一个污秽的、充满了疾病的、落后的种族歧视之所。社会因素所造成的贫困和不受待见(undesirability)，也被归结于少数族裔所固有的种族特征。可以说，主流社会关于族裔聚居区的叙述是基于西方与东方对立的秩序，而被划分为"第三世界"的亚裔聚居区便被定义为萨义德所言的"第一世界"里"秩序""合理性""对称性"的对立面。在主流的论述中，这些亚裔聚居区的形成不再是社会经济和政治制度宰制下的被动结果，也

---

①　"candid camera"有时被翻译为"袖珍相机"，本书取其字面意义，翻译为"坦白相机"。这是因为根特被认为是世界上第一个袖珍相机摄影师(candid photographer)。在其作品中，根特使用隐藏式相机(concealed camera)，多在对方不知情的情况下偷拍，从而获得生动、传神与自然的照片。根特自诩其相机可以猎取真相/真像，从而使被摄影者在镜头面前"坦白一切"。但是后现代摄影评论家博格(John Berger)认为，"坦白相机是错误命名，事实上是好奇/多事的刺探"。详见 Berger, John. *About Looking*. New York：Vintage，1980：52.

不再是话语身份建构的最终结果,而是变成了所谓"与生俱来的种族属性"建构的"证据",成为宰制权力为自己合理化种族空间隔离与排斥的辩词。如此,亚裔的种族身份在无形中被建构,其社会地位也被框定。主流社会便可借此阻止亚裔及其他少数族群拥有美国公民身份、享有国家空间的权利。

# 第二节　"反凝视"的颠覆力量:女性漫游者的族裔空间再现

亚裔都市叙事中的漫游者透过全新的观察与诠释,通过重新审视自己族群的聚居区,形成对西方凝视的回望(return of the white Western gaze),将这个原本在权力宰制下产生的非正义空间,翻转为重现族群真实历史、彰显族裔文化的家园这样一个全新的构想空间;原先封闭的社会系统被解构,对都市权利和空间正义的诉求得以表达。格罗兹(Elizabeth Grosz)认为"空间存在于正在形成的那个时刻",就像"其出现和爆发并不是以有序、受控、静态的模式呈现,而是以运动或行动的样态演进的"(*Architecture from the Outside* 115)。由此可见,亚裔漫游者走出禁闭的隔离空间,通过漫步、占有公共空间实现对种族空间的逾越,声明对城市的拥有权(claim right to the city),在日常实践中逾越了种族、性别和阶级的界限,不但松动了聚居区原有的界线,而且可能反过来挑战原权力机制强加其上的社会性和社会功能。

其中,更具备颠覆力量的是来自亚裔女性漫游者(flâneuse)的行走与重绘都市文本的操作。"flâneuse"作为法语名词"漫游者"(flâneur)的阴性形式,指在都市公共空间漫游与闲逛的女性观察者。然而很长一段时间内,在父权宰制的都市话语中,女性被认为无法与男性一样在大都市中自由行走,因此大多数法语词典甚至未收入这个单词。但是,自都市诞生之日起,女性的足迹从未在城市中缺席,女性始终在城市中宣告着她的独立主体。埃尔金(Lauren Elkin)认为,女性漫游者是"坚定又机敏的独立个体,敏锐地应和着城市的创造潜力,以及一次美妙漫游释放出来的可能性"(36)。具体言之,亚裔女性漫游者作为都市空间的边缘者,在徜徉街道、逾越种族/性别/阶级的过程中,以她的所见所闻、所思所想来质疑、挑战和重新创作都市文本,将自我重新汇入都市的图景中而具备了颠覆的力量。

伍慧明的《骨》通过华裔女性漫游者的所见所思,凸显了美国都市"意识形态种族空间隔离的隐喻性再现"（symbolic representation of an ideological spatial apartheid）（Aldama 90）。为了与西方漫游者凝视下唐人街的异域风情话语形成对抗，《骨》在 1993 年的首版采用了白人摄影师根特的畅销书《旧唐人街摄影集》（*Pictures of Old Chinatown*，1913）中一帧两位华裔女童亦为女性漫游者的照片作为封面。原照片标题为《她们的第一张照片》（Their First Photograph），描绘了两位穿着传统节日盛装的中国女孩行走在唐人街大街上的情景，如图 2-1 所示。

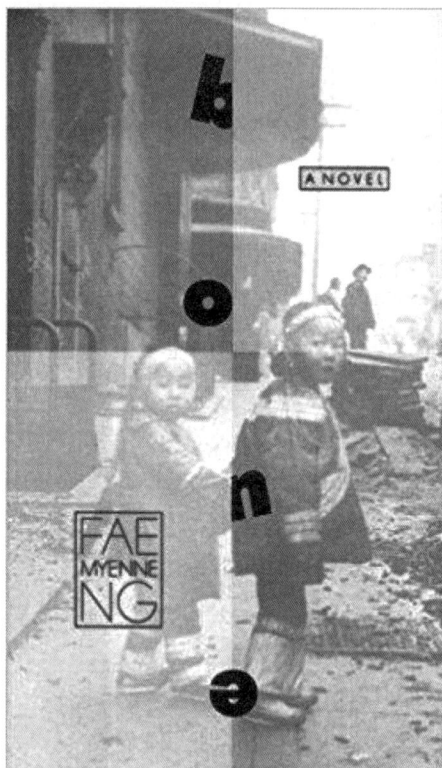

（图 2-1　《骨》的封面

**Ng, Fae Myenne.** *Bone.* **New York：Harper Perennial，1993.**

　　在西方白人漫游者的相机下，唐人街是由种族意识形态所建构的视觉意象，但被伍慧明转换成了该小说的叙述导言：以一张古老的照片作为附文本（paratext），展现过去的现存性与现在的历史性，以文学创作对抗美国东方主义话语。

萨义德(Edward Said)曾经针对摄影提出如下见解:

> 照片援引于现实,截取了历史世界的痕迹而呈现出片面性。这种特殊状态令它具有不轻易被收编的暧昧……每张照片都是拍摄瞬间选择的结果,但照片的意义取决于观看者,并由观看者将间断性的瞬间融入持久性的延续,赋予它过去和未来的意义。阅读或者诠释照片就是将人类的期盼和表象的语言进行协商。照片的意义诞生于当人们面对事件(照片主题)时,能将它延伸并结合其他时空……这一切就像投入水里的一颗小石子,瞬间打破了新闻从业人员、政府论述与科学专家所谓"历史"的单向之流,其被私人的主观经验所否定……照片因此具有起义反叛的潜能。
> (*Reflections on Exile and Other Essays* 150-51)

由此观之,由于照片是摄影者在特定瞬间选择之产物,其本身就具有暧昧性与片面性,具备抗拒被特定的立场收编的意义。因此,摄影者无法垄断其意义,而仅仅是提供视觉文本。也就是说,照片中视觉文本的意义(萨义德使用的是复数形式的 meanings),主要由观看者通过各自的立场与角度所建构。观看者以私人体验和感悟去诠释照片时,就像一股逆流搅乱了宰制权力那种单向的、连续性的宏大叙事,从而具有了反叛的意义。巴特(Roland Barthes)也以"平面"(flat)一语双关地描述照片的外观,凸显其所再现的真实与现实世界的任意性,而观者透过照片看到的不是物体的"曾经存在"(being there),而是它的"一直都在"(having-been-there)。他还将摄影者按下快门的动作和相机发出的声响比拟为以枪射击的行为,被摄(射)物在被摄的瞬间等同经历了死亡,而照片也记录下了被摄物之死(*Camera Lucida:Reflections on Photography* 14)。也就是说,照片亦能成为松动文字意义的符号——即照片宣示主体之死的同时,主体也将通过诠释于当下重生。照片将为回忆的当事人建构一个现实,一个符号空间。这样的空间是开放的,身处该空间的当下,主体将与过去对话。于是,"照片"既能让人依靠想象拥有一个不真实的过去,亦能让人掌控"令他们局促不安的空间"(Sontag 9)。叙述者就如同历史学者一般,以回忆的方式追溯历史而更能诠释其含义。重建的历史不仅记录了过去,更为当下赋予新意。

因此,当根特的唐人街照片再次出现在小说《骨》的叙述中时,它不仅提供了另类的观看方式,也提供了"另一种诉说方式"或者"另类的叙事/故事",从而在话语场域中竞逐诠释权。作为叙述者,女性漫游者莱拉通过"结合人性需求与表象的语言"，重新解读根特的唐人街照片，将读者的注意力吸引到了唐人街的日常生活中，拓展了唐人街空间的意义，或者说扩展出了更加繁复的另类意义，从而抵消了根特对唐人街东方异国情调的诠释：

> 在淘淘饭店，利昂、妈妈、梅森和我坐在我最喜欢的根特拍的一张照片下，画面里两个小女孩手拉着手走在一条小巷里，她们回头张望着。我还喜欢他的另外一些照片，那拥有令人陶醉微笑的杂货商、鞋匠，还有卖气球的小贩。（Ng 191）

可以说，当白人摄影家根特的这些照片与小说所再现的唐人街"内部故事"产生联系，并得以引申时，主流意识形态那种单向的、连续性的大叙事与大历史已经被搅扰、打破了。这些原来富有东方情调、将华裔建构为异类与弱者的照片，在莱拉的诠释中，已然翻转为不入主流的、隐晦的、多向的、断裂的、非连续性的私人主观经验和个人小故事。事实上，莱拉通过根特的摄影作品表达了对自杀身亡的妹妹和生于斯长于斯的唐人街的依恋情感，同时再次与西方白人漫游者凝视下所建构的唐人街形成对抗。这是因为，在后者充满主流东方主义情调的构图中，唐人街的居民不过是构筑景观的一个摆设物件，毫无具体可感的生命经历。在根特的照片中，唐人街只不过是一个凸显异域风情、凝固在遥远东方时间的"境外之所"；街上行走的两位身着中式服装的女孩，则作为其中异国情调景观的点缀，给享有凝视特权的白人带来视觉上的愉快。

吊诡的是，照片中两位女孩的好奇回望，从另一个角度来说挑战了白人摄影师/漫游者所拥有的"对行人的鉴赏力"（pedestrian connoisseurship）的权威（Shields，"Fancy Footwork" 61）。她们作为唐人街上的另类漫游者，以某种积极主动的姿态对白人男性凝视进行了回望（the return of the white male gaze）。尽管照片中的女孩们保持沉默，但她们回头的目光确定了一种主体性，挑战了拥有凝视特权的白人男性，扰乱其试图虚构唐人街为客观化呈现的臆想，颠覆了西方唐人街照片所再现的华人形象——在白人凝视下任由白人追逐、猎取和命名的对象，进而彰显了唐人街居民的主体性，也提醒人们注意到根特手中那个看似客观实为"入侵式"相机的存在，并质疑其再现文化他者的"真实性"。因此，这部小说以唐人街老照片为封面，生产出了一种另类的再现空间，孕育着莱拉之后叙事的反抗潜能。然而，作为一张凝结在过去却又脱离历史的照片，女孩的形象仍然是唐人街街景的一部分。从某种意义上来说，它隐喻了作为美国白人规范化的身体政治和国家空间政策的产物，唐人街已经被建构成他者化的空间,而这个异化的空间也正是小说所要批判并伸张空间正义的所在。

概而言之,对于一向缺乏关于族群真实论述的美国唐人街华裔而言,根特通过镜头所呈现的亚裔族群众生相,再现了西方人居高临下视角下的华裔日常生活和异国情调。但伍慧明故意引用根特的照片作为小说封面,可以看出她试图为华裔族群被扭曲的形象和历史进行平反,继而重新阐释。虽然照片中的景物不再,人事皆非,但是透过作为现实之引用的照片,这种对照片的引用与阐释成就了另外一层意义的再现:在影像之外/之上,以文字再现的方式,为长久以来消声的唐人街华裔及其生活空间创造一个更加符合正义的未来,这或许也是伍慧明将此具有"颠覆性"的照片作为小说封面的缘故。

## 第三节　"我们的内部故事":唐人街的空间再现

希尔兹(Rob Shields)认为,城市中"局外人"和"内部人"具有相互换位的可能;曾经作为局外者的女性漫游者可以构成对"城市控制"(urban control)的一种潜在的"反话语"(*Places on the Margin* 75)。可以说,以女性漫游者的"感性凝视"替换男性漫游者的"客观凝视",能够使女性漫游者不再成为城市中被动接受城市特定环境的载体。同时,如德·塞托(Michael De Certeau)所言,行走(walking)乃是一种更贴近城市空间、日常生活体验的空间实践形式,在此实践过程中,主体能够通过思考,对压迫性和主导系统进行抵制,进而"特权化、转变或放弃空间要素",使干预性的或另类的言说得以产生(*The Practice of Everyday Life* 98)。概而言之,漫游者往来穿行于城市空间,形成属于自己的空间叙述方式,其步行松动了既定的都市空间秩序。漫游者可能在悠闲信步中挖掘并收集被隐藏在生活缝隙中的记忆碎片,从而激活某些静态和固化的场所,使之变为呈现动态的再现空间。因此,小说《骨》颠覆了西方漫游者叙事中的白人男性角色设定,将亚裔女性漫游者莱拉作为唐人街这个特殊地域与区隔空间的见证者,通过莱拉漫步中的感官体验来筛选、重组、重释唐人街景观以及其中的故事,可以视为一种另类的知识生产模式。

小说中,伍慧明力图改变主流话语所建构的白人观光者与唐人街空间之间所隐含的不平等的种族关系,让观光者/读者追寻着女性漫游者莱拉重游唐人街,探访、抵达旅游图册上所未涉及的地方,重新绘制旧金山大都市中这个区隔空间的地形（topography），进而实现对华裔族群生活空间的重新命名。伍慧明对唐人街的街道、小巷、商店、"血汗工厂"、公共广场和私人空间进行了重绘，以小说人物在多个不同空间中的活动和关系来讲述唐人街的"内部故事"。这种"从边缘本身的内部处理边缘"的方式，捕捉到唐人街由于社会与话语建构所彰显的多重性和矛盾性，呈现出迥异于西方漫游者视角下的唐人街，进而重塑了这个被主流文化所异化的边缘之地。

《骨》中的大部分叙事都是跟随女性漫游者莱拉的步行而产生的。莱拉通过行走，把具体的地理空间与抽象的情感空间联结起来，并在此过程中将个人体验、家族往事乃至华裔族群的离散史连缀起来。她在行走过程中，不断通过对唐人街这个特定空间进行经验阅读和阐释，来破除宰制话语所生产的空间表征幻象，揭露唐人街意象背后所隐含的意识形态逻辑，重现这个非正义空间中的居民所遭遇的历史不公，以及他们真实的日常，使这个空间成为一个对抗空间。莱拉引导着读者进入唐人街的小巷和其他生活空间，不是像导游一样为了展示华裔独特的民族文化传统或习俗，而是像一位富有良知与洞察力的记者/侦探，去揭露和批判美国社会的种族排斥和剥削对这个族裔聚居区的贻害——美国历史上《排华法案》的影响，犹如久萦不去的梦魇，对华裔劳工及其家庭乃至后代造成了难以抚平的创伤。小说中，莱拉在唐人街找寻继父利昂的路线，事实上绘制出了"一个阐释空间"（a space of enunciation），其具有"三重阐释功能"，即为漫步者挪移修订原本地貌的过程、重新进行"彰显地方性特质"的空间表演和呈现差异化立场的关系（Ward 78）。可以说，通过在唐人街的漫步以及对唐人街内部真实故事的探索，莱拉重新绘制了迥异于西方话语所构建的唐人街。

莱拉到访的第一站是位于克莱大街（Clay Street）的三藩（San Francisco）老人公寓，这所公寓到现在依然是华裔贫困单身汉的栖息之所。莱拉的观察显示，这家老人公寓酒店就像一个低成本的学生宿舍："每层楼都有厕所和浴室，大堂用作公共休息室。没有厨房"（Ng 4）。可以说，在这个私人空间中，私密性和住宅基本设施的匮乏表明，华裔在美国国家空间中始终是一个被征服的他者，物质现实与居住空间的现状是其历史沉淀下不公正的种族地位的表征。在这个居住着贫困潦倒、无家可归、遭遇种族歧视的劳动者的生活空间中，居民大多深受美国历史上《排华法案》以及《禁止异族通婚法案》（Anti-miscegenation laws）的戕害，被剥夺了正常的婚姻家庭生活。可以说，老人公寓作为唐人街上一个深具种族标记和性别化的符号，同时也是亚裔美国人在空间上遭遇"种族阉割"（racial castration）的表征（Eng 145）。

　　罗西特(Benjamin Rossiter)和吉布森(Katherine Gibson)认为,随着"身体感官的引入,漫游过程中涉及各种感性的触觉、嗅觉、记忆,乃至身体有节奏地律动,并在此过程中与所相遇的其他人产生互动,构成活跃的,也许是多个的城市主体"(440)。也就是说,都市漫游者主体的中心性赋予了他/她的身体对街道中其他身体的感知,进而形成"城市"的多重主体性。而女性漫游者的感官体验及其沉浸于周围环境所产生的情感触动,从某种层面而言,颠覆了男性主体的控制凝视特权。伍慧明使用建筑、物件、街道、俯瞰的景观、灯光、色彩甚至气味等空间符码作为传递女性漫游者莱拉内心感受的媒介。她首先造访继父利昂位于三藩公寓的那个"充斥着老人气味"、杂乱、昏暗且堆积着各种垃圾废品的房间。漫游者莱拉透过"捡拾"这个空间中各种物品背后的符号意义,进而再现真实的唐人街华裔劳工穷困的生活空间。这个空间揭示了华裔在美国遭遇的种族歧视、经济剥削和社会排斥等种种不公不义,暴露了这个区隔空间所隐含的种族、阶级和性别的社会问题。当莱拉望向窗外,远处矗立的旧金山地标建筑科伊特塔(Coit Tower)更是凸显了唐人街上这个杂乱空间所折射的贫困。这座60多米高的装饰艺术塔为旧金山女富豪莉莉·科伊特(Lillie Hitchcock Coit)所捐建,赫然挺立于毗邻唐人街的北滩先锋公园的电报山(Telegraph Hill)上。这座足以欣赏旧金山市区主要景观(如旧金山湾、渔人码头、恶魔岛等旧金山主要地标)的观景点可视为美国白人财富和权力的空间陈述,也可视为主流文化中美国梦的空间陈述。然而,科伊特塔广阔的能见范围将原本隐蔽在白人漫游者话语中的唐人街的内部故事暴露出来。与科伊特塔相比,利昂那个狭隘、破旧、贫瘠、边缘化的存在空间相形见绌,是唐人街华裔劳工不公命运的见证。可以说,伍慧明巧妙地将科伊特塔和利昂的单身公寓进行空间并置,通过莱拉的凝视指向一个事实:底层华裔困囿于由种族话语所建构的非正义空间,他们被排除在美国公民身份所享有的权利之外,而像利昂这样的中国男性移民工人,没有机会像莉莉·科伊特这样的白人女性一样获得名望和财富。区隔的空间把他永远挡在了尊严与荣耀的光环之外,挡在了美国梦之外。

　　在唐人街漫游、寻找利昂的过程中,莱拉的个体叙述与利昂身后的族群历史交织在一起,使唐人街成为历时性的再现空间。通过莱拉的凝视,伍慧明将利昂的生活置于更大的历史和社会背景中,对唐人街这个脱轨空间进行历史化和再现。漫游者莱拉通过拾掇隐藏着美国华工历史的陈迹旧物,让过去进入现在的空间,使这些旧物作为过去事件的证据留存,形成一种象征性叙事,并使不在场的事件和人物得以再现。在小说中,利昂从中国到美国天使岛时随身携带的那个砖红色旧手提箱,将唐人街与天使岛①两个地理历史空间连接起来,重现美国历史上排华浪潮(1882—1943)对华裔个体及其家庭余波效应般的贻害。当莱拉如同波德莱尔般的漫游者那样,翻看利昂手提箱中那一沓厚重的陈年文件与信件,挖掘出隐藏在利昂生活缝隙中的记忆碎片时,召唤出的是一段被美国官方历史所掩盖和篡改的华裔劳工创伤记忆。年少时为了进入美国实现美国梦,利昂不惜改名换姓,花重金买了一张出生证明,成为单身老人梁爷爷的"契纸儿子"(paper son),与此同时却丧失了中国传统身份认同中最重要的因素——父姓,因而利昂坦言在美国"文件比血缘还重要"。莱拉在翻阅那些泛着霉味、水渍斑斑的信件时,发现利昂在美国所遭受的不公正待遇几乎涉及政治、经济和文化各个层面。莱拉只需要打开几封信就知道利昂遭遇的不公不义——"我们不需要你"成为所有故事的注脚(Ng 57)——军队以其体格不符为由拒绝征用利昂,隐喻了主流社会基于对亚裔的种族刻板印象而剥夺其政治权利;用人单位以其缺乏技术为由拒绝聘用利昂,利昂只能从事洗衣打杂或者厨房助手等"女性化"的职业,这反映了亚裔劳工在美国经济链条中被压迫剥削的地位及其遭遇的职业刻板化;白人房东则以一句冷冰冰的"无空房"的回复信件打发利昂,更是揭露了华裔底层劳工在美国所遭遇的种族空间区隔。每一封拒绝信件都潜藏着华裔移民所遭遇的不公不义。他们被打上"不适/不足"的烙印而被抛弃到这个国家的边缘与隐形的空间,苦苦挣扎,度过余生。可以说,莱拉在唐人街的漫游,把唐人街和以利昂为代表的华裔劳工阶级("契纸儿子"、单身汉)的过去和现在交织在一起,从而在唐人街空间中铭刻被遮蔽的华裔历史,颠覆了美国官方历史中关于同化、进步和美国梦的叙述。

城市空间作为社会结构,其生产和组织方式反映了社会秩序和等级,决定了个体和集体在这个秩序和等级中的位置。由此观之,身处唐人街的华裔女性们同样也无法逃脱种族主义和父权主义所带来的宰制与剥削;她们是唐人街这个非正义空间中种族与性别的属下阶层。在小说中,读者们紧随着莱拉的步行,再次偏离了主流话语所设定的唐人街旅游路线,进入另一个性别化和种族化的剥削空间——她的母亲"妈"(Mah)的工作地、唐人街的"血汗工厂",探访不为人知的内部故事。莱拉的观察揭露了血汗制衣工厂这个剥削女工的非正义空间——走进制衣厂犹如进入一个电车车库,每台机器都高速运转着:

---

① 位于旧金山天使岛的美国移民局一直负责筛查来自中国和其他亚洲国家的移民,并控制其入境数量。

胜家缝纫机发出嗡嗡的响声,缝纽扣的机器咔嗒咔嗒地响着。每样东西都混合在一起。"机油、金属还有熨烫机发出的热气刺得人睁不开眼睛"(Ng 177)。唐人街的区隔空间及其父权空间的组织性,使得种族化与性别化的廉价劳动力变得容易获得。因此低价的计件工资,迫使华裔女工在高度种族化与性别化的空间劳作,承受无尽的经济剥削与压迫:"她们的耐力经受着考验,她们把漫长的白天乃至更长的夜晚都送到缝纫机机针下碾过,其中的每一个针脚都夹杂着她们的汗水"(177)。

在莱拉不断重述的童年时代,关于母亲的记忆几乎清一色是后者的辛苦劳作:母亲不仅在血汗工厂里卖命工作,为了贴补家用,更是将工厂里的零活带回家中,夜以继日加班加点。"血汗工厂"与莱拉家同处于唐人街的一条鲑鱼巷,尽管这缩短了母亲上班的通勤时间,但事实上却把母亲牢牢地束缚在唐人街,终年过着家庭—工厂这种两点一线、枯燥又艰苦的生活,走出唐人街见识外面的世界简直无从谈起。从空间角度观之,血汗工厂与住宅毗邻而处的境况,诚如骆里山(Lisa Lowe)在阐释唐人街的空间组织与美国社会生产的关联时所述:"建筑和街道之间,空间之间的关系,其中居民终其一生与工作、休闲之间的关系,都成为这样一个具体翔实的证言:为了提高生产和繁殖所需的生产关系,美国社会组织塑造了唐人街的空间"(*Immigrant Acts* 120-21)。莱拉亲眼目睹母亲历经几年"血汗工厂"的压榨后,身体遭遇了不可逆的劳损:"她的脖子变得松软,肩膀下垂,生命伴随着缝下的每一针在消逝"(Ng 63)。可以说,在唐人街"血汗工厂"这个隔绝闭塞的种族空间中,母亲那铭刻着种族印记和性别化的身体,已经异化成如同机器般的生产体;华裔女性作为可压榨的生产力来源,其形象在莱拉的凝视与回忆叙述中被揭露与凸显。

漫游唐人街时,莱拉进一步回忆了父母将工作带入家庭的日常生活,她和姐妹们也参与了父母无休止劳作的情景。为了多挣钱补贴家用,母亲常常将成衣厂一包包的半成品衣服带回家里,让长女莱拉帮忙用胜家缝纫机一起缝褶边和拉链,这样母亲就能比其他女工多完成一打成衣(173)。当利昂与妈将毕生积蓄用来和翁家合开洗衣店时,梁家三姐妹依然利用课余时间在弥漫着浆水、肥皂和漂白剂的潮湿空气里帮忙——他们压布、浆洗、叠被单和衣服,以至于身上总带着一股蒸汽和氯气的味道(176)。从梁家的例子可见,作为公共空间的血汗工厂、杂货店或者洗衣店均介入了作为私人空间的家庭,两者相互依存。这种奇异的空间关系,在某种层面上反映了这样一个事实:美国种族主义和性别主义所形塑的劳动资本社会关系建构了唐人街作为生产廉价劳动力的空间再现,经济剥削与生活贫困成为唐人街的注脚。可以说,伍慧明通过漫游者莱拉的凝视与回忆，开辟了德·塞托所言的"阐释的空间"，揭示了身处美国都会边缘的少数族裔由于机会的不平等和物质资源的缺乏，丧失了向上流动的可能。种族不平等引起的结构性和意识形态障碍，造成了小说中所再现的难以言表的困境。

在《骨》中，唐人街对于华裔女性而言更是一个父权主义、种族主义与资本主义三重霸权宰制所衍生的边缘空间。漫游者莱拉目睹了唐人街血汗制衣工厂里亚裔女性劳工阶层所遭遇的种族化/性别化剥削。莱拉将压榨剥削女工的血汗工厂比喻为一个机器轰鸣、热气蒸腾、通风不良的电车车库。在恶劣的工作环境中，女工们"漫长的白天乃至更长的夜晚都被送到缝纫机机针下碾过，其中的每一个针脚都夹杂着她们的汗水"(177)。血汗制衣厂不仅是剥削女工的炼狱，更是容易造成意外工伤的危险地带，"妈有一次不小心弄断了一根针，针尖飞了出来，落在了离她眼睛很近的地方，以至于乐黛和宋平不得不把妈送到中国人的医院去检查"(208)。可以说，在这个边缘空间中，华裔女性成为资本主义和父权主义高度宰制的种族化/性别化的廉价劳力。这家血汗制衣厂为唐人街一个叫汤米·洪的华裔男性企业主所有，他竭尽所能地压榨女工。在他的制衣厂里，华裔女工的劳动力被消费，但她们不被支付合理工酬。通过对她们的劳动力的彻底商品化，汤米·洪实现了对女工身体的规训，践行了种族、性别与阶级的钳制。他让女工们加工一款裤裙，但"女工们都抱怨加工衣服衬里，那等于是用一条裙子的钱做了两条"(9)。为了能在新年到来之前将亚麻连衣裙交货，洪老板逼迫每个女工加班，只给女工们 15 分钟的时间去探视刚失去安娜的"妈"(127)。洪老板不仅利用血汗工厂将女工身体形塑为种族、性别和资本主义权力运作的场域，更将女工视为满足其色欲与男性凝视的客体。像"妈"、罗莎·翁一样稍有姿色的女工，由于得不到男性家人支援而独自养家，洪老板便乘虚而入，将女工异化为性剥削对象。

然而，美国非裔女评论家胡克丝以热情洋溢的笔调，论证了"边缘"既是镇压之所也是反抗之所："(边缘)是聚集创造性和力量的地方，一个重新发现自我的包容性空间，一个团结一致去消灭殖民者/被殖民者二元对立的地方。边缘是反抗的空间。"选择边缘可能是选择一个"激进但充满可能性的场域，一个反抗的空间"(hooks 152)。小说中，唐人街"血汗工厂"诚然是困围唐人街女工们的边缘空间。然而，正如胡克丝所号召的那样，唐人街女工们将"血汗工厂"这个地处都市边陲的边缘空间，转化为展演她们能动性和主体性的地方，用来对抗资本主义、种族主义和父权主义对她们的剥削与宰制，将个人/家庭的私经验转换成公共领域的政治。制衣女工们在移民美国前曾经拥有不同的社会经济背景,有着不同的人生境遇,但是在血汗工厂这个边缘空间里,她们拥有被资本主义、种族主义和父权宰制的共同命运,这样的共同经历使她们在这个开放激进而又包容的边缘空间里得以凝聚成一个彰显姐妹情谊(sister-hood)的社群。

当"妈"因发现梁爷爷意外去世的惨状而失魂落魄时,不是远洋在外的丈夫利昂,而是制衣厂的女工们对"妈"施以援手:"所有女工都非同寻常地好,她们拿出土办法,询问是否能帮得上忙"(Ng 100)。当伤心不已的"妈"在洪老板怀里哭泣时,"几个女工走过去,把妈搂在怀里,把她从汤米·洪的怀里拉开。一些女工喃喃低语安慰着抽泣的"妈",似乎纾解了她的恐惧。她们轻轻拍着她的肩膀,劝她听从她们的忠告:"别再想那件事了,他不是你的父亲,不是亲生的,你只是在做一个好人应该做的,别想太多,不然你会生病的"(100)。童年的莱拉似乎看到这个机器轰鸣、纺锤旋转、毫无人性的"血汗工厂",这个标示着剥削压榨与残酷冰冷意涵的边缘空间,在女工们对妈的安抚和细心保护下,瞬间被转化为充满关怀和散发温暖的地方。于是莱拉回忆道:"我记得自己看到的和想到的,从中得到的结论是,或许对女人真正的安慰只能来自其他女人的臂膀"(100)。女工当中的蔡小姐,移民美国前在香港过着衣食无忧的生活,因此平日里她的言谈举止仿佛都高人一等,女工们经常取笑她梳着蓬松的发型,穿着高跟鞋还来做苦工。尽管原本阶级的优越感令蔡小姐和其他女工存在一定的隔阂,但当母亲遇到不幸而异常沮丧时,蔡小姐放下之前的傲慢,"抚慰妈说她理解妈的行为,没人会责怪她的,发现老人死了,而且死的那样"(101)。正如胡克丝一再强调的,边缘的空间性质就是包容的而非排斥的,其中各种主体性能够在认同与反抗的多中心的社会中不断增值,互相联系并彼此整合。

在梁家二女儿安娜跳楼自尽时,也是女工们向无助的"妈"伸出援手:"还是闻讯赶来的女工救了我们,乐黛、宋平和蔡小姐趁下午休息的时间赶来了,身上还穿着花围裙……她们脚下的拖鞋缠绕着各种彩色的线,带来了蛋糕片、饺子和补汤……她们还给妈带来建议,我听到乐黛叫着妈当姑娘时的小名……似乎有了一定的安抚作用"(127)。为了让梁家能安然度过安娜去世后的第一个新年,"乐黛给我买了新年水果,是一个大柚子;蔡小姐买了一盒斯太太咖啡糖;达奇的妈妈赶来,免费给妈做了头发"(129)。莱拉目睹了制衣厂女工对"妈"的支持:"她们无数次给我们带来了安慰,她们所带来的适时的食品和适时的话语同样重要。女工们知道怎样带走妈心中的悲伤,而这一点我至今仍在观察和学习"(207)。可以说,在唐人街血汗工厂这个边缘空间里,饱受种族/性别/阶级压迫的亚裔女工们基于共同的遭遇而形成一个联盟，她们相互支持的姐妹情谊构筑了一种强大的情感纽带，更能让她们在经济剥削、父权压制和种族歧视的境况下，将此边缘空间进行翻转并获得抵抗的力量。

唐人街血汗制衣厂的女工们也充分利用这个边缘空间，调用了列斐伏尔与德·塞托所言的日常生活实践，运用战术（tactics），"对抗宰制者施加的系统性秩序或策略（strategy），其中蕴藏着翻转社会地位与文化阶序的行动潜能"（De Certeau, *The Practice of Everyday Life* 40）。列斐伏尔（Henri Lefebvre）认为，日常生活就存在于"生计、衣服、家具、家人、邻里和环境"中，并且日常生活洋溢着"生动的态度"和"诗意的气氛"（*Everyday Life in the Modern World* 56）。德·塞托更是认为，日常生活是被支配者在全面监控之下，可以构建反抗宰制压迫的斗争场域；被支配者能够以古代社会里充溢着具体多样的每日生活（daily life），去抵抗工业化社会中单调乏味、机械式的日常生活（everyday life）。小说中，洪老板逼迫每个女工超时加班以便能在新年到来之前将亚麻连衣裙交货时，女工们就以不疾不徐的日常生活节奏和实践对抗他的剥削：

> 但那帮女工根本不理睬他，依旧是懒懒散散，磨磨蹭蹭，她们总是花很长时间来喝茶休息，慢吞吞地嗑着瓜子。她们把收音机的声音开得大大的，以至于我从巷子的另一头就能听见粤剧里传来的铙钹声、锣声和尖叫声。汤米·洪绝望地拆走了工厂里的扩音系统，可女工们带来了她们自己的收音机和录音机，他不得不用压过铃声的嗓门大声叫着最后的交货期限来提醒她们，可女工们依然有说有笑，伴着粤剧里好像猫儿嚎叫的噪音，发出阵阵尖锐刺耳的声音。（Ng 209）

德·塞托（Michael De Certeau）认为，被支配者很难逃离权力的完全操控，独立开辟完全由自己主宰与创造的空间；但他者却能够采纳"以时间换取空间"的战术，巧妙地潜入到宰制权力的疆界，伺机而动；结合各种异质元素不断操弄事件，转瞬间在盗用的阵地上发起抵抗的攻势（*The Practice of Everyday Life* xix）。可以说，女工们诚然是工厂里的被剥削者兼弱者，她们无法采用直接暴力的方式推翻以汤米·洪为代表的父权和资本主义的宰制，或者彻底逃离唐人街血汗工厂。但是，她们也不需要离开权力宰制下的边缘空间，便可开启德·塞托所言的"避让但不逃离"（they escaped it without leaving it）的空间实践。她们运用日常生活中的微小而即兴的权宜之计（making-do）

的战术(tactics)进行对抗。在这个战略(strategy)主导的空间中,起初女工们表面上还是服从洪老板的指挥与统摄,展现出被奴役身体的可支配性。但是,她们却偷偷采用了"以时间换取空间"的战术,即以懒散磨蹭,喝茶休息、嗑瓜子的日常生活行为来抵制高强度的劳动剥削与压榨,从而与权力的要求背道而驰。接着,女工们甚至"挪用"工厂里原本用于监控她们劳作的扩音系统,将之用以播放彰显异质元素的粤剧,将其监视功能逆转为休闲功能,用这个"充满喜悦与诗意的战争艺术"(xix)模糊了血汗工厂中工作与休闲的界线,进而赋予被驯化、机械化、非人化的劳动以人性意义,发展了集体的抗争意识。气急败坏的洪老板为了禁播粤剧而自行拆除扩音系统,这却可以视为宰制权力在遭遇被支配者的反击时,不得不自毁阵地的举措。小说中,洪老板建构的暴力空间遭遇了挑战,身为弱者的女工们获得了抵制的胜利。事后,女工们自带收音机等播放设备,运用播放粤剧的战术,以集体的力量与权力交锋,挑战了血汗工厂背后的父权/资本权威。

德·塞托曾经指出,雇员工作的环境即为宰制权力"战略"(strategy)发号施令的场所,所有"政治、经济、科学的理性就建立在这个模式的基础上",在面对宰制者"以暴力强加的秩序"时,被支配者要实现对抗宰制者的胜利,就要在战略间隙充分调用"狡猾的计谋、花招,成功的逃避,各种伪装"等战术,成功地将自己置于周围的既定规训之上,"既不离开势力范围,又能避让规训机制"(Ward 86)。女工们也在日常工作中,用各种花招、手段蒙蔽洪老板,以此来抵抗剥削宰制。制衣工厂以资本主义社会中所倡导的标准化生产规范来要求女工,而缝纫机旁的女工必须一刻不停地按照规范计件生产。资本主义的生产过程不但暗示着女工主体性的消失殆尽,而且也呈现了工人生命的机械化:"女工们像赌徒一样相互竞争,她们只想听着彼此的机器发出嗡嗡的声音。"(Ng 209)然而,身处边缘的女工们为了抗拒自身被物化与商品化,调用"狡猾的计谋、花招",在资本主义剥削的战略间隙中铭刻下自我存在的印记。例如,"妈"手把手指导新到工厂的拉美裔女工罗莎缝纫技术时,"还把她所有愚弄汤米的秘密招数都教给了罗莎,比如他视察女工们工作时会查看什么(例如拉链),哪些是他从来不看的,例如褶边儿"(194)。可以说,"妈"和其他女工在缝纫工作上采取"不循规蹈矩"乃至"偷工减料"的战术,即使因此而受到惩罚,她们仍然可以"作者"的方式,在其成衣这件作品上建立一个属于她的空间,间接宣示了她的存在,展现了她作为一个主体的事实。

综上所述,漫游者莱拉见证了遭遇种族主义、父权主义和资本主义三重压迫的唐人街女工们如何相知相守,并凝聚成一股抵抗力量,运用日常生活的战术，操弄、颠覆权力运作下的种种"战略"，将唐人街血汗工厂翻转为开放激进而又包容的空间。

# 第四节　结语

在美国主流文化中，白人漫游者关于亚裔聚居区的叙述暴露出其复制他者的兴趣，带有西方的窥视狂倾向，又体现出东方主义式的白人男性凝视。而《骨》透过华裔女性漫游者莱拉的女性视角，重新审视唐人街，形成了对西方白人男性凝视的回望，实际上夺回了宰制阶层的睥睨，把握了这个种族区隔空间真实的历史经验，对抗西方白人漫游者凝视下的唐人街之"东方主义化"的空间想象。在莱拉驻足与行走之间，唐人街中原本看似不相干的地方和场景，渐渐在她体悟与回忆的瞬间被连缀起来，这些隐藏在生活缝隙中有关华裔族群鲜为人知的苦难记忆碎片以及日常生活体验的内部故事也得以被重新阐释。唐人街这个曾经被宰制权力隔绝与封闭、被想象投射为"化外之地"的空间再现，在莱拉的行走中，逐步转化为具体可感的再现空间。从这个意义上来说，正是莱拉在唐人街的行走重塑了唐人街这个族裔空间，表达了对都市权力和空间正义的诉求。

# 第三章　逾越种族区隔:《孙行者:他的即兴曲》中的身份与社群重建

　　何为逾越(transgression)? 福柯(Michel Foucault)认为逾越即为跨越边界或扰乱界限的行为,并且逾越在试图摧毁界限的同时,也在说明界限的存在。逾越旨在逃避边界制定权威的监管和规训,并进一步松动原有的边界(Foucault,"Preface to Transgression" 33)。换句话说,逾越重新定义了界限,赋予了身份和社会实践新的意义。由此观之,逾越是一种非静止不变的、充满了种种可能性的力量,其不断地试图消耗、打破分裂、杂糅混合那些之前被决然划分的元素。逾越可以视为一种解放。简克思(Chris Jenks)认为,"逾越与无秩序不同,逾越打开混乱,并且提醒我们秩序的重要性"(*Transgression* 7)。换言之,逾越是对旧有秩序的挑战,其目的在于建立新的秩序,是破与立之间必要的过程。在经过破与立之后,新的秩序在理论上应该更为合理,更富有正面意义。可以说,逾越意味着跨界,也就是跨过那些不管愿意与否都已被接受的疆界,挑战既有规范,改变原先建立的秩序。更重要的是,逾越这一种极具空间修辞的行为,事实上也开拓了新的视角与可能。具体言之,逾越使主体挣脱原有窠臼,赋予其质疑偏见的能力,使其能挑战各种宰制性与支配性关系(种族歧视/性别歧视),使曾经被边缘化及排斥的群体得以冒现,使被压制的声音得以发出。由此观之,由于政治、经济的历史原因而深陷族裔聚居区的少数族群,要想在美国都会空间中据有自己的城市权力,就不能将自身隔离于城市空间之外,而必须以一种积极的姿态介入、参与美国都市空间的建构。亚裔都市叙事中漫游者走出族裔聚居区,游弋穿梭于美国都会的越界和游牧体验,将文化记忆和族裔传统嵌入由白人定义、想象的都会空间,进而挑战了白人逻各斯中心主义宰制下都会空间内部的限定和压迫性机制。

1989 年出版的《孙行者：他的即兴曲》(*Tripmaster Monkey：His Fake Book*)为美国华裔女作家汤亭亭(Maxine Hong Kingston，1940—)创作生涯中的第一部小说。有别于她之前的两部记述祖辈移民美洲经历的非虚构作品，该小说把历史时空置于 20 世纪 60 年代的美国都市旧金山，将中国古典小说、西方文学传统以及美国流行文化三者杂糅并呈，叙述华裔美国人的美国新经历。小说正如书名所暗示的，融合了美国嬉皮士精神、中国古典小说以及跨越不同历史时空的想象，描绘了华裔美国人经历中美两种不同文化而陷入纠葛的现象。"trip"一词在美国俚语中指代嬉皮士的"嗑药"行为，恰好契合了文本中漫游者慧特曼的嬉皮士身份。该词在亚裔的后殖民文化语境中更是别具空间修辞的意涵，一语双关，指代亚裔由亚洲移民到美国的空间移动，暗示着各种不同疆界的逾越(the transgression of the boundaries)及伴随而来的文化错置等漂泊离散经验，更隐喻了亚裔美国人在历史断裂、时空交错、文化变迁的都市空间里，不断改变自己、发现自己，找到属于自己的文化定位(the location of culture)的历程。同时，该词也体现了小说主人公慧特曼•阿新(Wittman Ah Sing)大胆逾越原有的有形或无形的种族区隔，漫游旧金山，旁观种族空间区隔下少数族群身份认同的分裂与痛苦，并以不断移动的城市漫游策略去占领城市空间，对抗既成的都会种族空间部署，为族裔社群在美国都市的地图中找到坐标。

本章将首先结合后殖民主义理论中的身份等相关论述，以《孙行者：他的即兴曲》为文本例证，阐释种族话语所建构的带连字符的身份空间如何框定了亚裔性与美国性之间的藩篱，使得亚裔等有色人种被拘禁于种族意识形态和社会秩序实体化的族裔聚居区。其次，主要结合德•塞托的"都市行走"的空间策略以及后殖民主义理论中移动(mobility)、逾越、游牧主义(nomadism)、杂糅等与身份建构相关的论述，阐释华裔慧特曼•阿新如何跨出族裔聚居区，以犹如"猴王七十二变"的多重身份在都市中漫游，"逾越"宰制权力所界定的社会空间结构，以摆荡在既非"此"亦非"彼"、吊诡式的、杂糅性的多重身份之间来粉碎"连字符"空间。最后，结合巴巴以及索亚"第三空间"的相关论述，阐释慧特曼•阿新如何在"西方梨园"的独角戏表演中，以逾越东/西文化疆界、杂糅并呈现东西元素的方式，重新建构属于亚裔美国人身份和族裔的再现空间，将亚裔从被隔绝、压抑与本质主义的种族空间中解放出来。

# 第一节　非此即彼：亚裔连字符身份空间的困境

布迪厄（Pierre Bourdieu）认为，人类生存空间本身具备某种"象征权力"，并且在都市空间中对生存空间或者说"象征权力"的争夺是普遍存在的事实（"Social Space and Symbolic Power" 19）；而空间象征权力的角逐则体现在都市空间中地域区隔与身份形塑之间的纠葛。具体而言，宰制权力在城市空间中预设了特定空间区块，根据特定的阶级或者种族等标准，将此空间区块规划为只适合特定人群（阶级/族裔）进行特定活动的场所（Jenks，"Watching Your Step" 157-158）。美国白人宰制文化运用空间的修辞与表征，将高加索人放在中心，并且将单一种族范畴作为标准进行规范，将自身界定为更高级和更文明的力量，而把混血身份和非白人身份的他者区隔化，开创了一个拘禁他者的空间，里面充斥着对需要被拯救、统治、控制、开化和提取资源的他者的叙述，最终实现对少数族裔区隔与压制的合法化。这种空间上的"接纳与排挤"（inclusiveness and exclusiveness）的情境效应直接反映在身份建构层面，就是以体貌特征界定身份，从而凸显了生物决定论的本质主义谬误（essentialism fallacy of bio-determinism）（Said，*Orientalism* 40），其中身份的连字符起到不可忽视的作用。正如美国非裔作家莫里森所言，"美国人"这个词的深层含义与种族有关。美国人的内涵即白人，而为了努力使这个词适用于他们自己，非裔也将自身的种族特性与连字符加诸其中（4）。非裔族群深陷连字符身份空间的认同困境，同为少数族裔的亚裔族群亦然。

连字符的身份空间基于宰制权力，运用"本源—纯种—边界"的空间压迫方式，通过本源的在地性（locality）的特殊性将其推向极端，作为统治/被统治之划分范畴，为实现文化隔离（cultural apartheid）而背书。宰制权力通过貌似联结实则分割了两个迥异文化的属性的连字符，命名少数族裔身份为Asian-American 或者 Chinese-American 等，确立了一种"区隔分离性"（the disassociative nature），即"非此即彼"的分割性、矛盾性与冲突性。事实上，亚裔美国人就像美国历史上的欧裔移民及其后代一样，受到美国本土社会文化环境的制约，并参与了美国发展的历史进程，这一历程是和他们居住在亚洲的祖先所不同的。然而这一事实却是被持反历史观的宰制权力所忽视与否认的。黄秀玲（Sau-Ling Cynthia Wong）曾将带有连字符的亚裔美国人身份比喻为一种化学合成物，其主要成分为"亚洲"与"美国"的属性，通过"强行分裂"的化学方法，可以随时提炼出其中的"亚洲性"（*Reading Asian American Literature* 91）。通过这个比喻可见，连字符左侧所联结的表明少数族裔本源的词汇，已经成为铭刻在美国少数族裔身上永远无法转化的异族因素。可以说，在对少数族裔命名的过程中，白人宰制文化使用连字符建构了包含二元对立的非正义空间，其间隐藏着亚洲/美国、东方/西方、客体/主体、被压迫者/压迫者，野蛮/文明、卑贱/高贵等严格区分，预设了截然对立、始终不变的身份主体。但是绝大多数的中国移民，虽然经过几个世代的融合，仍无法抛弃族裔连字号及其所代表的"疏离""异化"，故而"连字符身份空间"成为亚裔都市叙事一个不可规避的主题。

汤亭亭在《孙行者：他的即兴曲》中便以连字符空间指涉华裔美国人所遭遇的身份认同困境，她以慧特曼·阿新①的自杀幻想，隐喻了连字符并不具备和谐圆满或者双重富庶的意义。恰恰相反，连字符所建构的身份空间是区隔、矛盾与分裂存在的场域，其实质内涵是"华裔连字符串联的精神分裂症的二元对立的美国人"（Chinese Hyphenatedschizoid-dichotomous-American）（Kingston 328）。小说一开始，都市漫游者慧特曼正饱受身份认同困境所带来的精神分裂症的痛苦，以至于他每天游荡于旧金山街头都想着要自杀。身为华裔后代，他在臆想中试图模仿美国白人作家海明威，对嘴开枪自尽，或模仿哈姆雷特的"生存与毁灭"之人生叩问，并纵身跳下金门大桥。他大脑中充斥着自杀后颅骨破碎、脑浆飞溅和血肉横飞的场景（1）。慧特曼的自杀臆想，首先可以视为一个曾经忠诚于美国文化的分裂个体的一场展演，他并非向本真（authenticity）与权威致敬，而是提出一种质疑和挑战。其次，慧特曼的自杀臆想更显示了处于居间（in-between）文化而导致的精神分裂症的特征——带连字符的身份所造成的身份认同危机伴随着自我否定，其自杀臆想就是自我否定达到极限的表征。在慧特曼的臆想中，他起初想如同大部分自杀者那样，选择金门大桥朝向美国大陆与旧金山的那一面跳海，从而与最后的城市、旧金山的地标建筑科伊特塔（美国梦的象征）告别；但最后他却想象着选择面向大海与落日，做最后的俯冲（3）。这个意象暗示，拒绝面对美国大陆以及所

---

① 慧特曼·阿新（Wittman Ah Sing）中"Wittman"的命名实则戏仿了美国民主诗人惠特曼（Walt Whitman），二者读音相同，但拼写不同。下文将对此命名的文本策略展开具体论述。因此，为了在译文中凸显戏仿的意图，本书将 Wittman 一词翻译为"慧特曼"，达到与"惠特曼"谐音的效果。

居城市的行为,与否定他自身的中国血统一样,都无法治愈连字符身份所带来的心灵分裂。而其中各种尸体破碎的意象更是凸显了黄秀玲(Sau-Ling Cynthia Wong)在《种族的影子》("Encounters with the Racial Shadow")一文中所指出的"自我不认账"(disowning)的表征,这是一种由于个体遭受压抑和自我抵抗/否定而呈现出的分裂、分离、分解和破碎的状态(Wong, *Reading Asian American Literature* 83)。值得注意的是,美国亚裔身份的分裂并非是与生俱来的,相反,是被建构与定义的结果。

可以说,汤亭亭借慧特曼的"自杀"想象,隐喻了身份中的连字符对主体认同所带来的痛苦与折磨。她还通过慧特曼导演的一部叫《孪生连体兄弟张和安》的西方梨园戏,以魔幻现实主义的手法,凸显连字符对美国亚裔身份认同所造成的"分而不离"的梦魇。戏剧中,这对连体双胞胎——"如假包换的双头怪"起初因在畸形秀场上为白人观众表演而声名大噪,而后尝试了各种让他们"更像正常美国人"的方法,如与"更广阔的美国世界里可爱的白人姑娘们"跳舞,乃至与白人姐妹结婚(Kingston 291)。哥哥张因参与美国内战并发动暴乱而深陷牢狱,他在过道暗影中以斥责的口吻朝观众呐喊,抨击主流社会的猎奇心态——观摩带有"异国情调"的连体兄弟的表演满足了他们的偷窥欲,但给亚裔主体带来的是无尽的心理折磨:

> 我们他妈的很清楚你们想来看什么——我们兄弟俩连体的状况:我们怎样娶了两个白人姐妹做妻子并生下 21 个华裔-卡罗莱纳孩子(Chinese-Carolinan children)。你们想看看是否有足够的地方安置两三个人睡的床。你们想知道我们兄弟俩是否感应相通,你们想要瞧瞧那段小小的连字符。**你们想赤裸裸地观看那个相连之处**

当哥哥张寿终正寝后,他的"猪尾巴辫子"像鱼尾巴似地拖在地面;弟弟安则被迫与哥哥腐臭的尸体终日相伴。他拖着尸体无处可去,控诉道:"尸体就在那儿。它像从我身上长出的肿瘤,像一只巨大的野兽!"安在几天后因悲伤与恐惧而离世(290-94)。可以说,哥哥张留着的"猪尾巴辫子"隐喻白人眼中华裔美国人的中国性(Chinesesness),其位于连字符左端,即使华裔离开故土踏上美国的土地,甚至出生、成长于美国,即使他们的生活方式、价值观已经与美国本土的白人毫无二致,但宰制文化依旧炮制遥远而具异国情调的"中国性",通

---

① 黑体字为笔者所加。

过连字符将其附着于华裔美国人的身份之前，犹如安所被迫负载的尸体，犹如梦魇般的肿瘤和怪兽，在华裔个人生活中挥之不去。"张-安孪生连体兄弟"即使尝试各种让自己更像美国人的生活方式，也最终难逃被视为异类与外族（aliens）的境遇——连字符将他们牢牢禁锢在身份认同的困境里。因此，汤亭亭通过慧特曼创作的剧作，以华裔孪生连体兄弟魔幻怪诞的生命历程，反映了在对少数族裔命名的过程中，白人宰制文化使用连字符建构了包含二元对立的非正义空间，其间隐藏着东方/西方、客体/主体、被压迫者/压迫者、野蛮/文明、卑贱/高贵等的严格区分，预设了截然对立、始终不变的身份主体。

慧特曼痛陈了宰制权力所建构的带连字符的身份空间对少数族裔的隔离与戕害。有一次，学校实验室刊登广告，征求华裔美国学生做心理测验，酬劳是五十美元。彼时还是大学生的慧特曼自告奋勇参加，结果却让他遭受万分羞辱。参与的华裔美国学生被要求填写一份有关如何定义华裔美国人的问卷调查，当实验室助理逐一朗读一连串定义人格特质的形容词时，学生必须判断每个形容词——"勇敢""沉默""欢笑""恐惧""随和""拘谨""直爽""滑头""热情""冷漠""冒险""谨慎""无忧无虑""刻苦耐劳""开放""保守""慷慨""吝啬""善于表达""拙于言辞""游乐""勤奋""外向""内向""健美""勤勉""谦和""高深莫测"等——是描述中国人还是美国人（328）。

事实上，对于边缘化的少数族裔而言，这些看似描述性格的中性词汇从来就不是不带有种族标记的。因此，尽管慧特曼把正面的特质都填在中国人这一边，结果却令他失望与愤怒。华裔学生提交的问卷调查结果显示的是，"美国人"这一边得到所有较正面词汇的选项，而负面的词汇则被划归到"中国人"一方（329）。也就是说，华裔美国人（Chinese-American）就是一个由连字符（hyphen）所建构的种族，连字符的左边是代表"野蛮、落后"的中国因子，而连字符的右边则是代表"文明、高贵"的美国因子。由这个例子可见，白人宰制文化所炮制的种族属性，是一种伪科学话语，是一种丑化、异化少数族裔的策略，是"美国的东方论述"强加在美国少数族裔身上的霸权写照。[1] 慧特曼·阿新们从来没有权力定义他们自己的"性格"，也没有充分的自由参与建构他们置

---

[1] 在西方的书写与东方文本之间，西方展现其意志力，用以统摄、宰制、决定东方文化再现的表现方式与内容。美国境内的东方民族也承受着类似"东方主义"霸权的殖民效应。李磊伟（David Leiwei Li）研究中国人在美国的移民经验时提出了"美国的东方论述"（American Orientalist discourse）。历史上美国主流社会通过文学艺术、大众传媒等手段，将亚洲人捏造成与白人完全相异的、落后的"他者"形象，从而在政治、法律、意识形态等方面将他们合法地排斥在外。

身其中的"文明社会空间"，而是被断然地隔绝于外。进一步说来，美国白人宰制文化使用华裔美国人这一类词汇再次建构无形的种族空间，实行对包括美国华裔在内的少数族裔的隔绝。在此带有连字符的种族空间里，连字符号造成一种断裂，使得华裔美国人陷入一种双重背叛与双重游离的身份认同的困境：连字符前半部的"中国人"对于华裔而言，是"和汉人、唐人一样，属于他时他地的他者"（326）；而连字符后半部分的"美国人"，事实上在日常交流中"习惯将美国人与白人交互使用"（326）。那么如果说"中国人"是他者，"美国人"是白人，则华裔美国人则成为漂泊无依的游荡者。按照萨义德（Edward Said）的话来说，这套人为的建构，揭露了"我们／你们""白人／非白人""中心／边缘""西方／东方"、"自我／他者"等二元对立的绝对想象："东方是非理性、腐败（堕落）、幼稚、迥异的，欧洲是理性、道德、成熟、正常的"（*Orientalism* 7），而这种想象背后的逻辑正是西方对东方永远占据"优势的地位"，在西方与东方的互动中，它从未失去其"相对的上风"（*Orientalism* 77）。换言之，主流社会在将少数族裔陌生化、绝对化、他者化、妖魔化的过程中，逐步建构了等同于"白人性"（whiteness）的美国性（Americanness）。与此同时，他们在包括华裔美国人在内的少数族裔和主流社会之间建立了无法逾越的种族界限，令其困囿于连字符的身份空间之中。如此，横亘在中国人与美国人之间的连字符，仿佛一道边界，将华裔断然隔离在美国身份属性之外。

　　总而言之，种族话语所建构的带连字符的身份空间，通过连字符框定了亚裔性与美国性之间的藩篱，并运用生理特征的"明显差别"强化了亚裔与美国白人之间边界的不可逾越性，从而建构一种白人至上／亚裔低下的等级关系。连字符左端的"亚裔"身份单词使得生长于美国的亚裔因为先祖的原籍国而承受着社会的排斥，令美国亚裔的族裔身份空间在宰制文化不断加码的边界控制措施下萎缩，而种族主义的实际空间和象征空间则在扩张。因此，要重新确立亚裔的身份，就必须打破带有本质主义性质的连字符，而这在亚裔都市叙事中，首先由都市漫游者——这个能够逾越、挑战与松动各种边界的美国都会既定空间的反叛者／重绘者来实现。

# 第二节 "逾越"与"游牧"：解构连字符身份空间

福柯（Michel Foucault）认为逾越与边界是互为表里的，"如果某个界限是绝对不可跨越的话，那么这个界限根本无法存在。相反，如果逾越只是跨过了由幻觉和影子构成的界限，这样的逾越也毫无意义"（"Preface to Transgression" 34）。维持与巩固宰制权力的政治、社会、经济、文化生活的界限并非幻觉与影子，而是一个残酷的实质存在，而都会中的族裔聚居区就是上述界限所划定的非正义空间存在。因此，漫游者大胆走出他们的族裔聚居区，就是逾越宰制权力划定的种族界限的第一步。他们游走于城市中，抵抗种族排斥和种族隔离的种种规定，抗拒在美国社会边缘遭遇的空间强化限制。可以说，他们不仅仅尝试破除有形的空间限制，如种族隔离政策下的族裔聚居区，更重要的是，他们还要突破无形的话语空间限制，这又是逾越的更深层意义。用简克思（Chris Jenks）的话来说，"逾越是跨过戒律、法律或者传统下的疆界与界限，是违规或者侵犯。不过逾越不仅如此而已：逾越宣告甚至赞扬戒律、法律或者传统。逾越既是否定也是肯定的深切反省的行为"（*Transgression* 2）。

亚裔漫游者在都市空间的移动中寻找身份认同，是当下全球化时代乃至都市全球化的写照。英国文化研究学者钱博思（Iain Chambers）指出，后殖民语境下的"身份"与"移动"之间存在着密切关联："我们现在所处之地是开放的，溢越的（excess），无法化约成一个单一中心、起源或者视角的……我们的存在感、认同感与语言都是从移动中体验而来。推论得之，'我'不存在于进入移动的世界之前，'我'存在于不断形塑、再形塑的世界的移动之中"（Migrancy, Culture, Identity 24）。具体到亚裔的身份而言，刘大伟（David Palumbo-Liu）则认为亚裔身份的建构是一个永不完结的过程，其总是与变动的社会语境休戚相关："亚裔在美国的出现，本质是一种随着对美国意识形态的不断转变但又恒定的需求而变化的，永久的定位和再定位过程"（89）。因此，亚裔都市叙事中的漫游者本身就处于行走和漫步的动态过程，其探索自己身份和文化认同的实践，恰好契合了刘大伟这一看法。《孙行者：他的即兴曲》中的慧特曼·阿新作为逾越种族边界、具备杂糅性特质的亚裔漫游者，勇敢迈出族裔聚居区，借助身体在城市中的移动、个人情感记忆乃至想象的融入，以杂糅化的个体身份粉碎了宰制权力建构的"连字符"亚裔身份的空间,呈现出一个私人化、私密性的再现空间。

慧特曼在旧金山的漫游挪移借用了中国古典小说《西游记》(*Journey to the West*)"西天朝圣取经"的寓意。此"西天"同样经历了空间的改写与翻转,已由东方古印度转喻为西半球的美国,隐喻华裔移民定居美国的历史事实(journey in the West),从而再次打破连字符的分割界限,使中美文化再次交融混杂,形成了一个表达身份和差异的阐释空间。在这个朝圣般的"自我认同重构"的都市漫游过程中,"孙行者"慧特曼·阿新在相互矛盾的东西方文化符码的碰撞与交汇中,解构宰制话语所建构的亚裔身份空间,进而重构属于亚裔美国人的自我认同之空间。

作为都市漫游者,慧特曼不愿被安置在宰制权力所设定的"静默无声"的空间,而自称是在美国"玩弄世界于股掌的嬉皮猴子"(Kingston 35),他以嬉笑怒骂、喋喋不休的方式颠覆亚裔的负面刻板印象。汤亭亭挪用《西游记》中拥有七十二变超凡法力的孙悟空的形象,将慧特曼描述为"猴王的当代美国化身"(the present-day USA incarnation of the King of the Monkeys)。但慧特曼这只杂化的"猴子",不是来自中国花果山的孙悟空,而是来自旧金山的"山姆大叔"(Wang 108)。美猴王在中国古典小说中又具备一个别名——孙行者。汤亭亭使这个具备中国特质的"孙行者"与美国文化产生交叠与混杂。事实上,行者(tripmaster)是流行于 20 世纪 60 年代美国"反文化运动"的一个词,当时的文化先锋嬉皮士们吸毒嗑药,需要有一个行者指引他们神游的方向,以防止他们失魂而无法回归现实(Seshachari 17)。慧特曼作为一个逾越东/西文化、边缘/中心的"行者",极具空间隐喻,是一个在游走和逾越中创造暧昧、多元和混杂身份空间的开辟者。所以,慧特曼不仅仅是孙行者的化身,更是引领亚裔走出身份认同困境、启迪包括白人在内的美国芸芸众生的引路人。此外,tripmaster 一词在非裔爵士乐中又有"即兴演奏大师"的意涵,直接呼应了非裔文学理论家盖茨(Henry Louis Gates)提出的"表意[signifyin(g)]的猴子",其喋喋不休,利用饶舌的本领,通过喻指、双关将意义延宕,形成了具有不确定性、开放性和模糊性的语言,以"言此意彼"的方式实现对白人话语叙述结构的嘲讽与模仿。① 可以说，漫游者慧特曼身上具备了中国、美国乃至非裔的文化因子，强烈表达了颠覆华裔刻板印象、打破华裔美国人连字符化身份的桎梏，积极重塑华裔美国人新身份的双重目的。

确切说来，漫游者慧特曼的名字（Wittman Ah Sing）本身就充满着东西方文化因子碰撞与杂糅的意涵，意味着诸多指涉。慧特曼·阿新就是美国民主诗人惠特曼（Walt Whitman）精神的化身，后者倡导多元、民主、自由、解放精神，恰恰就是这个不循规蹈矩的"孙行者"慧特曼所追求与向往的。事实上，从他的名字及本书各章名称的编排上均可看出作者汤亭亭的意图和小说所彰显的文本政治。② 从英文拼写不难看出，此慧特曼（Wittman）非彼惠特曼（Whitman）。慧特曼之名源于美国现代诗歌之父惠特曼（Walt Whitman），并有意无意地做了改写，去掉了其中的"h"，添加了一个"t"。汤亭亭在一次采访中谈及该命名的缘由及意义："慧特曼的父亲以'最美国'的诗人之名为儿子命名，却以有趣的方式拼写，那两个字母是华裔所独有的拼写习惯。我想在我的作品里延续惠特曼的文学传统。……惠特曼为了赞颂他所倡导的现代人而写作，他为美国本身而歌唱。我为华裔美国人歌唱……"（Blauvelt 79）至于主人公的姓氏"阿新"，汤亭亭欲通过这个包含多重含义的杂糅名字，引发多重联想，表达多重寓意。她挪用哈特（Bret Harte）和马克·吐温（Mark Twain）笔下诈赌的"狡黠中国异教徒"（the Heathen Chinee）阿辛（Ah Sin）之带有原罪（sin）内涵的姓氏，将其改写为具有歌唱之意义的 Sing ，并将此和彰显"美国精神"的"慧特曼"的名字并置，借以凸显主人公所具备的理想，以及叛逆、自由、自信之精神。此外，阿新（Ah Sing）这个姓可能来源于 1855 年致信加利福尼亚州州长反对歧视华裔，为其族群争取权益的诺尔曼·阿新（Norman Asing）（Wang 108）。巧合的是，也是在 1855 年，惠特曼出版了《草叶集》

---

① 通过对非洲传说中的恶作剧精灵艾苏（Esu）的知识考古，美国非裔作家盖茨指出艾苏的饶舌衍生多重意义、引发意义滑动的行为，可视为泛非洲黑人文化阐释行为的原型比喻，是美洲新大陆"表意的猴子"的原型，后者运用了讽刺、戏仿、反语等修辞手法参与信息的建构，进行无休止的意义置换。

② 该小说一共九章。根据特纳（James Tanner）的分析，第一章"Trippers and Askers"和第二章"Linguists and Contenders"皆出自惠特曼《草叶集》的《自我之歌》（Song of Myself from *Leaves of Grass*）中的第四小节，第五章 *Ruby Long Legs' and Zeppelin's Song of the Open Road* 的灵感来自惠特曼的诗 *Song of the Open Road*，第六章"A Song for Occupations"也与惠特曼的诗作同名。详见 Tanner，J. T. F. "Walt Whitman's Presence in Maxine Hong Kingston's *Tripmaster Monkey*：*His Fake Book*."*MELUS* 20.4（1995）：64.

(*Leaves of Grass*)。此外,由英文来看,Ah Sing 又可以解读为"啊,唱吧!",恰好和惠特曼的诗歌《我为自己歌唱》(*Songs of Myself*)相得益彰。显然,汤亭亭暗示主人公是为华裔族群的权益摇旗呐喊的先行者。事实上"阿新"既非姓也非名。"阿"字在中文里没有特殊意义,只是一个广东方言里称呼的起头,"阿新"是早期华裔入境美国时,阴差阳错地被海关认可的姓氏。汤亭亭倒名为姓,把"阿辛"当姓氏,同时也倒姓为名,把"惠特曼"这个英文姓氏当作阿辛的名,颠倒了原有的秩序,以新命名打破西方语言的霸权优势,使带有杂糅色彩的华裔语言也具有与西方语言相同的正当性,也使要通过姓氏溯祖源宗的本质主义呈现出荒谬的态势。可以说,主人公杂糅化的名字,在东西方文化相互混杂的过程中,打破了"中国性"与"美国性"二者之间的严格界限,确立二者对立与不可化约状态的连字符也随之被粉碎,华裔美国人也在此蕴含杂糅与暧昧的空间中被重新定义。

慧特曼是一个高唱"自我之歌"的"孙行者"。他的旧金山漫游充分具备了地理的、空间的多重游移意义,进一步启动了多重向度的身份认同游移。他在都市的漫步就如同穿越文化或民族疆界而不受任何约束的"游牧式"嬉戏,彰显了骆里山(Lisa Lowe)所说的具有解放意义的"游牧主义"(nomadism):

> 游牧的空间坦荡如砥,不似规训与宰制下的空间那样,因阻力重重而步履维艰。在游牧的空间里,可经由多种路径和方式而任意抵达空间中的任何一点,其运行方式是漫游式的。游牧实践中的空间呈现开放、发展之势,而与逻各斯(logos)所建构的空间判若云泥,后者呈现封闭与孤立的状态……选择了游牧的实践方式,将逾越业已形成的差别界限,由此使它们发生移位和挪换,并最终重构迥然不同的空间。("Literary Nomadics"46-47)

由此观之,慧特曼在唐人街与旧金山,在回归与同化之间选择了逾越与游移,拒绝文化界域的局限。对慧特曼而言,中国、唐人街乃至旧金山是三种截然不同的场域,不再是身份建构可以完全凭借的参照坐标。这种不相关的历险与际遇,启动了他身份认同与建构的再转化(*Charles Baudelaire* 40)。像游牧者一样,他与局限的、可划定界限的文化符码彻底决绝,粉碎中心与边缘非此即彼的二元对立,让所有事物不能被固化。慧特曼以身处边缘的他者视角出发,在族裔聚居区之外的都会空间铭刻出文化交融杂合(creolization)的想象,解构中国/美国、东方/西方、真/伪,改写美国亚裔身份的连字符模式;在不同文化时空的并置中,慧特曼将认同由空间向度扩展为时间向度,从而放置白人宰制文化与他者文化在变动的历史时空,讲述个人从移位到重新定位的种种经历。在漫游城市、探寻自我的过程中,他不时体验到其先祖"没有空间/位置"的焦虑,但他以桀骜不驯的嬉皮士精神、黑人般的饶舌和多重的身份样态(诗人、售货员漫游者、朗读者、剧作家)颠覆了主流社会关于"模范少数族裔"的政治运作,以追求种族平等的理想、以"用剧场将这个城市的外观彻底改变"的姿态(Kingston 30)和重塑亚裔文化的雄心来跳脱出自卑与自我否定的怪圈。

作为一个都市吟游诗人,慧特曼具备了本雅明所言的漫游者的特质:"一位拥有自觉意识的梦想家,并充分展现了主体性,唤醒那些只知道追求新奇的或者沉睡中的大众"(Benjamin, "*Charles Bandelaine: A Lyric Poet in the Era of High Capitalism*" 40)。不同于散步者(promeneur)这种孤独的行人,也不同于那种毫无主见的看热闹者(badaud),漫步者慧特曼可以说是一个积极的社会观察家,意图唤起关注边缘群体的良知。在某种意义上,他成为身处都市边缘的弱势群体(不仅仅亚裔,还包括贫困的白人阶级)的代言人,甚至是他们生存空间的创造者。在小说伊始,慧特曼散着步穿越旧金山公园,所遇之人皆为被隔绝于美国主流社会空间外的边缘之人——一位捡拾垃圾的白人老妇人、一个呕吐的白人醉汉、一个新近移民美国的中国家庭、一个非裔流浪汉、一个显然是文盲的非裔旧报贩子(Kingston 4)。事实上,慧特曼有一套他自己的漫游者的生活哲学,即"公正对待每一个与你相遇的人,那些偶然邂逅之人都是你的朋友"(247)。他恰如漫游者般,以一种疏离的目光与距离,凝视着城市的芸芸众生,尤其是中下层社会阶层,并在其之后的漫游过程中逐渐深入人世萧索,容忍又关心与他一样为社会所抛弃与隔绝之人,如玩具店里一个曾经是耶鲁诗人新秀(Yale Younger Poet)的落魄白人仓库员、华裔女友南希·李(Nancy Lee)、公车上的华裔女孩朱迪·路易斯(Judy Louise)、日裔好友兰斯(Lance Kamiyama)、在失业救济局偶遇的非法中国移民周太太,还有被禁锢在加利福尼亚州萨加门托市唐人街的父母、婆婆(日语:Tadaima-a-a)、多丽阿姨们(Auntie Dolly)。这些他者最后也以各种样态进入他所创作的戏剧,在戏剧所开创的再现空间中发出自己的声音。例如,慧特曼偶遇华裔女孩南希,得悉她由于不符合西方人对亚裔女性的刻板印象而被区隔在好莱坞之外,于是他告诉南希,华裔美国人绝不能扮演宰制文化所框定的角色,充当心地善良却被社会丑化与隔离的"卡西莫多",或者那位积极进取却终生无法言语的"海伦·凯勒"(32)。他强调,那是主流社会用于丑化与驯化华裔美国人的标签,是一种把华裔隔绝于美国社会空间之外的操作。他决定为南希重新写一部戏剧,让她在华裔自己的戏剧中展现真实的自我:"在我为你写的戏剧里,观众们会爱上你的,因为你的黄皮肤、圆鼻子、扁平的身材、丹凤眼和你的口音"(32)。慧特曼对都市弱势族群的关注跳脱出了华裔的局限性,超越了狭隘种族主义,更具备一种"泛族裔"(pan-ethnic)的关怀。他驱车穿越加州萨加门托市的街区,进入内华达州的雷诺市,足迹遍布雷诺市的大街小巷,为的是寻找被父母收留又丢弃的、具有日裔血统的婆婆;在与妻子唐娜于饭店用餐时,听到邻桌白人开起墨西哥裔的种族玩笑,慧特曼便义愤填膺地高声驳斥对方,为被贬抑到社会空间边缘的少数族裔伸张正义(214-15)。

漫游者除了可以悠闲自在地进出具体的空间,也可以随心所欲地游走于诸多想象空间,带着他的意识,走进历史,走进文本。置身于 20 世纪 60 年代的旧金山湾区,慧特曼在这趟"西方"的漫游中,引领读者跟随他的脚步——更确切地说,跟随他的意识流漫游。当搭乘地铁进城时,慧特曼看着窗外熟悉的城市地标建筑——圣伊格内修斯教堂、市政厅、欧菲姆剧院、金门大桥、科伊特塔、马林纪念馆等,随之勾连起这些地标建筑所指涉的文化与历史,却发现没有任何体现华裔为美国都市繁荣做出贡献的地标建筑。可以说,华裔在旧金山这座城市中的空间是一种存在的不在场(the present absence)。面对这种"缺席"的虚无感,漫步于旧金山街区的慧特曼不禁在街道上高声拷问:"我们是有形的。看见我们了吗? 我们在这儿"(71)。于是,慧特曼将旧金山地铁模拟为在美国加利福尼亚州纵横行驶的火车,幻想自己是南太平洋铁路公司的火车朗诵员,追寻着曾经修筑美国铁路的华工的足迹,结合阅读、阐释美国经典作品和漫游者的移动特质,在途经的每个地方阅读与地景对应的文学作品,进一步回应不同的移民经验,从而铭刻华人曾经在美国空间存在的历史,重新对原先设计/限制的空间进行交涉和划定:

> 在火车上,途经加州中部农业城镇弗雷斯诺(Fresno)时读萨诺杨(William Saroyan);经过加州萨利纳斯山谷(Salinas Valley)时读斯坦贝克(Steinbeck);经过加州蒙特雷(Monterey)时读《罐头厂街》(Cannery Row);在大瑟尔海岸(the Big Sur Ocean)时读杰克·凯鲁雅克(Jack Kerouac);在通往韦德(Weed)的路上读《人与鼠》(Of Mice and Men);在马瑟罗德(Mother Lode)①时读马克·吐温(Mark Twain)和罗伯特·

---

① 马瑟罗德位于加利福尼亚州的内华达山脉,19 世纪美国淘金热时代,有大量华工在此从事采矿业。

史蒂文森(Robert Louis Stevenson)······途经卡拉维拉斯郡(Calaveras County)和萨加门托峡谷(Sacramento Valley)时读《野外生活》(*Roughing It*);穿过加州红杉林时读约翰·缪尔(John Muir);进入落基山脉时读司特格纳(Wallace Stegner)的《大冰糖山》(*The Big Rock Candy Mountain*);到好莱坞及圣安塞尔莫(San Elmo)时则读约翰·范特(John Fante)的作品;横越南太平洋岸边的中央峡谷时,读菲裔作家布洛桑(Carlos Bulosan)的《美国在我心中》(*America Is in the Heart*)······当火车经过诸如艾可儿、格罗夫等日裔美国人被囚禁的地方,就用激昂的声音朗读"安置营"日记;他拒绝朗读种族主义者弗兰克·诺里斯(Frank Norris)的作品,他也不朗读布雷特·哈特(Bret Harte),更不朗读海伦·亨特·杰克森(Helen Hunt Jackson)的《蕾蒙娜》(*Ramona*)······(9)

可以说,地铁作为一个漫游者实现都会行走的代步交通工具,在疾驰穿越城市的过程中,提供了某种抵抗与颠覆限制并展现漫游者个人主动性的场域。慧特曼的主动性体现在他对车外不断移动的城市地景进行想象性的重塑,且将此嵌套入相对应的美国经典文学中的地景,并赋予其特定的空间意义。作为一名伯克利分校的英语文学专业毕业生,慧特曼的"美国性"体现在其深谙美国经典文学体系,但同时也对不同文本所传导的语言符号做出选择——他将再现日裔"迁徙营创伤历史"的文本以及再现菲律宾劳工漂泊离散经验的《美国在我心中》编入美国文学经典,同时剔除那些具有强烈"种族歧视"意涵的白人文学文本,①充分杂糅了美国的经典文学体系,将少数族裔的声音介入

---

① 这里应该指以下几个作家的作品:(1)布雷特·哈特(Bret Harte,1836—1902)的辱华戏剧《啊! 罪恶》(*Ah Sin*,1877),这是哈特和马克·吐温合创的一部故意丑化华裔淘金工人的作品,塑造了一个诈赌的"狡黠中国异教徒"(Heathen Chinee)阿辛(Ah Sin)。(2)弗兰克·诺里斯(Frank Norris,1870—1902)的作品中也充斥着对华裔劳工的歧视和偏见,其作品复制着华裔的刻板印象,描述华裔为一群黄皮肤的蒙古人,表情冷漠,扁平的脸上吊着死鱼眼般的斜眼,神秘又危险。本书曾提及其创作的短篇侦探小说《第三圈》(*The Third Circle*,1897),该作品将唐人街丑化为鸦片馆遍布与女性人口买卖泛滥的邪恶之处。(3)海伦·亨特·杰克森(Helen Hunt Jackson,1830—1885)的作品《蕾蒙娜》(*Ramona*,1884)讲述了一位具有原住民血统的混血孤女蕾蒙娜颠沛流离的故事。蕾蒙娜逆来顺受,最后委身于白人东家之子费利佩先生,并掩藏自己的原住民血统和曾有的印第安名字"麦吉拉"。可以说,蕾蒙娜隐瞒自己的印第安血统假装白人,在慧特曼看来就是"自卑自轻"的行为。蕾蒙娜的角色定位也和亚裔女性中的"莲花""蝴蝶夫人"类似,是白人男性凝视的色欲客体,这或许也是慧特曼拒绝朗读该作品的原因。

原来铁板一块的美国"正统文学"体系。通过文学中再现的地景重新讲述、编织和构写出属于亚裔群体的历史空间,从而将之镶嵌进他所绘制的全新的城市蓝图。此刻的慧特曼,恰恰承袭了美国民主诗人惠特曼之歌颂土地与赞美城市的文学传统。惠特曼在《草叶集》中试图打破城市与农村之间的对立,赞美歌颂美国城市即为土地;其犹如一首未被写就的诗篇,由于发达的海运以及众多码头而迎来了源源不断的新移民:这是一片含纳差异、拥抱新生事物与人群之地(Andrews 179)。可以说,漫游于旧金山的慧特曼效仿瓦尔特·惠特曼,担任自己族群的"说书人"和诗人,重绘(remapping)华裔先祖在美国西部开发进程中走过的地理图景。慧特曼通过注入亚裔的空间历史,对美国文学传统与城市地景进行再创作,从而重新挪移其原有疆域。同时,他试图以想象赋予美国都市以无所不包和生生不息的特性,从而证实身居都市中的华裔美国人应该成为这个被赋予包容性的空间中的一分子,为进一步重新构筑身份认同提供契机。如此,连字符所生产的断裂分割式的、具有本质主义性质的身份空间在此被消解,更具包容性、差异性和杂糅性的新身份空间的重构被赋予了可能。

# 第三节　"西方梨园": 第三空间中的社群重构

美国南亚裔学者拉达克瑞士南(R. Radhakrishnan)指出,身份的连字符空间尝试将一个人的原生地与现居住地的身份进行挂钩,少数族裔的当务之急在于挣脱与原生地的联结,把自己当作现居地的族裔,在自己所居住的地方/国家/文化中彼此结盟,发出声音(175-76)。小说里,慧特曼在街头漫游的同时,无所归属感与日俱增,他不愿再对亚裔及其他都市弱势族群的遭遇冷眼旁观。他转而成为一个积极建构亚裔个体身份以及亚裔社群的参与者。他重回唐人街,组建了含纳与彰显差异的"美国梨园弟子团"(the Pear Garden Players of America)。这个虚构剧团是一个重新演绎、诠释美国华裔另类空间-历史的"第三空间"。后现代空间学者爱德华·索亚(Edward W. Soja)以及后殖民主义学者霍米·巴巴均从不同视角阐述了"第三空间"所兼具的开放、流动以及解放的意义。索亚认为第三空间是兼具真实、想象与超越性的异质空间,是一种"第三化"以及"他者化"的空间(*Thirdspace* 68)。霍米·巴巴(Homi Bhabha)的"第三空间"(the Third Space)是一个穿越种族、阶级和文化差异而模糊混杂的空间,通过"确保文化的意义和象征手段没有原始的统一或固定性"(*The Location of Culture* 37)，使民族性、社群利益或文化价值的主体间和集体经验得以被协商。

　　慧特曼的西方梨园以两种乃至多种异质文化之间的"相互演出"展演对抗记忆。"梨园"本是中国人对戏剧的俗称，将中国的戏剧放在"西方"的时空语境中，凸显了超越二元对立、颠覆本源纯正性的特质，形成了一个地处都市边缘的对抗空间。慧特曼的西方梨园剧团融入了富有流动变化、多元异质特性的表演概念。首先，其所创作的剧本多元杂糅，包括中西文学传统，以互文的方式杂糅了中国古典名著与神话传说、英美经典文学和西方流行文化，戏剧语言则交叠着英语、亚裔英语、日语、夏威夷土语、洋泾浜英语和20世纪60年代美国俚语，营造出一个混乱、多语言、多层次、多重文化碰撞和重叠的再现空间。同时，这部架构雄浑磅礴的剧本时间横跨古今，空间连接中西，是一个充满实验性质、游移不定、多元包容、变动不居、尚未完成的文本，呈现出一个开放并富有创造性的空间。既有的剧情随着慧特曼和演员的即兴表演不断地自我补充、修正，而新的观点、剧情也随之不断冒现，令整个戏剧舞台逐渐成为游移不定，具有无限可能、颠覆性的第三空间，并在此构建属于亚裔的族裔空间，铭刻民族历史。

　　在自导自演的《独角戏》中，慧特曼试图突破各种藩篱，跨越各种针对亚裔的固化疆域，努力寻求自我的定义。站在西方梨园的舞台上，他以个人独白的一幕戏强烈批判宰制权力剥夺了华裔美国人以"第一人称代词主动语态"说出"我"的权利。慧特曼大声宣布："我。我。我。我。我。我。我。我。我。我-战士要赢得西部、地球和宇宙"（319）。为了帮助族群摆脱"没有空间/位置"的焦虑，慧特曼在黑板上即兴写下了甲骨文"我"，在这里，汤亭亭在英文书写的小说文本中插入了中国古代甲骨文"我"字，如图3-1所示。

图 3-1

　　慧特曼借用中国古代甲骨文"我"字的书写中含有代表战斗精神的"戈"字这一事实，声言"我们是关公的子民"（318），从而追寻了华裔美国人消失已久的英雄传统,打破了华裔美国人滞定化的文化属性(内向、服从、阴柔)。这种全新的"自我"通过中国古代象形文字在西方的语境下迸发出一种全新的意义:一种属于华裔美国人的新的身份认同由此产生。多重性的"自我"彻底颠覆了主流社会对华裔美国人的僵化认识,化被叙述的客体为主动陈述的主体,转被压抑的小写的"我"(me)为自我肯定的大写的"我"(I),从而重建了自己的主体尊严,找寻到属于华裔美国人自我的身份定位。他指出,带有连字符的华裔-美国人(Asian-American)的称呼有着这样的含义——"好像我们有两个国家似的",因此他疾呼"我们必须把连字符拿掉,变成华裔美国人(Asian American),'美国人'是名词,'华裔'是形容词"(327)。可以说,这个去除连字符的举动,就是对宰制文化所设立的种族界限的推翻,将亚裔从被隔绝、压抑、以本质主义建构的身份空间中解放出来,取而代之的是一个含纳和彰显差异的第三空间,而这对于亚裔社群的建构意义重大。在这场独角戏的结尾,慧特曼以充满抗辩与斗争精神的独白演出,获得了来自不同族裔与阶级的观众/演员的热烈回应。他们跨越原本依据阶级/种族/性别而划定的疆界,加入这场梨园大戏中,紧密连接成不可分割的生命共同体。

　　慧特曼以民主开放态度为创作理念,坚持把"被遗忘的事物、被忽略的人物"统统纳入剧中(52),因为"任何与你偶然相遇的人都是你的同胞"(233)。在西方梨园中,演员们逾越了种族、性别和阶级的界限而参与演出,凝聚成一个坚实而无所不包的想象共同体,由此也消解了欧洲中心主义、白人至上主义话语所建构的公民"美国性"。在来自不同阶层、众多族裔狂欢式的演出中,演员们更是以集体的力量用戏剧描述"我们存在的事实",在模糊现实和幻想界限的过程中重绘美国的想象地理空间。慧特曼声称,他的祖先和乘着"五月花号"来新大陆的欧洲人一样久远(139)。他改写了《三国演义》的故事结局并将之挪用到美国移民史的情境。慧特曼的戏剧中引入的想象资源是中国文化中和战争与文学有关的人物——关公,因为对于饱受经济剥削、极端种族仇恨迫害和歧视性法律约束的早期华裔移民劳工而言,关公身上所具备的浩然正气、英勇不屈的战斗精神,成为华裔族群获得道德支持与情感认证的来源。慧特曼用戏剧调动了族裔社群文化记忆的表演潜能,在他的创作中,关公及其子孙在刘备去世的公元 233 年,也犹如当年遭遇宗教迫害的"五月花号"(Mayflower)上的清教徒一样,离开故国寻找出路。在戏剧中,作为华裔敬奉的战神,关公不仅具备了穿越时空的超能力,他能到处行走,在星河间往返拜访已故的兄弟和敌人,而且是移民美洲大陆的华裔先祖们的化身,他搭乘远洋航行的一艘船,不仅登上了天使岛,还登上了埃利斯岛(282)。可以说,慧特曼的戏剧将历史时空错置,使关公到达美国的时间比"五月花号"先民(1620年)早了将近1400年;通过关公移民北美这一杜撰的传说与包括盎格鲁-撒克逊清教徒在内的欧洲移民定居北美历史的杂交并陈,惠特曼填补了华裔美国人在美国被遮蔽与抹灭的历史。这段剧情也以介入/发明(intervention/invention)美国源头的方式,进一步解构了宰制权力操纵下的美国国家起源的宏大叙事,建构了一个含纳多元族裔的新国家想象。可以说,慧特曼所重绘的美国历史和空间是杂化而多源头的,颠覆了美国源头的权威论述。中美地理历史在慧特曼的剧中杂糅并呈——中国的"珠江三角洲"(Kingston 37)和"长江的东吴"(172)成为美国人初至美洲大陆的地方;慧特曼的祖先抵抗英国侵略者的虎门销烟,他们的表现如当年美国人民抵抗英国殖民者的波斯顿倾茶事件一样英勇(Kingston 323);歌颂华裔移民经验的歌《金山之歌》则是戏仿美国民谣《苏珊娜》(O Susana!)(39);曾祖父甚至是和"五月花号"同时抵达北美(39)。这些一中一西、一古一今,看似相互对立的象征在它们之间的界限被消融和杂化后,具备了解放性的潜力。可以说,慧特曼执导的这部社群大戏,在杂糅中国/美国历史时空的过程中,借由文化记忆的再现和华裔历史的重新书写,介入、渗透、干预了宰制权力构建的美国起源的宏大叙事,对后者架构的知识空间的权威进行了颠覆,形成了一个华裔族群重新自我定位、表达身份和差异的族裔空间。

慧特曼的都市漫游与追寻自身身份的过程,就是互相越界、互相融合的过程,原来身份认同的"连字符空间"被改变,全新的"华裔美国人"于此产生。在这个杂糅了东西文化的空间里,连字符的消除实则颠覆了固化的种族边界,颠覆了"族裔"的单一同质性,赋予了"族裔"新的杂糅定义。在这个开启华裔美国人新身份的空间里,华裔拥有美国主流文化乃至其他族群的因子,同时具备他们自身、其他亚裔或者其他族裔的成分,可以说此等颠覆性的、流动性的族裔主体将对美国亚裔的社群意识产生深远影响。

# 第四节　结语

漫游者慧特曼凭借逾越边界和在都市空间的流动,创造了一个跨越僵化思维的空间,开创了一个带有杂糅性的全新身份。这个身份具备了东西两种文化经由越界与协商所迸发的新意,从而使慧特曼和他的族群挣脱了"华裔美国人"中的族裔连字符(ethnic hyphen)的枷锁。在这个杂糅了东西文化的空间里,连字符的消除实则颠覆了固化的种族边界,不断地颠覆"族裔"的单一同质性,赋予"族裔"新的杂糅定义。

慧特曼以他的"步行修辞学"这种流动性的话语,逾越与颠覆了白人种族话语构建下的种族空间区隔。他所建构的族裔空间与后现代的都市景观、包括族裔历史的地景意象、族裔传统的意义象征相互交织,从族裔、性属和阶层等多个角度凸显其边缘性、杂交性以及反抗性。他开创的西方梨园实为彰显异质多元特性、真实与想象兼具的第三空间。在此,亚裔的语言文化和历史记忆被挪用与改写,由此解构了宰制权力所建构的一切二元对立,逾越了泾渭分明的空间区隔,使亚裔族群的身份在此兼容并蓄的超越性场域中得以确认。

# 第四章 "寻父"与"寻根"：《为何把心留在旧金山？》中的菲律宾裔历史文化空间

　　为了确保拥有宰制其他阶级以及少数族裔的特权，美国白人宰制阶层运用资本主义、种族主义等意识形态生产巩固其统治的种种知识，进一步形成基于白人逻各斯中心性质的构想空间，通过其建构的现代知识体系将殖民文化宰制合法化。白人宰制阶层凭借其拥有阐释话语的特权，经由语言和权力的知识架构，逐步建构中心／边缘、真理／谬误、感性／理性、优／劣，主体／客体的二元对立。在这一带有浓厚本质主义色彩、充斥着白人社会符号体系的文化空间中，"权威"的官方历史、纯正的语言体系（英语）、彰显白人文明优越感的文化以"真理"面目示人，而亚裔则成为缺席、静默与低劣的代名词，被隔绝于以白人主体性为中心所建构的认知体系及历史书写的文化空间之外。换言之，西方充当行动者、东方事物的观察者和审判者，甚至是道德规范者，将白人意识形态合法化，达到全面说服、笼络与驯服少数族裔的目的。作为美国弱势族群，亚裔也被剥夺了参与知识生产的机会而丧失了自己的话语权，成为被定义、被言说的客体，进而成为历史文化空间的静默者和隐匿者。

　　然而，知识与权力之间又体现为相互依存、相互作用的关系：首先，权力确认知识作为工具的合理性，并发挥其压制的协助功能。但吊诡的是，知识又具备开放的认知模式，进而对权力进行质疑与挑战（Sandercock 96-97）。因此，亚裔都市叙事重建诠释历史事件的对话场域，通过重书与再现本族群的另类历史（alternative history）和对抗记忆（counter memory），以"我曾存在"的宣言，挑战质疑官方历史叙事中对少数族裔历史的篡改、歪曲乃至掩盖，颠覆白人宰制权力主导的文化历史空间。亚裔都市叙事中的都市漫游者作为社会行动者(social actor),不断挪用历史能量,发挥文化想象力,发扬批判精神,寻找有利于自己族群的发言位置,在美利坚的版图上占据属于自我的文化空间。

当代美国著名菲律宾裔作家桑托斯(Bienvenido N. Santos,1911—1996)的创作才华与影响力不亚于美国菲律宾裔文学之父布洛桑(Carlos Bulosan)和新生代女作家哈格多恩(Jessica Hagedorn)(Huang 265)。桑托斯的写作风格与技法不如后期涌现的菲律宾裔作家那样富有创新意识,即小说依旧复刻了美国主流文化设定的一系列菲律宾移民的刻板形象,如饱尝疏离感和失败主义的劳工皮诺伊、逃离菲律宾军事独裁的政治避难者、在第二次世界大战期间被困在美国东海岸和中西部的小资产阶级男性。尽管如此,他的作品为在北美主流文化中被遗忘、被消音的菲律宾族群发声,因而被认为是美国菲律宾裔文学中的巨擘之一(Nelson 321)。长篇小说《为何把心留在旧金山?》(*What the Hell for You Left Your Heart in San Francisco*,1987)讲述了菲律宾记者大卫·托洛沙(David Dante Tolosa)由于20世纪70年代菲律宾的政治动荡而滞留美国,他借机寻找早年赴美却失散多年的父亲。在旧金山漫游的过程中,大卫无时无刻不感受到失落:他失去的不仅是父亲,也是菲律宾移民的历史文化。因此,桑托斯借大卫在都市行走中找回失踪的父亲及其生命史这一情节,回溯整个族群的历史文化。在漫游旧金山找寻父亲的过程中,大卫又成为族群历史碎片的收集者。在美漂泊离散的个人/集体经历连同大卫父亲的身世构成了小说中的故事接龙。大卫一到美国,便受美国菲律宾裔新贵精英阶层之邀,协助出版记载在美菲律宾裔生活的杂志。在穿越旧金山城区为杂志搜集素材的过程中,大卫走访了聚居于小马尼拉城的劳工阶层、居住于钻石高地的精英阶层。他出入美国菲律宾裔移民的各个社团群体,以都市漫游者的视角,再现美国大都会中菲律宾移民不同阶层在白人政治、经济以及文化宰制下的创伤,并由此深入阶级、种族、社群以及族裔语言和文化等议题。事实上,小说标题戏仿了美国白人爵士歌手班内特(Tony Bennett)的经典爵士曲目《我把心留在了旧金山》(*I Left My Heart in San Francisco*),原曲将旧金山描绘为游子所念兹在兹、魂牵梦萦的故土家园。然而,该小说则将此白人主流文化所赋予的空间意象进行转义。对于远离故土的菲律宾裔移民而言,旧金山是一个希望与哀伤并存的城市,或者只是他们的流放之地。这种城市情感的巨大反差源自菲律宾移民历史上被排斥在美国国家空间(nation-space)之外的创伤——他们的公民身份与权利被剥夺,沦为美国宰制权力所圈定的非正义空间的受害者。

该小说带有桑托斯小说的鲜明风格:通过多样化的叙述形式和文体风格,

以大卫在旧金山信马由缰式的漫游，呈现非线性叙述的情节，再现菲律宾移民在美国流离失所的众生相。此外，通过对菲律宾裔群体生命动态性的描摹与捕捉，小说建构的空间意涵远大于在线性时间中展开的事件与情节。大卫在旧金山的寻父之旅既是各种物理空间，如不同场所（place）、方位（location）和路径的交错叠印，更是小说人物将身体、官能、记忆与象征符号、隐喻形式交织，构成集体／个人体验与想象的社会文化空间，从而彰显寻觅、解码族裔文化之根的轨迹。因此，本章将在空间理论视阈下，由大卫·托洛沙的"失父"之痛，剖析菲律宾裔族群在被西方同化与回归族裔文化之间所遭遇的困境。本章还将从大卫漫游旧金山"寻父"的历程中，对被遮蔽的菲律宾殖民历史，以及不同阶层移民和其后代的离散记忆碎片进行收集与拼贴，挖掘文本中民族文化的疏离、历史的遗忘以及菲律宾殖民／反殖民历史的重书等议题，探讨如何从文化认同断裂和身份认同危机的剧痛中恢复过来，经由协商最终重构自我身份，铭记和保存族群自身的传统和历史，建立休戚与共的社群意识，从而重构菲律宾裔的文化历史空间。

# 第一节　无父之痛：族裔文化之根的残缺与断裂

大卫的"失父"就是菲律宾族群的民族精神之根残缺、文化之根断裂的现实写照。小说中，处于"无父"状态的大卫，寻父的最初动机是为了弥补母亲由于错失远走美国的父亲而孤单离世的遗憾。大卫父子关系的断裂并非仅肇因于父亲威权或者父子个性不合，还肇始于美国对菲律宾殖民压迫造成的民族之殇。大卫及父亲均处于后殖民时代的夹缝中，被迫远离故土而饱受漂泊离散之苦。确切说来，美国对菲律宾的军事占领以及间接殖民统治，均对大卫的人生产生了不可磨灭的影响。根据社会学家埃斯皮里图（Yen Le Espiritu）的说法，"1898年美西战争后，美国从西班牙手中获得菲律宾。美国海军开始积极招募菲律宾人作为基地的乘务员和食堂服务员。这些军事基地除了作为征兵站，更是成为当地人眼中的财富中心——使当地民众得以近距离接触到美国的金钱、文化和生活标准，产生了参军的强烈动机"（28-29）。因此，为了养家糊口，父亲在美国海军基地谋得一份地勤工作。但二战爆发后，父亲被征召入伍随军出征，之后据传落脚美国，和家人失联。大卫由此认为，父亲彻底"抛弃"了他和母亲。之后，另一名菲律宾男子和母亲共居，但不久也被美国海军征召，彻底从大卫母子的生活中"消失"了。大卫十几岁时，贫苦交加的母亲抱憾去世，大卫成了孤儿。二战结束之后，美帝国主义改变了殖民时代直接军事占领的策略，转而扶植本土独裁政府为其傀儡，间接殖民统治菲律宾，造成菲律宾本国局势动荡。大卫是一名菲律宾进步作家，由于菲律宾军政府发布戒严令，他被迫流亡美国。于是，彻底成为文化孤儿的大卫在旧金山开启了寻父之旅，在都市漫游中寻找着生命的源头与意义，试图在民族与历史文化中找到精神的归属感。

　　漫步在旧金山的街道上，大卫经常想起流落异乡的父亲："我的父亲一定走过这些街道。他现在还能走路吗？"（Santos 88）大卫流亡异国，饱尝失父之痛，这象征着美国菲律宾裔族群在漂泊离散经历中因错位感而产生的创伤："我们违背自己的意愿，回头看那个遥远的家，现在已经迷失在黄昏的薄雾和漫长的岁月中。祈祷生命再给我们一次机会。当我们行走在这些阴沉的街道上，生活在锈迹斑斑的码头、臭气熏天的罐头厂和喧闹的鱼市中，远离那些满是气泡酒的葡萄园，我们就会感到痛苦"（192）。

　　在繁华的旧金山，大卫追寻着父亲的脚步，试图揭露父亲在美国所经历的一切，而这也让他得以搜寻探访被时代抛弃与边缘化的隐秘空间。可以说，桑托斯笔下的漫游者大卫已然"基因突变"，不再是本雅明笔下发达资本主义社会中的拜物教信徒，而是族群记忆与历史遗迹的探访者。大卫在漫游过程中，开启了旧金山菲律宾裔历史的知识考古历程。作为一名记者，他借助文字一一重建现实中的不在/缺席（absence），以自己的历史/地理知识，去补足书写的间隙，书写存在/出现（presence），完成自己寻父与寻根的知识考古。他首先在旧金山市政厅办公室的电话簿和死亡记录中搜索父亲的名字，但是一无所获（166）。他逐渐把父亲和老菲律宾劳工联系在一起，猜想他可能在"加州、中西部、纽约，甚至是一个小镇上一些人口稠密的菲律宾社区"（168）。大卫徘徊在这个城市一个又一个的公交车站（88），注意到了饱受剥削之苦的底层菲律宾移民劳工——皮诺依（Pinoy）①。作为流浪无根的漂泊者和异乡人，这些底层劳工游走在城市的边缘地带，难以融入城市，也难以回归家乡，遭受着物

____

① 　皮诺伊（Pinoy）指在美国的菲律宾男性，尤指廉价劳工；皮内（Pinay）则指代女性菲律宾裔劳工。根据维尔加拉（Benito M. Vergara, Jr）的考据，这个词于 20 世纪二三十年代在菲律宾劳工移民中广为使用，突出了菲裔美国人身份的跨国性。（详见 Vergara, Benito M., Jr. *Pinoy Capital*: *The Filipino Nation in Daly City*. Philadelphia: Temple University Press，2009:15-16.）

质贫困、精神失语和身份模糊等多重压迫。这些无家可归而又贫穷的菲律宾"单身汉""无名人群"，让人想起亚洲男性作为被种族化的廉价劳动力所受到的剥削，以及他们被种族排斥和隔离的历史。但是无家可归的皮诺依们不仅仅是种族剥削和排斥的结果，更是美国帝国主义征服和殖民统治菲律宾造成的贻害。正如大卫对他自己、他父亲、美国的菲律宾老人的认同所表明的那样：

> 我在加州、纽约和伊利诺伊州的其他许多公共汽车站看到过类似的菲律宾老人。我常常认为自己是他们中的一员，一个游民，苍老了，腐朽了，只能漫无目的地在美国流浪。如果我留下来也会有如此下场吗？他们中是否有人认识父亲？他是否也成为他们中的一员？我如何能与他相认？（87-88）

大卫都市漫游的意义不断扩散、蔓延，由空间之旅变为时间之旅，开启了回溯美国菲律宾裔的离散历史的旅程。事实上，大卫流亡海外、大卫父亲失踪以及皮诺伊老无所依的处境，把菲律宾劳工和流亡者的颠沛流离与美国帝国主义和殖民主义造成的历史创伤勾连起来。19 世纪末 20 世纪初，美国颁布《排华法案》以及与日本签订限制日本劳工入境美国的《君子协定》（The Gentlemen's Agreement of 1908）之后，为了填补美国的劳力短缺，菲律宾裔以美国殖民地侨民的身份来到夏威夷甘蔗园以及美国西海岸的农场工作；由于 20 世纪 20 年代美国农产品价格下跌，菲律宾裔劳力逐步涌入美国工业，并于 20 世纪三四十年代起分散于美国西岸主要城市的鲑鱼罐头工厂、餐馆工作。自 20 世纪 20 年代起，美国宰制权力针对菲律宾移民的种族暴行罄竹难书：菲律宾移民以及第一代劳工皮诺伊在西海岸城市和阿拉斯加被限制行动自由，维护劳工权益的菲律宾裔工会组织被白人雇主打压。在美国主流文化中，菲律宾裔像非裔等有色人种一样被动物化，被丑化为"热带丛林中未开化的棕色野蛮人"。

大卫从美国东海岸到西海岸，一路行走，寻找他失踪的父亲。漫步于都市街头的同时，他将散落在旧金山湾区菲律宾裔社群的生活碎片拾掇起来，镶嵌于美国都市的空间中。他以悲悯之心目睹了老年皮诺依劳工贫困无助的惨状。为了搜集杂志出版所需之素材，大卫进入小马尼拉城，然而映入其眼帘的是衰败陈腐、垃圾遍地的社区，和城外光鲜整洁的旧金山城区构成了巨大反差。事实上，小马尼拉城就是以种族和阶级差异为标志的隔离空间："举目望去都是菲律宾裔的老老少少;他们有些人性格软弱、屈服于权威,有些人却鲁莽彪悍……街头林立着店名具有菲律宾特点的饮食店和灯红酒绿的夜总会,其中一个叫作'国际酒店'(I-Hotel)的老建筑安置了许多年老贫困的菲律宾人"(88)。在这一段空间展示中,关于小马尼拉的刻板印象印证着美国主流社会所熟悉的菲律宾裔聚居区的空间意象,充满了主流叙事涉及菲律宾裔美国人聚居区时惯用的修辞符码——贫困人口的倾倒场、黑帮横行的犯罪温床以及色情泛滥的红灯区。可以说,地理的区隔不但由政策所刻意规划,也经由内化过程,在居民心中形成自我制约和区隔。作为凝视的主体,大卫观察到蜗居于老年公寓、衣着破旧肮脏的老年皮诺伊"犹如使用过的废弃物……就好像他们把真实和健康的身体留在了某个地方,只能在罕见和特殊的场合使用;他们走路时拖着脚,从一个电话亭踱步到另一个,在投币槽中寻找遗留下的硬币……"(88)。这个全景式的描述,展现的是一个不得体的空间,充满颓废、衰败与污秽。事实上,菲律宾裔美国人与"美国"是相隔绝的,①偶尔因为其是美国托管地的属民而被称为"棕色小老弟"(little brown brothers);他们的聚居区"小马尼拉"常被主流文化描述为美国海军杂役、廉价劳力或二等公民的暂居之所,是一个衰败颓废、疾病瘟疫横行的单身汉社会(Espiritu 23)。因此,小马尼拉城所呈现的肮脏破败的空间意象,很难作为美国菲裔精英阶层赞助出版杂志的"合适"素材。

事实上,菲裔精英阶层在白人心目中,是一个没有指明中心的边陲东方人(Orientals),并不是真正的美国人。少数族裔精英阶层往往否定、抗拒对本源的认同,拥抱主流白人中产阶级的价值观。因此,当菲裔精英阶层邀请大卫担任杂志的主编时,其告诉大卫,杂志旨在"反映在美菲裔的生活现状",但他们拒绝刊载大卫所撰写的反映小马尼拉城中皮诺伊悲苦处境的文章。菲律宾裔精英阶层对于凸显本族裔"污点"的小马尼拉城持否定与逃避的态度,自我放弃民族本源;他们依旧无法摆脱"白人至上"的理念影响下形成的自我否定与厌弃的心理。

小说再次通过大卫进入菲律宾裔的精英阶层住宅区钻石高地(Diamond

---

① 1898 年美西战争中,由于西班牙战败,菲律宾被美国占领,却又以"不被整合的领土"(unincorporated territory)的身份,与其他这类特殊领土另被划归在"岛屿事务局"(the Bureau of Insular Affairs)下统筹管理。同样矛盾的逻辑也凸显在菲律宾人的身份认定里。1935 年英菲律宾自由邦(the Commonwealth government)成立前,菲律宾人被视为美国"国人"(national),但是不能享有公民身份。而 1935 年后,菲律宾人连"国人"身份也丧失了,只受美国管辖,没有任何美国身份。

Heights)，凭借其漫游者式的"冷眼旁观"，再现了菲律宾裔中产阶级自我否定、拒斥本族语言文化的荒谬与失去民族之根的可悲。小说中，居住于旧金山的菲律宾裔索托医生（Dr. Pacifico Sotto）是新一代菲律宾裔美国人（the new breed）的代表。所谓新一代菲律宾裔美国人，多为 1965 年《移民法案》改革之后得以入籍美国的菲律宾技术移民。这些菲律宾精英阶层接受的是西方教育，并浸淫内化白人中产阶级价值观。于是，他们决意与代表贫瘠落后的菲律宾文化断裂，主动斩断自己的民族之根。这些跻身美国中上层社会的菲律宾裔精英鄙视劳工阶层同胞，后者在其心目中是"落后野蛮"的故国表征，是他们极力想挣脱和抛弃的"耻辱"。

这些菲律宾精英阶层多为技术移民，是一群拥有高学历的医生以及商界人士；他们都能说一口流利地道的英语，每个人身上散发着亚裔作为"模范族裔"的特质。高学历与流利的英语使菲律宾裔精英跻身美国社会的上层，这在空间上反映为索托医生一家居住的钻石高地小区。这个小区正是新一代菲律宾移民实现富足、安逸甚至奢侈生活的终极梦想的缩影。大卫搬进索托医生家的客房后不久，发现这座彰显美国梦的实现的旧金山豪宅，在空间层面上，蕴含着经济和阶级的分层（social stratification），以及菲律宾裔精英阶层对本族群弱势群体的剥削与压迫：屋内陈设着来自菲律宾本土的手工制品，以及由马尼拉比利比德监狱囚犯制作的华丽红木家具，一对菲律宾裔贫穷母子负责打理豪宅（Santos 104）。这对蜗居于地下室的母子都无法说流利的英语，儿子操着一口带有浓重口音的英语，而母亲则说着菲律宾方言——他加禄语（Tagalog）①。由于无法掌握英语，他们无法到旧金山城中寻求更多的就业机会，而只能被禁锢在钻石高地豪宅，被奴役与剥削。他们所处的环境也使他们与小马尼拉其他劳工隔绝，这一切令他们成为豪宅中"静默而阴郁的忠仆"。尽管这对母子操持着豪宅的一切家务，但由于他们的"失语症"，他们在索托医生的派对或午宴上总是"销声匿迹、无处可寻"。这从大卫参加菲律宾精英阶层筹办的杂志酒会中的所见所闻便可见一斑。

起初，大卫受邀参加酒会时，以为在异国寻父与寻根的自己找到了心灵的归属。然而，来到酒会时，他却发现自己是个令人尴尬的另类。大卫原本以为这是一场富有菲律宾本土文化气息的酒会，因此他身着菲律宾民族服装巴隆

---

① 菲律宾方言他加禄语在语言分类上属于南岛语系的马来—波里尼西亚语族，主要在吕宋岛中部和南部，（包括大马尼拉区、马尼拉以北的 5 个省份以及马尼拉以南的 6 个省份）使用。

他加禄（barong tagalog）[①]出席宴会。不料却发现那是一场流行于白人上流圈子的夏威夷风情宴会（luau party）。在场的所有菲律宾精英们身着夏威夷花衬衫，在富有热带风情的夏威夷音乐中觥筹交错，而大卫自己一身传统巴隆他加禄反倒显得不合时宜（8-9）。索托医生聘请了为客人服务的专业侍者，他们大多是说着标准英语的美国白人；他们穿着"胸前口袋绣着餐饮公司名字的白色制服"，宴会上则播放着美国上流社会时髦的夏威夷音乐（101）。不会说英语的菲律宾仆人是"不可见"的边缘他者，从而揭示了英语已然成为阶级区隔的符号，更暴露了其后所潜藏的白人意识形态的操弄。换言之，索托医生那充斥着白人文化风尚的酒会，显然影射了他被彻底美国化的情境，揭示了新一代菲律宾裔美国人急于漂白弱势族裔特质、抹掉过去，以融入美国主流社会的心态。这群菲律宾裔精英们是法农之"黄皮肤，白面具"现象的真实写照：他们放弃了祖先"文化的独创性"（cultural originality），内化了美国主流的价值观，"随着他们放弃其（黄）质，其丛林变得更白了"。然而吊诡的是，白人服务生的存在却使美国白人客人的缺席更加引人注目。这表明，尽管菲律宾裔美国人取得了事业的成功，积累了物质财富，即使他们对"菲律宾属性"极力否认，对"白人性"与"美国性"亦步亦趋[②]，但他们还是被框定在没有白人的空间里生活，依旧在白人宰制权力建构的社会空间中遭遇到隐形的种族隔离。

　　事实上，索托夫妇和其他菲律宾移民精英一样，是美国在菲律宾推行英语殖民教育体系的产物。菲利普森（R. Phillipson）曾以空间视角揭示殖民者语言的本质，尤其是英语在殖民扩张过程中所发挥的空间布局与层级建构上的作用："英语通过渗透或直接侵入当地空间，扰乱了当地人、语言、文化和环境之间存在的生态平衡，从而建构一种有利于中心权力而不利于边缘臣属的层

---

① 巴隆他加禄是菲律宾本土他加禄族的传统服饰，以菠萝纤维为原料的手织布织造而成。现在巴隆他加禄成为菲律宾国服。

② 露斯·弗兰肯博格（Ruth Frankenberg）在其专著《白人女性，种族议题：白人性社会建构》（*White Women, Race Matters: The Social Construction of Whiteness*, 1993）中以空间视角探讨白人性。她认为白人性体现了种族特权，从而在空间定位中占据优势位置（a location of structural advantage）；对于白人而言，白人性体现为空间方位性的立足点（standpoint），白人以此为中心看待自我/他者，不具备白人性的他者属于劣等与被宰制的地位。此外，所谓的白人性常常通过没有标记和未命名的文化习俗对社会空间的位序进行绘制，建构宰制文化的地貌，并以此对自我与他者的空间进行设定。详见 Frankenberg, Ruth. *White Women, Race Matters: The Social Construction of Whiteness*. Minneapolis: University of Minnesota Press, 1993:1-5.

级架构"(339)。可以说，菲律宾裔精英阶层的流利英语是美国殖民侵略菲律宾的后果。美西战争结束后的 1899 年，美国逐步巩固其在菲律宾的政治与经济掌控权，并开始推行以英语为主要语言媒介、美国基础教育内容为前导的普及教育。1901 年，菲律宾彻底沦为美国殖民地，"美国运输船'托马斯号'载着500 名年轻的美国教师抵达马尼拉湾，他们的使命是'教育、提升和教化'菲律宾人"(Carbó iii)。在镇压了菲律宾革命之后，美国政府继续"在整个群岛的500 个城镇和村庄，派遣了 1 000 名来自美国的英语教师"(Gonzalez and Campomanes 66)。这一举措让这个曾经的西班牙殖民地不仅在实体政治与经济体制上被合并为美国的一部分，文化与意识形态范畴也同样被整合在美国的框架下发展。可以说，英语所代表的意识形态在殖民地的空间渗透与宰制很快就产生了连锁效应：英语这一语言的传播过程，实际上也是一个向接受殖民教育的菲律宾学生输送美国价值观、重塑他们身份认同的过程。

　　小说中的索托医生等精英阶层，都是这种语言殖民的产物。他们早已全盘美国化的状况体现在其日常生活方式中；英语成为他们的交流语言，这也造成了亲人之间的情感疏离。在旧金山开设诊所的塔布里佐医生(Dr. Tablizo)将远在菲律宾的父亲接到美国安享晚年。但老人蹩脚的英语阻断了其和孙女的自然交流：孙女觉得他的方言口音奇怪，他说的英语也听不懂。他还必须适应儿子的美国生活方式，"默默忍受着周末频繁的聚会"。塔布里佐医生也觉得父亲"像一个客人，一个入侵者"(Santos 157-59)。老人自己感到已被最亲近的家人所疏远，直到有一天早上他再也没有醒来。尽管医生无法确认其死因，但大卫相信"老人死于心碎"(166)。可以说，老人所深爱的家——这个本应承载着故土记忆、语言和文化的地方，却因为英语及其承载的殖民主义意识形态而异化为一个亲人疏离，自己被流放、被边缘化的空间。尽管生身父亲近在眼前，但塔布里佐医生对族裔传统、语言和文化的疏离与拒斥态度，体现他放弃了父亲所表征的民族本源，亦陷入"失父"的困境，处于同化/疏离的两难处境，始终在迷惑中挣扎的事实。

# 第二节　寻父之途：菲律宾裔历史文化的匿迹与追寻

　　在寄居钻石高地公寓写作期间，大卫洞悉了索托等菲律宾裔精英在财富和权力光芒下的虚假和空洞。从公寓窗口俯视着旧金山城区的灯火辉煌,大卫忽然意识到:"漂亮的客房于我没有任何用处,除了让我在文字中自陈心曲。看在上帝的分上,我静静地哭泣。当我凝视着环绕璀璨城市的山峦和山谷时,却看到远离家园的老人在异国他乡等待死亡;棕色皮肤的男孩和女孩愤怒地诅咒他们的父母,唾弃他们的形象,却也深陷困惑,暗地里惴惴不安"(Santos 34)。于是,大卫搬离钻石公寓,漫步在旧金山的各个街区,为新杂志搜集素材的同时,找寻失踪的父亲,借用言说的片段秘密地将城市书写现实化,试图探寻被遗忘和蒙尘的菲律宾裔历史和文化。

本雅明认为,都市漫游作为阅读城市文本的方式,能够发现内嵌于城市经纬的社会意义,即漫游者通过"游荡"的行为观察都市生活,更能进行城市考古学的工作。漫游者通过拾掇、收藏陈迹旧物,让过去进入现在的空间,使这些旧物作为过去事件的证据留存,形成一种象征性的叙事,并使不在场的事件和人物得以再现。在旧金山搜寻美国菲律宾裔历史碎片的时候,大卫赫然发现包括菲律宾族群在内的亚裔文化和历史记忆被尘封或扭曲了。针对宰制权力对被支配者的历史记忆的操控,孟密(Albert Memmi)指出,"分配给他们的记忆,当然不是他们真正的记忆,传授给他的历史,也不是他自己的历史"(105)。换言之,在不对等的关系中,被支配者往往必须面对无历史,或者历史被抹杀扭曲的窘境。当大卫造访旧金山公共图书馆,试图寻找用母语书写或被翻译成英文的菲律宾裔作家的著作时,却发现半个书架上只有不到十二本菲律宾书籍,其中大部分是在世纪之交印刷的。甚至在那小小的书架上,居然找不到他最喜欢的菲律宾作家用英语创作的任何一部作品。从他在美国其他图书馆看到的象征性样本来看,菲律宾英语文学在美国并不存在(Santos 52)。

图书馆可以视为握有权力的国家或精英统治阶级的空间再现,其透过各式收藏品、书籍、档案的陈列,以及对"他者"历史的展示甚至遮蔽,合理化其统治。在这里,旧金山图书馆可以视为美国官方开辟的一个以白人至上的理念所建构的文化空间,以欧洲为中心的文化霸权遮蔽了菲律宾裔的真实生活和他们离散后的殖民经历,宰制权力由此操控被支配者的历史知识。图书馆将这些藏书及档案向公众开放,并逐渐承担起教育社会大众的功能,尤其是公立图书馆,更是成为传达国家意识形态、教育正统公民的知识空间。确切说来,公立图书馆中何种书籍、哪些档案该被收藏、陈列与借阅?哪些该被置于显眼的位置?哪些该暂缓陈列?哪些该被封存?哪些该被公布?这样一来,权力在建构与生产知识空间的过程中,能透过藏书的筛选及展示来扮演话语的权威。而公众借阅和筛选书籍的过程,则是一个价值观、历史观、文化认同感被逐步形塑的过程。在古希腊时代，"记忆"往往和空间秩序形成一种知识上的连续体。早期古希腊人认为，"记忆"是从空间知识与过往事件中累积起来的知识；到了中古时期，"记忆"成为一种宇宙与空间的对应秩序；后来，印刷文化使记忆成为书本版面间固定页面配置下的物质性空间（廖炳惠 155）。

因此，图书馆中的藏书可以视为储存历史记忆的历史文化空间。然而，承载着菲律宾裔的真实记忆和离散经验的历史却被官方所遮蔽，或者说从公共知识空间中被抹除。旧金山图书馆收藏的仅仅是为数不多的、在 20 世纪之初出版的介绍菲律宾的书籍，而以英语创作、反映菲律宾人生活的文学作品则是集体缺失。正如菲律宾裔批评家埃斯皮里图（Yen Le Espiritu）所指出的："美国对菲律宾的侵略、吞并和征服给这个国家及其人民留下了不可忘记的印记，但这些暴力行为在很大程度上已经从美国公众的记忆中被抹去，或者被美国的仁慈和菲律宾的'教化使命'的公共神话所掩盖"（26）。由此可见，美国官方试图掩盖从 1895 年起对菲律宾殖民渗透和入侵的事实，试图将这段非正义的征服从官方历史中抹除，并令美国公众盲目相信美国官方关于"替菲律宾驱逐西班牙殖民者，解放菲律宾"的宏大叙事。而菲律宾在沦为美国殖民地后，为美国提供了大量农场劳动力，在美的菲律宾裔劳工饱受政治和经济压迫。他们被视为二等公民，直到二战结束后才获得美国国籍；由于没有公民身份，菲律宾裔劳工在大萧条时期饱受剥削掠夺，有的甚至被处以私刑。然而，所有这些关于劳工的真实历史经验却在官方建构的历史空间中被抹杀。

可以说，图书馆内菲律宾裔作家作品的匮乏与"失声"的处境，则又是语言人权（linguistic human rights）丧失的例证①。语言人权，这个由语言学家斯库特纳布-坎加斯（Skutnabb-Kangas）和菲利普森（Phillipson）详述的概念，一定意义上映照了文化空间的非正义。小说通过漫游者大卫的观察，揭示了美国都会中菲律宾裔族群由于深陷非正义文化空间而遭遇的阶级区隔和社群疏离。大卫在和旧金山的菲律宾社群接触的过程中，深感文化同化和历史遗忘的问题更是由于英语/菲律宾语的二元对立而日益严重。大卫应邀参加位于圣约瑟夫天主教堂的聚会。该聚会的组织者由"具有社会意识和宗教倾向的

---

① 语言人权，或称语言权，由斯库特纳布-坎加斯和菲利普森提出，他们认为语言人权可作为解决种族不平等和少数民族边缘化问题的手段。面对英语带来的威胁，他们试图引入一种道义上的呼吁，支持其他语言。具体可见 Skutnabb-Kangas T. and Cummins, J. eds. *Minority Education：From Shame to Struggle*. Avon：Multilingual Matters, 1988.

菲律宾裔美国人"组成，他们用所筹集的赠款成立了一个助学基金，用于资助家境贫寒但有前景的年轻菲律宾裔大学生。一位中年男子用英语介绍自己是该协会的会员后，开始"用菲律宾语发表了一篇华丽的演说"①。他的菲律宾语对老一辈人来说是令人迷醉的音乐："老人们以孩子般的热情聆听并欣赏演讲者的演说。"在演讲者略带戏剧性地停顿时，他们就报以热烈的掌声。与之相反的是，在美国出生的年轻一代无法体会到老人们那遥远的家乡记忆和情感。他们对演讲者的菲律宾语演讲表示不耐烦，其中一个讲着纯正美式英语的年轻人打断了他。老一代听众随之感到愤怒，认为这种行为甚为失礼（Santos 112-14）。在教堂这个公共演讲的空间里，再次出现了两股力量的对峙。对于老一代人而言，他们试图以自己的民族语言重新定义这个西方宗教的圣所，在异国他乡开辟一个依然能感触到故土记忆与文化的地方。② 然而，对于年轻人而言，则是要捍卫这个西方文明空间的纯正性；纯正的美国英语就是他们仰赖的工具，英语再次被用于界定种族区隔。经由英语开辟出的中心/边缘意识已经被菲律宾裔年轻一代内化，具体体现在后者对英语所代表的文化价值的顶礼膜拜。年轻一代拒斥本源文化，沉溺于对西方文化的模仿，竭力以"纯种美国人"的标准不断对自己的身份进行"漂白"。

随后，两代人之间的激烈交锋则显示了英语/菲律宾语的对立所造成的族群内部的嫌隙。当一位老人斥责道："年轻人，你还是菲律宾人吗？"，青年学生则反唇相讥道："你居然还说我们是菲律宾人啊。我们在这里（美国）出生，而不是像我们祖先，他们应该是来自那热气腾腾的丛林，说着那种丛林语言，占用了我们那么多宝贵的时间"（114）。青年学生将祖先与"热气腾腾的丛林"联系起来，并将以他加禄语为基础的菲律宾语与出生在"丛林"中的祖先联系起来，犹如法农关于西方殖民者通过语言宰制被殖民者的论述——"所有被殖民者都得面对文明国家的语言，也就是殖民母国的文化价值的深入。学习殖民母国的文化价值的过程中，被殖民者将更加远离他的丛林。当他拒绝他爱的

---

① 被当成菲律宾国语及官方语言之一的"菲律宾语"（Filipino），事实上是以菲律宾方言他加禄语作为主体发展而来的。1946 年 7 月 4 日，菲律宾正式宣布独立，他加禄语也才正式成为菲律宾的官方语言。从 1961 年到 1987 年，他加禄语也被称为"菲律宾语"（Pilipino）。

② 尽管菲律宾为典型的天主教国家，大约有 80% 的人口信奉天主教，但这印证了这片土地遭遇过西方殖民的历史。自 1521 年，葡萄牙人麦哲伦带领船队抵达菲律宾，天主教便一同出现在菲律宾，西班牙天主教徒也开始在菲律宾传教。因此，在小说中，菲律宾裔老一代人将天主教堂视为圣所。

黑,拒绝他的丛林时,他会更加地白"(Fanon 96)。这是一种将种族特质本质化的典型做法,即殖民/宰制权力早已将英语作为一种手段,在那些被贴上"非白人"标签的人的身体和心灵上刻下种族含义。具体而言,年轻的菲律宾裔美国人之所以对故国及其语言产生了强烈的疏离感乃至厌恶感,是由于菲律宾语早已经脱离了他们成长的情境,不足以描述他们的个体经验。与此同时,成长于美国本土的第二代菲律宾裔接受的教育,令其自我认同了"高贵与文明"的白人文化。此外,美国对菲律宾殖民入侵后,又通过以英语为先导的文化殖民策略系统摧毁了菲律宾语,从而将其边缘化为野蛮与落后的代名词。对于未来试图跻身于美国中上阶级的菲律宾裔大学生而言,语言是一种身份,也是地位的象征,更是一种有利的社会资本。因此,他们不自觉地维护着宰制语言的优势现状,贬抑无法使用该语言的弱势者。因为语言可凸显族群的存在;说不同的话意味着对抗或背离该语言所代表的文化想象与认同,说相同的话是期望得到想象中的接纳与认同(Fishman 43-46)。因此,年轻一代所认同的是美国白人,因此主流社会使用的语言就是他们的属性所在;而老一辈菲律宾裔移民的英语能力也正是他们"落后愚昧"属性的明证之一。在演讲被打断后,现场一片混乱,大卫发现那位被打断的演讲者独自坐在一个角落里,默默地哭泣(Santos 116)。可以说,菲律宾裔演讲者在圣约瑟夫天主教堂中的遭遇,再次揭示了在这个代表西方宗教权威的空间里,"纯正"英语再次产生了其文化霸权的效应,被作为区隔化、边缘化老一辈菲律宾裔语言和文化的工具,巩固了宰制权力所主宰的"白人至上"的文化空间,而老一辈菲律宾裔的言说权利则被压制,文化传统处于"匿迹"状态。

# 第三节　家园的再想象：菲律宾裔历史 文化空间的重塑

　　福柯(Michel Foucault)从后结构主义的观点去解释都市空间的社会意义时,发现都市空间并非仅是单一的实体地点,而是许多不同地点以及对这些地点所做的各种互相竞争、互相独立的文化再现的总和;所以都市空间永远构成"另外一个空间"(other spaces)(*Power/Knowledge* 63-77)。也就是说,城市在许多方面是二元的,它既有公认的、权威的文化,也有被权力遮蔽隐匿的附属文化;它既是一个真实存在的地方,也是一个令人遐想的空间(Chambers

"Cities without Maps" 189)。在小说中,大卫在寻找父亲的都市漫游中,不是以抽离的姿态旁观世事,而是尝试通过重现菲律宾裔族群失落的回忆,发掘有关族裔传统文化的集体梦想并引发遐想,在日常生活里融入族群中,对城市进行重新体验与想象,从而将被宰制权力建构的城市空间转化为承载族群集体记忆与经验的文化空间。

在亚裔都市叙事中,一些原本展演官方权威的公共空间,都成了亚裔以及都市边缘群体自由行动、沟通乃至竞逐的场域。他们在其中重新想象、重新构筑属于自我的文化空间。小说中,大卫受邀到旧金山城市学院教授一门名为"人文学科专题:菲律宾研究"(Special Study in the Humanities: The Philippines)的课程。通常来说,美国学校作为白人政治意识形态机构中的核心部门,通过所谓的正规教育,灌输大量用统治阶级意识形态包裹着的基础知识(如自然史、科学、文学),或者是纯粹状态的占统治地位的意识形态(如伦理学、哲学、社会学),在潜移默化中将绝大部分独立的主体,塑造成心甘情愿地接受社会现实的被动主体。学校并不是一种清除了意识形态的中性环境。这所美国公立学校事实上采取一个假中立之姿,借传承宰制权力生产的"科学知识"以强化"官方知识"和规训的场所。这一点就充分体现在大卫第一次与在美国本土出生的菲律宾裔学生接触的经历中。大卫发现,美国教育体系形塑与规训了年轻一代的菲律宾裔,造成后者对自身族裔传统的无知、失忆乃至疏远。为此,大卫感觉"几乎可以触摸到一堵墙,横亘在我们之间,就像一块透明的玻璃,透过它,我可以看到他们,冷漠,嘈杂,漫不经心,仿佛我不在那里"(Santos 97)。当他试图通过演奏菲律宾语歌曲来接近他们时,他的学生们认为这些歌曲是"哭泣的"、"老掉牙的"、"落后的"和"过时的";而菲律宾国歌"对他们来说没有任何意义"(99)。但正如格罗兹(Elizabeth Grosz)所言:"空间应当理解为一个不断开放和增殖的时刻,一个从一种空间转向另一种空间的通道"(*Architecture from the Outside* 119)。由此观之,美国大学的课堂也并非一成不变,并不一直是传播宰制文化的空间,而是存在着开放、变化的可能。于是,大卫决定使他的课程成为一个与宰制文化交锋,重现菲律宾裔美国人"被隐匿"的历史和文化知识的变革空间,将其作为一个展演族裔异质多元文化的场所,一个重申族裔政治和权力的领域。

大卫首先从教学大纲和课程材料入手。他把西班牙和美国殖民统治对菲律宾本土以及菲律宾裔美国人造成的负面影响作为课程主题。他充分利用所能找到的资料,认真整理制定了一份课程目标清单,其中有两条颇为耐人寻味:"通过教学过程定义菲律宾梦"和"牢记我们真正的身份、我们文化的财富、

我们遗产的骄傲"(Santos 85-86)。显然,他的课程目标都旨在唤醒族群意识,
反思美国价值观。大卫在课堂上批判了美国主流价值宣扬的美国梦,揭示它
实际上是基于种族和阶级之上、以物质主义为终极目标的虚假意识,具有极大
的局限性。他向学生们描绘了以索托医生为代表的精英阶层:他们似乎都名
利双收,迈向"自我实现"之路,却笼罩在"模范少数族裔"浮华虚空的阴影里。
而困囿于小马尼拉城的年老皮诺伊们更是由于遭受经济剥削以及自身的语言
弱势而贫困潦倒,"美国梦"于他们更为虚幻。大卫以反对西班牙殖民统治的
民族英雄荷西·黎刹(Jose Rizal,1861—1896)①就义前夕写就的诗歌《我最
后的告别》(Mi Ultimo Adios),唤醒学生们关于菲律宾遭遇殖民占领的历史
记忆,颂扬了黎刹忧国忧民的精神及其博大而深远的"菲律宾梦"。大卫的课
程力图破除美国梦崇尚物质的迷思,进而挑战占主导地位的美国价值观,松动
原本宰制大学课堂的意识形态的强势地位。

　　大卫的课堂蕴含着文化和政治变革的力量,这也逐渐在他的学生身上产
生了效应。学生们在大学校园里发起了一个关于菲律宾和菲律宾人的演讲项
目,邀请包括"学校官员和教员"在内的所有人莅临参加。活动当晚,大卫惊喜
地发现"礼堂里坐满了学生和老师,还有校外人士,包括菲律宾裔友人和美国
白人"。在演讲中,学生们表示他们不愿成为美国社会中沉默的"无名平民"
(unknown civilians),不愿成为巴士站、贫民窟中"无家可归"的皮诺伊,也不
愿成为被彻底同化的精英阶层(169-70)。他们希望通过族群文化历史的展演
让面目不清、噤声沉默的菲律宾裔美国人为社会所知。考虑到菲律宾文化在
美国主流文化中的"隐匿"状态,大卫和学生们以一种行动主义的方式公开展
现他们的族裔认同。他们穿着传统的菲律宾民族服装来演唱、表演传统歌曲
和舞蹈,由此抵抗主流文化影响下的同质化、刻板化表演,重新定义菲律宾裔
美国人的身份。学生们宣告了他们菲律宾裔美国人身份的形成。他们的表演
重新编入民族的文化记忆以创造历史,尤其凸显了菲律宾人从殖民主义中争
取独立的历史,以表达他们对美国区隔少数族裔的宰制权力的抗争。一名学
生的小品中重现了一段博尼法西奥和菲律宾革命时期"KKK党"的历史。小
品解释了这个缩写词在以他加禄语为基础的菲律宾民族语言中的含义:

---

① 　荷西·黎刹(José Rizal,1861—1896),反抗西班牙殖民统治的菲律宾民族英雄。黎刹
　　的先祖为17世纪末到菲律宾谋生的福建泉州晋江柯姓家族。黎刹因反对西班牙殖民
　　统治,倡导民族主义运动而被殖民政府处决。他的牺牲成为菲律宾乃至整个马来世界
　　反殖民运动的催化剂,因此被尊称为"菲律宾国父"和"马来之光"。

"KKK"是菲律宾革命社团（Kataas-taasan, Kagalang-galangang Katipunan ng mga Anak ng Bayan）的首字母缩写，也被称为 Katipunan（国家儿童最高和最光荣社团，Highest and Most Honorable Society of the Children of the Nation）(173)。可以说，菲律宾裔学生以族裔历史中彰显民族独立、自由博爱的 KKK 党，与美国奉行白人至上主义和歧视有色族裔的三 K 党（Ku Klux Klan，缩写为 K.K.K.）形成对抗，表达了菲律宾裔美国人对种族歧视的抗议、对种族平等的诉求。大卫更是挪用他加禄语到英语戏剧表演中，以撒播迥异于权威课堂的知识，彰显被排斥、被压制的族裔文化差异，重新演绎被遮蔽和被遗忘的过去。学生的社团活动代表了一种信念，一种相信同一身份存在的信念，一种相信异质性文化和价值存在的信念。学生们以文化生产的平等参与者身份，试图消除菲律宾裔族群在美国民主平等进程中的不可见性。进一步说来，大卫和学生们的教学、演讲和表演活动，颠覆了宰制权力建构下的美国高等教育课程和制度化的空间，将激发更多族裔研究和多元文化运动的开展，这些运动将改变美国的城市空间乃至国家空间。

在大学校园和青年学生一同重新经历族裔文化洗礼的大卫，决定重回小马尼拉。当大卫漫步于小马尼拉逼仄狭窄的街道时，他开始以反凝视的姿态重新审视这块被宰制文化贬斥为化外之地的异质空间。在大卫眼中，小马尼拉中随处可见的家乡风味和民族服饰、随处可闻的菲律宾音乐，都营造了族裔文化氛围，给身处异国他乡的同胞以归属感，让他们在想象和记忆中延续了家园图景，也延续了族群文化身份。这些实实在在的族裔元素让一直在文化寻根的大卫明白，菲律宾裔身份和文化认同也同样扎根于物质现实和生活实践之中。小说再现了年老劳工"皮诺伊"如何以日常生活的实践，摆脱英语霸权所依附的隐性假设及其负载的社会价值，以及帝国都市支配中心的政治和文化主张对边缘的压迫。小马尼拉不仅体现出美国宰制权力建构的主导空间的结构原则，同时也体现出菲律宾裔离散群体这一小社会建构族群文化身份、躲避种族二元对立的愿望。同时，小马尼拉也是菲律宾裔离散群体在美国宰制权力规训下，从文化和符号意义上改造族裔聚居区，建构离散群体身份的文化空间。小马尼拉与主流社会的隔离一方面显示了主流社会对菲律宾裔的排斥，另一方面也体现了菲律宾裔本身对传统族裔文化的贴近和对主流文化的拒斥。

在一家菲律宾餐馆旁边，大卫发现了一家以老板的名字迪诺（Dino）命名、以英文书写招牌的理发店。这家理发店不仅是从事理发美容生意的地方，更是贫困、无家可归的单身汉劳工的社交场所。这些老年劳工曾经怀揣美国梦抵达美国,但因语言、文化等障碍,只能加入最底层的劳动力大军,从事报酬最低的工作。当油尽灯枯之时,他们只能住在廉价的国际酒店(I-Hotel)里①。拥挤的生活条件迫使老人们在街上闲逛,"在邮局、汽车站或任何他们能找到电话亭的地方逗留。他们会把手指伸进投币电话机的插槽里,希望能从里面掏出一角和两角五分的硬币"(Santos 151)。他们更经常"成群结队"地去迪诺理发店(Dino's Barber Shop)聚会。理发店本身也显示出一目了然的贫困景象:只有一张理发椅,靠在挂镜子的那面墙上的是一排"坏了的椅子","所有大小的日历都挂在一面墙上,每一面都写着当天的日期……理发店角落的架子上放着一些旧杂志和报纸:菲律宾语报纸、《旧金山观察家》、《大众机械》、旅游和假日杂志"(150)。最为引人注目的是张贴在理发店墙上的菲律宾民族英雄荷西·黎刹的照片,以及他最著名的一首诗。这张照片捕捉到了黎刹被西班牙行刑队处决的瞬间。在他的照片下面,则是他于1896年12月30日英勇就义前用西班牙语写就的诗《我最后的告别》。

可以说,迪诺理发店已经成为身处社会边缘、因为语言壁垒而无法言说的菲裔劳工聚集的社交空间。在此,他们得以用自己熟悉的语言诉说过去。每逢周末,皮诺依们齐聚一堂,用自己熟悉的他加禄语交谈,并调试着自己带来的民族乐器。当一切准备就绪时,一支完整的管弦乐队演奏起"来自故国那萦绕不去的旋律",接着,老人们用熟悉的、偶尔夹杂着西班牙语词汇的他加禄语,开始演唱故国的民谣。可以说,在迪诺理发店,菲律宾裔老人们的音乐聚会是以狂欢模式建构了属于族群的言说空间。台下多愁善感的本族听众听着熟悉的乡音,泪眼婆娑(151)。这个曾经在都市空间中"不在场"的族裔语言,经由老人们的演奏得以"在场"。事实上,空间的感知本身就涉及"在场"与"不在场",语言与"在场"之间更是存有一种紧密的关系:墙上民族英雄黎刹的西

① 国际酒店(the International Hotel,通常简称为I-Hotel)位于旧金山科尔尼街848号,毗邻小马尼拉城和唐人街。国际酒店原来是一家专门接待贵宾的豪华饭店,但在1906年旧金山大地震中损坏严重,于1907年重新修缮。这家酒店从20世纪20年代至60年代中期,逐步发展为菲裔劳工在美的第一个聚居区,后来主要为华裔和菲律宾裔低收入移民劳工提供住宿。在20世纪60—70年代的亚裔美国平权运动中,I-Hotel逐渐成为亚裔美国人组织活动的集合地。1968年,旧金山当局意图拆除酒店,并给租户下了驱逐令,菲裔和华裔老年租户游行抗议驱逐,并在迪诺理发店举行了新闻发布会,抗议政府"强制迁移"的空间暴力。不久,旧金山州立大学(SFSU)和加利福尼亚大学伯克利分校(UCB)的亚裔学生积极参与了抗议驱逐运动。桑托斯将I-Hotel和迪诺理发店这两个具有"追寻空间正义"意涵的地点写入小说,将迪诺理发店所彰显的政治意义挪移到小说中的迪诺理发店。

班牙语诗歌揭示了菲律宾遭受殖民压迫的残留踪迹,而老人们以他加禄语演唱的民谣就是菲律宾族裔文化残留的踪迹。这些民族记忆的踪迹而今通过吟唱菲律宾民谣的"寻踪"行为得以被发现。也就是说,曾经被隐藏遮蔽的存在,再次以语言踪迹的形式而凸显,菲律宾遭遇宰制权力和英语霸权遮蔽的现实得以重现①。偶尔会有一群游览小马尼拉城的观光游客被理发店中古老的歌谣所吸引,加入老人们的演奏当中来,其中,有些游客以他们自己的语言与老人们一起合唱哼鸣。

　　理发店原本是一个进行日常活动的场所,一个具体可见的物理空间,也是主流社会基于种族和阶级等意识形态生产的空间再现,然而在老人们的他加禄语民谣中,透过意象与象征的联想却被解构和重新编码。老人们用彰显族裔异质性的民谣表演,将他们生活的空间翻转为抗拒性的地方(a place of resistance)。皮诺依们对英语的弃用和否定,就是对凌驾于少数族裔头上的都市权力的排斥。此外,他们颠覆的不仅仅是语言,还有以英语为表征的整个文化构想空间,进而挑战了宰制这个非正义空间的都市话语。理发店的英文招牌、写着西班牙语诗歌的海报、他加禄语的诉说与吟唱,乃至偶然的、临时的、随机加入的、夹杂着各类语言哼唱的音乐,似乎杂糅成了一个彰显多样性、复杂性和异质性的第三空间。在这个真实与想象兼具的第三空间里,英语也不再是主宰的语言,曾经被边缘化的族裔语言开启了反殖民压迫与言说离散经验、追寻美好家园的言说空间,打破了英语霸权建构的中心/边缘、文明/野蛮、理性/神秘这一二元对立的文化空间。

　　可以说,这群蛰居于旧金山小马尼拉城的老年劳工,不仅仅是为美国繁荣做出贡献的廉价劳动力,更是保留和运用民族语言及历史记忆去抵抗宰制的历史主体。他们在旧金山市中心的存在,见证了美帝国空间霸权的不公不义——美国都市的种族隔离以及美帝国主义对菲律宾等海外土地的殖民征服。在小马尼拉城这个边缘空间中,他们通过日常生活中的政治性来破坏白人的常态化优势,尤其在日常生活中将他加禄语、西班牙语和英语杂糅混合,与排斥他们的宰制意识形态的同质化展开了竞逐,开辟属于自我的历史文化空间和精神家园。

---

① 这里借鉴了德里达(Jacques Derrida)关于在场与踪迹的关系的论述。德里达认为踪迹可以说是所有一切意符、名称符号的表征,用来指涉物件,却同时彰显其缺席状态。

# 第四节　结语

　　大卫失父之恸贯穿整部小说，不仅隐喻了远离故国的菲律宾裔离散族群的痛苦，更揭示了美帝国的殖民宰制如幽灵般裹挟着菲律宾裔族群，迫使后者遭受失去文化之根的创伤。失去父亲的哀伤如梦魇般困扰着大卫，当漫游于旧金山时，关于父亲的记忆忽隐忽现，甚至父亲的身份都是一个谜团令他怀疑自我的存在意义。在找寻父亲的过程中，他与拥有不同政治、经济、教育背景的菲律宾裔族群产生了交集。大卫或是柳暗花明或是徒劳无功的寻访与探查，呼应了重构菲律宾裔离散历史拼图的隐喻；寻父过程所架设的旧金山城市场景的都市行走，最终形成阅读都市文本的路径，交织出一个独特的菲律宾裔文化空间。迷失在旧金山的街道上时，他不断告诫自己："记住你的父亲，你来这里找他，不是吗？找到他并不容易，但这会给你的生活带来目标。他可能比你想象的更接近你"(167)。尽管在小说结尾，大卫依旧在找寻他的父亲，但他已从族群中获得了力量，实现了自我身份的完整性，也由此更加接近想象中的父亲。进而言之，源自民族主义及对文化之根的眷恋，大卫逐步将寻找父亲的目标转化成建构精神家园的动力。他和菲律宾裔族群在已被白人宰制权力配置好的文化历史空间中，以杂糅着族裔语言和文化的日常生活实践进行翻转与重书，从而铸就多元异质又开放流动的精神家园。

# 第五章　跨越"民族/国家"边界:《橘子回归线》中的帝国都市空间政治

进入 20 世纪,尤其是第二次世界大战结束以后,一如内格里(Antonio Negri)和哈特(Michael Hardt)合作撰写的《帝国》(*Empire*,2000)一书所述,以美国为代表的现代新帝国,首先通过经济与消费行为实现对"殖民宰制"地区的同质化(165-67)。具体而言,美国在跨国经济中的新帝国体系,利用全球性的经济产品与经济消费行为,形成无所不在的新型帝国控制,尤其是通过对全球经济脉络的统摄,并以"全球化"话语这一概念实现对世界政治、经济空间的霸权宰制。从话语的维度进行考量,全球化即新型帝国掌控的全球化,它并非是一个客观中立的过程,而是在霸权意识形态操作下的、带有主观目的的"全球主义"话语生产过程,并最终形塑与巩固帝国霸权的政治空间。因此,全球化不只是一个事实问题,更是一个话语问题。对此,印度裔后殖民主义学者斯皮瓦克(Gayatri Chakravorty Spivak)一针见血地指出,可以将支持第一世界主导的经济全球化的论述即全球主义理解为宏大叙事,其与帝国的延续直接联系:"全球主义是为全球金融化或全球化的利益而发明的表述。在歌颂全球化的话语中,伟大的发展叙事并未消亡,因为全球化有助于建构一个单一的、一体化的、符合第一世界利益的帝国"("Cultural Talks in the Hot Peace" 331)。多伊尔(Michael Doyle)也认为:"全球化不过是建立或维系帝国统治的政策和手段,全球主义像过去一样,在具体的政治意识形态、经济和社会活动中,也在一般的文化领域中继续存在着,维系与巩固着帝国"(45)。总而言之,帝国政治的权力意志构建了全球主义,全球主义定义下的经济扩张、跨国资本又成为帝国中心得以巩固的推力。帝国的意志决定了全球主义,也催生了全球经济资本、文化的流动路径，与帝国权力形成共谋，令更多根深蒂固的帝国特权及空间结构优势在全球范围内深入发展。

　　全球主义定义下的美国全球都市，可以视为彰显帝国意识形态的空间再现，其不仅是一个"实现全球经济活动一体化的空间与组织"，更是一个重组了"城市社会经济秩序"的场域（Sassen，*The Global City* 3-4）。但正如萨森（Saskia Sassen）所言："我们可以把全球城市想象成一个充满两个对立面的冲突的新边疆，其中充满着推动西方世界产生根本性变革的可能性。全球城市或许是抵抗非正义帝国宰制的首要舞台"（"Analytic Borderlands" 197）。索亚对后现代大都市的考察表明，"全球化的另一个场景"即全球化城市不可分割；全球化城市正在改变自身的地理空间特征。作为全球化对城市空间进行社会和空间重构的一个例子，索亚指出，在全球城市的内城凸显了一个"全球化"的趋势，即来自世界"边缘地带"的人群聚集到西方国际都会的中心，那些一度被视为"其他地方"（elsewhere）的事物也融入这些国际都会的标志性区域；"世界边缘"在洛杉矶聚集，催生了新的跨国政治主体，构成了全球城市的"另外的场景"（the other scene）（*Postmetropolis* 250）。

　　作为最具代表性的新生代美国日裔女作家，山下凯伦（Karen Tei Yamashita，1951—）在美国文学界与学术界日益受到关注与肯定。尽管山下凯伦是一位日裔作家，但相对于亚裔前辈作家对族群历史创伤的描绘及亚裔美国人主体建构的探索，她的作品更多聚焦于多元族群的时空经验、跨族裔的合作结盟、全球化时代下的都市日常生活实践，以及环境伦理等问题。山下凯伦的《橘子回归线》（*Tropic of Orange*，1997）运用了魔幻现实主义的书写策略，透过后现代的情节铺陈，讲述了在一个由洛杉矶交通事故和北回归线由南向北移动所引起的时空异常事件中，七个不同族裔背景的人物所经历的跨国越界以及都市漫游等空间实践，质疑了以领土/民族国家为基准而界定的文化、经济和政治边界所建构的非正义空间，凸显了美国大都会洛杉矶的城市生态，以及其中蕴含的经济全球化语境下的种族和阶级不平等。概而言之，该小说聚焦于全球都市洛杉矶中的空间非正义——南北半球发展不平衡，以及帝国内部的阶级区隔、种族歧视、贫富分化等问题，再现了空间隔离或国家边界管制的操控而导致的大规模社会不公。

　　本章试图从全球语境下的帝国政治空间（imperial political space）切入，经由《橘子回归线》中三位都市漫游者即日裔曼扎那、非裔巴兹沃和墨西哥吟游诗人阿坎吉尔对全球都市空间的解读，剖析美帝国主义霸权如何在全球主义"进步"话语掩饰下，在帝国内部生产与建构基于种族/阶级区隔的非正义空间,以及美帝国主义霸权如何促成了南北发展不平衡的格局。此外,该章亦论述都市漫游者如何借助日常生活中的都市行走来重绘都市地图,逾越民族/国家边界,颠覆全球主义语境下的帝国都市空间。

# 第一节 "奢侈"的都市漫游:重书亚裔迁移叙事

小说中,日裔都市漫游者曼扎那首先通过流浪旧金山街头,以自我放逐所产生的暧昧性以及回归的不确定性,重新定位日裔美国人的身份。他挪移日裔二战时期在安置营的创伤历史,经由其逾越界限的行为,抵抗美国宰制权力操控日裔的强制性迁徙的空间暴力,更是以重新占据都市中心的空间实践,使都市成为抵抗宰制秩序的空间。

小说中,曼扎那可能并非出生在二战中的迁徙营,曼扎那也可能并非其本名。正如他的孙女艾米(Emi)所说的:"曼扎那的故事之其余部分就像他的理智一样,充满了不确定性。他可能是也可能不是前外科医生,曼扎那可能不是他的真名,他可能出生在曼扎那,也可能不是"(Yamashita 180)。由此可见,山下凯伦试图通过曼扎那在都市空间的位移,进行若干个互相联系的立场定位(positionalities),从而对后现代大都市中亚裔乃至少数族裔的身份不确定性进行协商。或者说,山下凯伦将曼扎那这个都市漫游者安置在都市叙事所开启的空间,以其逾越式的漫游,试图向压抑日裔美国人主体建构的社会权势发起挑战,打破地理空间、宰制文化和法律等加诸其身的族裔标签。曼扎那把超现实的自然与破坏霸权体制的景观杂烩糅合于他所指挥的城市交响乐中,使得洛杉矶由疏离的现代都会,转化为一个异质性的、无法标签化的后主体认同(post identification)。

确切说来,漫游者曼扎那在洛杉矶的流浪,可视为其以此重新定位(relocate)日裔美国人的身份与空间的尝试。这个重新定位(relocation)的举措是对日裔安置营(relocation center)之意涵的挪用与改写。具体而言,二战期间的日裔安置营是一场限制日裔美国人自由的强制性迁徙,而这场迁徙和美国的迁徙叙事所锻造的"民族寓言"是相悖逆的。黄秀玲曾经指出,美国是一个建立在迁徙神话之上的国度,这个神话具备了强大的隐喻,且定义了"美国精神"(Wong, *Reading Asian American Literature* 210),并经由特纳(Frederick Jackson Turner)影响深远的"边疆理论"而得以彰显。特纳认为,美国人能通过平等自由的迁徙，免费获得大量无主土地，因而有不断再生的机会，这就是美国性格的关键成分和美国民主的来源。在开疆辟土所孕育的文化大熔炉中，在野蛮和文明的交汇处，一个独一无二的美利坚民族出现了。移民被美国化解放了，融合成了一个混合的种族(28)。特纳于1893年提出了美国迁徙的民族寓言，这造就了影响深远的观念，即无论是在物质上还是精神上，美国的本质就是自由。这一观念已经深深植入了美国民族想象，而且继续潜在地控制着美国想象。可以说，自从美国作为一个独立的政治实体诞生以来，已经习惯将其特异性定义为"提供更多迁徙机会，自由迁徙，随心所欲，努力创造新生活"。对于欧洲殖民者而言，地理空间上的迁徙意味着摆脱腐败的欧洲文化，找回失落的纯真，一大片处女地等待着他们去开拓与命名，进而发现或建构个人身份，发挥自我潜能，亲近自然，物尽其用，身心皆宜。① 然而，宰制意识形态下的迁徙与移动所传达的"孕育机会的无限空间"之修辞，是建立在将少数族裔排除在外的神话上的，正如布豪尔(William Boelhower)指出的："美国立国清教徒的朝圣之旅，实际上是一个有先设剧本的说教计划。他们把美洲原住民贬斥为非人物种，因而不够资格成为这片新大陆的主人或者居民，从而将白人对原住民土地的入侵美化为开拓无主土地，把白人无拘无束的自由之信念合法化"(65)。这就是美国主流对于迁徙性的普遍理解。安置营对于日裔美国人而言，则非自由，亦非机遇，而是被"必需"不断驱策的结果。这个"必需"意味着移动主体自由的丧失，意味着空间的强制框定，意味着空间宰制所带来的文化丧失、政治迫害与经济盘剥。可以说，针对日裔美国人的这场违反美国自由精神的种族暴行，从另一侧面揭示了宰制话语中，所谓的迁徙神话具有流动性的意义；它随着特定语境的变化而变换，因为对于某些弱势族群而言，深入内陆意味着被排斥在国家、民族的发展之外，而不是更加全面的参与。具体而言，在二战期间，日裔美国人为了在这片他们定居的土地上生存，被动接受这场迁徙，其间充斥着被征服、被压迫、自我和族群权利被剥夺的非正义——按照黄秀玲的话说，这种空间移动就是一种生存的必需。依黄秀玲(Sau-Ling Cynthia Wong)的分析，"必需与奢侈指涉两种迥异的生存与运作模式。一个表示自制，为活命及生存所驱使，一个倾向自由、放纵、情感展露及艺术表现……必须通常与强迫、请求或限制等字眼相连，而奢侈则与激励、

---

① 具体论述见 Clough，Wilson O. *The Necessary Earth*：*Nature and Solititude in American Literature*. Austion：University of Texas Press，1964：81；以及 Walter，Allen. *The Urgent West*：*The American Dream and Modern Man*. New York：E.P. Dutton，1969：56.

冲动或欲望等字眼相关"("Denationalization Reconsidered" 132);必需指"压抑、胁迫,不可能有自我或社群的成就实现",而奢侈则暗示"独立、自由、个人实现的机会以及/或社会的更新"(121)。

曼扎那这位都市漫游者则试图以他无拘无束的都市行走、逾越界限和重据都市空间的行为,实现自我与族群在美国的重新定位,把亚裔迁徙叙事中无助的"必需"改写为一场具备独立自由、自我实现以及社会变革之"奢侈"意义的都市漫游。曼扎那用他的身体来表演和抗议在后补救时代(post-redress era),日裔迁徙营历史在美国公共记忆中"缺席的在场"(absent presence)。曼扎那起先并非漫游都市街头的流浪汉,而是一名令人羡慕、令族群倍感自豪的心外科医生,其社会地位足以令其过上典型的中产阶级生活,成为美国梦的最好表征,更确切地说,能够符合战后美国宰制话语对于亚裔身份的另外一种设定——模范少数族裔。二战后,原本拘禁日裔美国人的具体可见的安置营,逐渐被"模范少数族裔"话语所建构的心理空间所取代。尤其在 20 世纪 70 年代,当非裔美国人为结束制度化的种族主义而进行更加激进的抗议活动时,亚裔美国人则因勤奋合作的品格,以及安静顺从的性格而受到主流媒体的赞扬。作为对亚裔族群不参与威胁性行为的奖励,宰制权力将亚裔美国人提升到国家工业和文化行业的中层非管理职位。换句话说,模范少数族裔的修辞所传递出的信息是,亚裔必须在政治上"清心寡欲",在其他社会领域及生活中自我约束,以此换取有所保障的中产阶级舒适生活。可以说,政治上的激进主义并非模范少数族裔唯一的禁忌,他们还不应有任何自恋的渴望或奢侈的个人风格。

然而,曼扎那并没有沉醉于模范少数族裔光环下的优越生活。他清醒地意识到,这种赞誉其实是将亚裔-美国这种连字符身份中的"亚裔属性",刻板化为"顺从"与"安分",使亚裔自我设限、自我否认,不敢自我实现,不敢探寻生存与自由、身份与族群等议题。因此,在 50 岁的时候,曼扎那决定彻底跳脱模范族裔所框范的局限,没有和亲友同事告别,他就出发了。于是,"有一天,完成病人的缝合手术后,他脱下口罩、手套和白大褂,大步地穿过迷宫式的医院走廊,耐心等待下行的电梯……在这之后,他的名字就出现在失踪人员名单上了"(Yamashita 56)。按照黄秀玲(Sau-Ling Cynthia Wong)的观点,曼扎那的行为体现了放弃"传统而安全"的就业领域,从体面而高薪且仍然是"必需的行业"中挣脱出来的勇气(Reading Asian American Literature 210)。曼扎那以不辞而别的方式,放弃了心脏外科医生的职业生涯,成为一名行走于洛杉矶的漫游者、无家可归者,并在高速公路立交桥上挥舞着指挥棒,为想象中的城市交响乐团指挥。可以说，曼扎那以实际行动实现了某种意义上的精神的奢侈，其抛却了"模范族裔"的枷锁，打破了社会经济的空间囚笼，获得了移动自由和重构族裔空间的自主权，颠覆了白人社会对亚裔美国人"适当的"社会地位之预期。曼扎那似乎意识到，从19世纪的"苦力"到当下的技术人员和非管理类专业人员，在宰制话语设定的社会空间里，亚裔美国人一直充当着为主流社会利益服务的螺丝钉这一固化的角色——他们勤劳认真、专注可靠、随和忠诚，普遍对"暂侈放纵"采取克制乃至排斥的态度，从而形成了谨小慎微的性格，对得与失审慎权衡，对精力和物质精打细算，唯恐招致主流社会的不满。因此，曼扎那的离经叛道与"脱轨"，必然令日裔美国人社群不解，于是"日裔美国人社区为他损害模范少数族裔形象的行为多次做出道歉"（Yamashita 36-37）。另一方面，他们一次又一次试图把他从高速公路上赶下来，但以失败告终；为了防止"发疯"的曼扎那给主流社会添乱，或者给日裔美国人社区带来麻烦，他们试图将其拘禁在"小东京"族裔聚居区，并为其搭建了具有东方情调的日式花园和小漆桥（37）。然而，"众人皆醉我独醒"的曼扎那更是抗拒加载于亚裔美国人身上的东方主义想象，清醒认识到那是宰制权力固化连字符身份中亚裔属性那一端的操作，是将其拘囿于边缘空间的伎俩。于是，曼扎那逃离"小东京"，其"奢侈"地张扬主体性的"错位"（dislocation），重置（relocate）自我乃至族群在美国的都市空间，这可以解读为对二战期间日裔美国人被大规模监禁的历史失忆的抵抗，更是颠覆了亚裔美国人"东方主义"式的刻板印象与模范族裔神话，摆脱了连字符身份中"亚裔属性"的制约。

事实上，曼扎那突破了"必需"的桎梏，开启了彰显"奢侈"的"无家可归"的流浪生活，使日裔美国人历史上所遭遇的空间不正义被具体化与可感化。具体而言，这些空间不正义包括：美国在历史上对日裔加入美国国籍设置重重法律障碍、剥夺日本移民及其在美出生子女在美国拥有住房的基本权利、设立安置营而对日裔造成不可逆的历史创伤。此外，曼扎那在洛杉矶的漫游及其居无定所的生活可以解读为体验整个城市的方式。在曼扎那的身份认同协商中，他捕捉发生于洛杉矶每个街头的普鲁斯特式的瞬间，以漫游者的姿态体验城市的现实，目睹了城市边缘群体（即少数族裔、非法移民劳工与穷困白人）的生存困境，而这与他之前"中产阶级"的体面生活迥异甚至互不相容："那些更为不幸的人只能生活在大街上、快车道桥底、纸板箱里，或者临时帐篷里，汇集到一起，成为美国最大的无家可归人口"（36）。同时，他也发现不仅他的族群深受非正义空间的宰制，其他城市的弱势群体亦然——在以政治、经济和文化差异为基准的都市空间分布中，一切都如此泾渭分明，他们被框定在固定的位置——"一旦越过那条无形的边界线,必将陷入麻烦,被逮捕、关押甚至丧命。如果自觉退到边界之外,则变成隐身人,不为人所见"(241)。

曼扎那的无家可归又转化成一种存在主义的比喻:漫游者的身份不仅令他挣脱了种族空间的桎梏,更使他有机会成为城市的观察者,令他重新成为一个逾越阶级和族裔边界的世界流浪者,通过拥抱、关怀与含纳被体制所忽视的、被种族/阶级歧视边缘化的群体,进而反抗白人霸权宰制,建构自我身份。而这一点也和梅西(Dorean Massey)的观点不谋而合:"身份认同并非来自某些内化的历史,而是来自身份认同与外界互动所形成的独特性"(*Space,Place and Gender* 168)。而这个外界,就是他逾越了亚裔被设限的族裔聚居区、社会经济领域后,以他移动的身体在纵横交错的城市街道铭刻下自己,以头脑中孕育的城市交响乐演绎交织着具有都市漫步轨迹的城市文本,讲述着既无作者也无读者的城市叙事。

在行走都市的过程中,曼扎那跨越了大都会的种族、阶级空间区隔,最终占领了洛杉矶高速公路(freeway)立交桥,并以此为据点,俯瞰整个洛城。在这个具有高度可见性的位置,他声称希望自己被别人看到。同时,这一举动可解读为其用自身身体表演的可见性,对日裔美国人的不可见性,或者说对美国公共记忆关于日裔迁徙营"缺席的在场"抗议。事实上,"在场"与"缺席"又涉及正义的问题。具体言之,宰制话语下的正义往往凌驾于缺席者的正义之上,进而将在场者的正义篡改为共同体的正义。日裔美国人作为安置营的历史在场者与亲历者,却不被允许铭记美国当局过去对他们基本人权的侵犯,也不允许他们用自己的声音向全国民众讲述日裔迁徙营的过去。直到1980年战时安置和平民拘留委员会(CWRIC,the Commission on Wartime Relocation and Internment of Civilian)成立时,美国政府才承认日裔美国人拥有铭记与重述这段非正义空间历史的渠道。因此,曼扎那在立交桥上的高度可见性,不啻为重现族裔创伤历史,批判宰制权力运用连字符身份中的日裔属性,对其族群进行身份切割与隔离的暴行,进而重建日裔身份的一种操作。诚如福柯(Michel Foucault)所言:"一种完整的历史,需要描述各种空间,因为这些空间同时又是各种权力的历史"(*Power/Knowledge* 149)。

洛杉矶交通网络极为稠密,纵横交错的高速公路(freeway)四通八达,无疑赋予人们行动的自由,使人们可以去任何想去的地方。可以说,高速公路具有某种空间修辞的隐喻,表明了曼扎那试图以对此"自由"高地的占据,挑战宰制权力对日裔美国人的空间拘禁。可以说,高速公路和立交桥作为政府都市空间规划的一部分,是控制都市政治经济命脉的重要场域,是彰显政府宰制权力的空间再现。然而，曼扎那调用其自觉意识和想象力，将其转化为具备实践与改造可能的空间，从而构成了对国家权力控制、筛选过滤后的地域秩序性的抵抗，令高速公路立交桥成为彰显日裔美国人，乃至所有都市弱势族群自身权力与意志的空间，从而改写了都市族裔空间的坐标，挑战了固定僵化的本质主义叙述。

高速公路立交桥不仅仅是一个为个体行动提供便利的空间，事实上还是衍生新身份的场所。具体而言，对于曼扎那来说，这是一个充满了移动性、发展性乃至成长性的空间。在这个彰显主体性的空间中，曼扎那不再是连字符身份中强调的拥有单一文化身份的"纯粹"日本人，而是具备了跨族裔性与阶级性的城市"守护之神"。何以言之？山下凯伦对曼扎那·村上（Manzanar Murakami）中的日语姓氏 Murakami 加以挪用，并赋予了其新的意涵。日语姓氏村上即 Murakami，在日语中本意为守护村社的神祇。在《橘子回归线》中，山下凯伦以魔幻现实主义的书写策略，让曼扎那人如其姓，担任洛杉矶城的"守护天神"——一个能听得懂都市心跳，看得到都市脉动的"村神"（Murakami）。正如他的孙女艾米所说："曼扎那曾经是个医生，现在呢，他根本就是巫医（witch doctor）。他看得到、听得见别人看不到也听不见的东西。他到底在做什么只是一种诠释性的问题"（Yamashita 157）。确切说来，漫游者曼扎那已经逾越了日裔美国人的边缘空间，挺进宰制权力的中心。他在公路制高点俯视洛杉矶，其实就是"居于村落之上"的行为表现。在高速公路立交桥上，曼扎那凭借其自我想象的世界——他在脑海中构思的都市交响乐，再现公共的都会实景，将涌动的车流与鼎沸的人声构建为一曲"都市交响曲"，而自己则充当这一交响乐的指挥大师。而之后曼扎那更是参与了由洛杉矶边缘群体组织的"公路暴动"，声张自己拥有城市的权力，开辟了属于少数族裔的政治空间。

# 第二节　行走中的都市景观：重绘帝国都市地图

安德森曾指出，宰制权力对其领地地图的绘制是一种将政治空间识别标志化的操作（Anderson 198）。也就是说，宰制权力经由地图的绘制，将空间置于监视之下，透过地理知识构建和权力的结盟，来使他们对地理空间的占领正当化。也就是说，事实上，其绘制地图的过程既不客观，也并非纯技术性的。

正如安德森援引泰国学者东才(Thongchai Winichakul)的话所说:

> 绘制地图就是对空间现实进行科学抽象化的过程……地图先于空间现实而存在,而非空间现实先于地图存在。换言之,地图为它声称所要代表的事物提供模型(models),而非充当事物本身的模型……对于行政机构和支持其领土主张的军队而言,地图尤为必需……行政和军事行动不仅以制图话语(the discourse of mapping)作为其运作的范式,还为这个范式服务。(引自 Anderson 199)

因此,当地图与权力结盟,并充当权力合理化其霸权宰制的工具时,它就不再具备传统观念里的客观性、价值中立的单一性质了。恰恰相反,地图是权力意志所构建的空间再现,彰显了宰制者/被支配者的二元对立。在西方,地图不仅仅被用来简单描绘空间,还在有意无意之间,在征服殖民和帝国主义政治中发挥着重要作用。地图维护强势利益集团的权威性,支持君主国家经济体系和宗教的霸权地位。地图的描绘实际上是一个充满了文化价值和意识形态的过程。基于上述讨论,同理,描绘美国城市的官方地图也并非中立于社会权力的客观表述,而是镶嵌在社会权力中,作为权力话语的社会产品。也就是说,官方描绘的城市地图,是在基于宰制意识形态和经济利益的背景中,被生产出来并加以阅读的,其所传达的城市地理知识,由宰制权力阶层的意识形态话语所建构,涉及种族、性别、阶级等要素。也正因为如此,都市边缘弱势群体的生活空间,在"权威"的地理知识叙述中,要么被扭曲,要么被遮蔽,使都市弱势群体遭遇了一种空间非正义。

但根据制图学知识绘制的城市地形空间,本质上并非僵化滞定、铁板一块;其边缘总是存在着重新审视乃至重绘地图的抵抗力量。被支配者、边缘群体反对地图上所要呈现的"主导秩序",并在阅读并阐释地图的过程中,将另类的、异质的象征意识形态加载于其中,颠覆宰制权力绘制的旧地图中的知识霸权。小说中,非裔都市漫游者巴兹沃(Buzzworm)在阅读官方地图的时候正是这样做的。他看到都市边缘群体居住区在地图上被标注为危险地带,于是对当局绘制的社区地图的隐含意义提出了挑战。正如地理学家哈利(J.B. Harley)所言,必须关注地图上那些被"消音"的以及"被隐藏的政治信息"所产生的影响;就像"文学作品或口头语言一样,地图通过其所省略与遮蔽的以及所描述和强调的特征,对社会产生了影响"(290)。因此,对于巴兹沃来说,"真实地图的所有层面"(layers of the real map)必须包括那些被噤声的边缘群体

（Yamashita 81）；或者更确切地说，应该包括一些关于他者的被遗漏的知识。通过观察和他休戚与共的居民们所遭遇的空间暴力，巴兹沃开始对按阶级划分的洛杉矶城市景观，以及带有种族标记的空间规划进行颠覆性的解释，将被宏伟的城市地标的光芒所遮蔽的、所遗忘的事实公之于众。他所在街区的地图在他的描述下，并非官方"黑帮领地"（gang territories）命名下的肮脏无序与混乱，而是直指官方操纵的有关内城改造的"绅士计划"对都市弱势群体生存空间的破坏，以及最终诱发的街区的衰败与堕落：

> 时间和规划草图都在他们（官僚）那边。当高速公路被拓宽时，给予承诺的政客都消失了，忘记了他们给当地居民的承诺。……他们确保花5年时间清理这些房子。确保留下的房屋可以被撬开并贴上标签。确保那些待拆的房子足够醒目到可以用于非法勾当——毒品买卖。确保当地居民无家可归。确保坡道修建又花了五年时间，交通为此变得拥堵。高速公路上立交桥的修建阻拦人们前往过去常常光顾的商店……这儿曾经是一家体面的商店……现在无家可归的人、毒品贩子、妓女才会经过她的店铺。（81）

作为漫游者，巴兹沃并不热衷于猎奇，而是汲汲于这个城市的历史过往。如同美国学者沃斯-内谢尔（Hana Wirth-Nesher）指出的，每当城市被视为文化的文本（cultural text）时，城市就是无法读遍的文本；城市文本宛如羊皮纸，可以一再刮去重写，上面充满了宗教、文化、政治等历史（9-17）。巴兹沃进一步提到这个社区的土地历史上几经易主的遭遇，展示了洛杉矶不同时期的地图，而这些犹如采用羊皮纸绘制的地图，是由曾经在这片土地上生活的族群不断书写、擦拭与再定义的：这儿是已经消失的"墨西哥牧场"，以及在此之前的"丘马什人和杨纳人"等北美原住民的聚居地（Yamashita 82）。早在大航海时代之前的数千年，这块土地是北美原住民丘马什人和杨纳人的家园乐土，西班牙殖民者侵占后，将其归入海外殖民版图。美墨战争中被打败的墨西哥被迫割让加利福尼亚州，令洛杉矶成为美国地图中一个重要的西海岸城市。但随着殖民主义、帝国主义对原住民、墨西哥人居住地的褫夺、占有与重新命名，所有这些存在过的痕迹都在官方地图中销声匿迹。因此，巴兹沃对洛杉矶官方地图的批判性解读，实际上是通过展演被抹杀的城市空间历史，挑战白人至上主义和跨国资本主义化后的意识形态体系和权力结构，从而重新塑造了城市空间。

此外，巴兹沃以重绘地图的方式对洛杉矶城市景观进行重塑时，嵌入了一个抵抗另类知识的主题。在他规划的洛杉矶地图中,也要开启一个名叫"绅士化"(gentrification)的街区提升计划,以帮助他的邻居们获得他们声言拥有的城市权力(the claim to the city right),对抗官方那场以压制来区隔都市边缘群体的"绅士计划"。"这个计划是让原来住在破败社区的人们都变成体面的绅士",但并不是对美国主流话语所定义的价值观亦步亦趋,而是通过一套自创的标准和体面来实现自我中产阶级化(83)。此外,巴兹沃认为他的"绅士化",即 gentrification 这个词,乃源自拉美裔居民日常口语中的"gente"一词,意为"我们"(us)或者"普通老百姓"(folks)。巴兹沃对地图意义的阐释与主流宰制话语形成对抗,粉碎了官方地图中将白人资产阶级自身权益和权威自然化的企图。在他的规划地图中,街区重整规划是以普通居民的福祉为出发点的,是"人民化"的——恢复被政府遗忘废弃的街区、清理街道、修剪棕榈树并浇水,照顾群众,使街区当中的居民和洛杉矶中产阶级一样体面地生活(81)。"语言不断被书写,并覆盖在地图的想象性空间之上,因此这些地图是暂时性的空间,是经由命名才被描述,才具有某种特质,某种能被指涉的意义"(Carter and Malouf,174)。可以说,巴兹沃重绘的街区地图,不仅展示和重新定位了被边缘化的都市弱势族群街区与洛杉矶的位置关系,而且以另类异质的语言方式解码原有的官方地图,在都会版图上给都市边缘的群体生活、价值观和行为定位铭刻下自我的坐标。

被赋予超能力的日裔漫游者曼扎那对洛杉矶官方地图进行了魔幻现实主义式的批判解读与重绘,揭示了全球化主导话语绘制的官方地图中被遮蔽的殖民主义、霸权主义以及环境非正义,体现了全球语境下边缘化群体的抵抗和干预。曼扎那的"真实地图的层次"所揭示的洛杉矶真实地图与巴兹沃的相比,更具有全球性视角,这些地图变化不居的网格与殖民主义话语和全球化交织在一起。像巴兹沃一样,曼扎那挑战并重构了地图的意义,重新塑造了城市空间:"这里有着众多的地图。不可思议的是,他可以同时看到所有这些地图并进行分类,把它们像透明的玻璃一样挑出来,甚至巧妙地、连续地将它们放在一个个复杂的网格中,其中包含了模式网格、空间辨别力和政体"(Yamashita 56)。

哈维(David Harvey)指出:"在近代世界历史中,在城市化中改造自然环境一直是一个持续的过程,但到了 20 世纪,这个过程却变得极具爆炸性,引发了一系列前所未有的全球生态问题"(186)。曼扎那就以他魔幻现实主义般的洞察力,挖掘出洛杉矶作为全球都市的地图中被遮蔽的现实,即环境污染与都市化的联系:"然而,在地表之下,是人造的民用电网:南加利福尼亚州的天然气管道、洛杉矶水电局的非自然水道、潮湿的污水排放隧道,有毒的污水从被雨水冲刷的街道上源源不断地涌向圣莫尼卡湾。这些潜藏于地下，没有在官方地图上显示的无形的基础设施和系统造就了资产阶级所拥有的洛杉矶——这个有史以来最伟大的休闲世界"（Yamashita 206）。然而，洛杉矶的边缘群体却生活在环境污染严重的地区，面临着有毒物质泄漏或者爆炸的风险。这些设施不仅给洛杉矶及周边地区生态系统带来了破坏，也给第三世界的环境带来了破坏。只有具备超能力的漫游者曼扎那，方能洞悉以美国为首的第一世界，在造就自身繁荣的同时，破坏了地球生态的不争事实："从智利最南端到加拉帕戈斯群岛，沿着巴拿马的狭长地带，从巴哈马到大苏尔再到温哥华，从阿留申群岛到白令海峡"（171）。当曼扎那的目光从西向东跨越太平洋时，举目可见环境恶化的情况，部分是工业化和城市化以"进步"的名义造成的："月光下墨色的海浪，溅起泡沫，拍打着海岸，似乎在说一个事实——被丢弃的垃圾，阻碍了进步"（171）。

可以说，曼扎那所辨别出的"真实地图"的复杂层次，还包含了第一世界的经济发展对第三世界的殖民掠夺与环境破坏，从而撼动了全球化的进步话语，凸显了环境的非正义。曼扎那还在他绘制的洛杉矶城市化地图中，再现了美国殖民主义和西进运动中对原住民生存空间的占领，以及对移民的压迫和剥削：

> 这些是由移民和移民劳工建造的第一批基础设施，其构成了这幅地图最初的网格。接着，蒸汽机车在西部中心地带冒出一团黑烟。北方佬的海盗们带着棉织品来了，剩下的是走私来的牛皮和牛油。水最终从北方被开凿出来，涓涓细流，最后被淹没，流入这个沙漠山谷。……一个新的网格以特殊的统治方式扩展开来。（238）

可以说，曼扎那提到的洛杉矶地图所具有的"复杂的模式网格、空间识别、政体"，是由于他将地质结构、种族、阶级结构以及都市环境恶化的现实，编织入洛杉矶城市化和全球化的历史，将另类异质的地方知识融入他绘制的地图中，从而质疑了官方地图的权威阐释。

# 第三节　逾越"民族/国家"边界: 全球城市的空间重塑

　　旨在体现北半球(美国)政治、经济利益乃至文化优越性的全球主义,实则使其帝国的影响无远弗届,在空间意义上则将全球包括于其霸权宰制下。然而,全球主义所标榜的进步、自由、流动的话语却不具备普适性与公正性,这体现在基于种族、性别和阶级上的区隔性、局限性与位阶性。就《橘子回归线》而言,此等帝国空间的非正义性主要体现在美墨边境对移民、劳工和有色人种妇女的驱逐、对他们流动自由的限制和洛杉矶都市空间规划中对边缘群体(本国低收入阶层、少数族裔、外来移民劳工等)的空间区隔与宰制。在此情境下,若要突破帝国设定的非正义空间,需达成的核心目标就是第一世界/第三世界"边界"的消解以及"流动"的畅通。事实上,边界同样也是一个极具空间意味修辞的概念,要消除边界,就意味着首先要意识到边界的存在,即在国家、种族、阶级等层面设定的种种限制和局限;更为重要的是,还要意识到被宰制的、处于臣属地位的群体有能力超越这些不公正的边界,重新开辟正义的空间。正如后殖民主义女学者莫汉娣(Chandra Talpade Mohanty)所说:"要承认那些将国家、种族、阶级、性别、宗教等方面进行划分的界线是不合理的,必须设想跨越这些界限和分隔,进行种种变革以实现社会正义"(2)。在山下凯伦看来:"后现代社会景观具有流动性,而这种流动性让空间变得多元和开放,更是赋予了空间以活力和生机"(转引自胡俊74)。因此,小说中洛杉矶这个地处第一世界和第三世界交杂处的全球都市,是一个充满流动性的、激进开放的空间。洛杉矶不仅仅是西方新帝国势力"指挥"与宰制全球的战略地点,也是地处世界和都市边缘的人口、文化和语言入侵帝国中心并开创的再现空间,更是实现社会和环境正义的新政治空间,即开启正义空间的力量,源自在洛杉矶、墨美边界流动的、拥有跨国性与多族裔性的草根力量。

　　在这支重塑全球空间与洛杉矶空间的草根力量中,最令人印象深刻的角色莫过于阿坎吉尔（Arcangel）①，一位交织着魔幻现实主义和狂欢色彩的斗士，也是一位在洛杉矶逾越各种界限，并集结边缘群体等多方力量的都市漫游者。阿坎吉尔自称是来自墨西哥的奇卡纳吟游诗人、行为艺术家。他的身份跨越了种族与文化的边界，具有"流动易变、闪烁不定"的特质（Yamashita 12）。虽然他有美国常春藤名校的精英教育背景，但他说话深入浅出，浅显易懂。阿坎吉尔犹如一位杂糅了欧洲、拉美土著文化的先知与弥赛亚，他的话语中"常常混杂着各种不为人知的方言、喉音和哀鸣，好像讲着拉丁美洲这块土地上每一种土著、被殖民者、奴隶或移民的语言"（47）。通过杂糅化的语言，阿坎吉尔可以聆听和代表来自不同时代和空间的所有被压迫者的声音。作为一位拥有超自然能力的神秘诗人，阿坎吉尔自述游历南美长达 500 年，具备跨越多层次的历史时间和地理空间的能力，能够瞬间看到欧洲人在南美大陆的剥削历史（145）。

本雅明认为，漫游者在城市中闲逛就是在发现空间位置的意义，并以某种超现实主义的方式，把时间叙述转变成空间叙述。与之类似，阿坎吉尔也经过他在拉美城镇的漫游和即兴表演，把拉丁美洲的历史变迁以一种超现实主义的方式挪移到他的空间叙述中。他以吟游诗人的身份漫步在街头、市场、广场和其他公共空间，并开展行为艺术表演，揭示西方殖民势力在美洲大陆空间暴力宰制的历史。他的即兴诗朗诵重写了美洲另类的历史：他以美洲人民遭遇的长达 500 年的殖民主义和帝国主义的压迫与剥削，修正了西方线性进步主义、地理大发现和全球主义所创造的"神话"。据阿坎吉尔的说法，哥伦布在 1492 年的伟大发现标志着美洲灭亡的开始。欧洲征服美洲大陆的每一个历史时刻，在西方话语中都标志着基督教文明的胜利，这些征服的时刻以相同的逻辑和不同的形式被复制；而在美洲原住民的文化如玛雅文化、阿兹特克文化中，西方话语中的"地理大发现"则是被原住民先知们阐释为"大诅咒"或"世界末日"。阿坎吉尔在其街头表演中，不断以拉美原住民文化抵抗欧洲中心主义的宰制和美国文化同化的浪潮，揭示欧洲中心主义所形塑的美洲空间，是建立在地理上的征服、对原住民的种族屠杀、对自然资源的掠夺，以及传播瘟疫的基础之上的（49-51）。从空间视角观之，对西方而言，对拉美领土的征服彰显着白人重获"复乐园"的正义性，但对于原住民而言，则凸显了"失乐园"般的非

---

① 阿坎吉尔（Arcangel）之名实则戏仿了天主教中的总领天使（Archangel），在小说里他率领拉美劳工，将带有北回归线的橘子从南美带到北美，试图改变全球化导致的空间非正义现状，具有与总领天使一样帮助世人以及传报福音的能力。

正义空间。

阿坎吉尔在将橘子回归线从南美洲带向美国的过程中,沿途的"地理大发现"揭露了标榜着"共同繁荣"的全球化的另一面。与殖民时代欧洲人发现的河道以及出海口等标志着"希望"和"繁荣"的地理事物所不同的是,阿坎吉尔的地理发现则是在全球化(新殖民主义)的时代,一条见证着藏有毒品的橘子的走私、婴儿器官的贩卖、拉美保姆的偷渡,标志着"非法"和"暴力"的运输路线。事实上,这条向美国源源不断输送资源却戕害了拉美利益的运输路线,使拉美成为一个资源流失,充斥着毒品走私、暴力犯罪的非正义空间。在此,阿坎吉尔对原本西方定义下的空间意义进行了改写与转义,这场自南向北的空间移动揭露和修正了西方线性进步主义、地理扩张和资本主义所虚构的一切"神话",象征着对殖民主义、帝国主义所遗留的非正义空间的批判和挑战。阿坎吉尔即兴创作的诗歌与街头表演,逐渐唤醒了饱受帝国主义压迫的拉美移民劳工的政治意识。劳工们响应阿坎吉尔跨越墨美边境的号召,直捣帝国中心。在向洛杉矶前进的过程中,阿坎吉尔将拉丁美洲具有象征意义的地方和文化意象融入他们的行进队伍中,重新定义了沿途的景观。在这个类似拉美狂欢嘉年华的游行队伍中,有一辆仿拟墨西哥城大神庙的花车,还有一辆仿拟墨西哥城左卡洛(Zocalo)广场的花车。[①] 这些花车将被欧洲殖民主义抹杀的、彰显古代印加文明的文化意象和景观重新镶嵌到美洲大地,重新定义属于拉美被支配群体的再现空间。可以说,阿坎吉尔所领导的跨国草根运动消解了地缘政治边界,形成了一种不受单一地理疆界限制的跨国文化。

拉美裔劳工跨越墨美边境是一个种族化劳动力跨越国界的壮举,象征着南半球的草根力量对北半球空间格局进行重新定义的尝试。这股来自第三世界的社会变革和文化转型的力量,连同移动的北回归线,在跨越边境藩篱甚至跨越时间与空间的状态之中,寻觅着追寻空间正义的联盟,并最终在洛杉矶这座北半球的全球化城市里铭刻下自己的印记。他们与洛杉矶的都市边缘群体形成了跨种族、跨阶级的政治联盟,为获取空间正义而斗争。阿坎吉尔率领自南向北而来的人流,通过洛杉矶高速公路从南美站/占上了北美的领土,并一起参与美国境内边缘群体的"占领高速公路运动"。作为大都会的空间符号,洛杉矶纵横交织的高速公路表征着美国经济带动全球化的"进步话语"。然而,小说却通过一场车祸挑战了高速公路表征的"进步性"。在小说中,行驶在高速公路上的一位司机误吃了注射了毒品的橘子而引发连环车祸,造成了高

---

① 左卡洛广场曾经是美洲阿兹特克帝国首都特诺奇蒂特兰举行盛典和仪式的场所。

速公路的大拥堵。高速公路陷入瘫痪后,众多豪华私家车被遗弃在路上。散落并隐蔽于城市边缘角落的无家可归者们,迅速占领了这条剥夺他们自由流动权利的交通要道,并住进了被抛弃的豪华私家车里,在高速公路上展演他们的日常生活,而高速公路原本的空间意义瞬间被颠覆与改写。在这种充满艺术性的战争中,空间蕴含着自由和可能性。高速公路上废弃的豪车被流浪者占领,并被挪用为临时居所,乃至展现日常生活的舞台。这种"占领行动"体现了被支配者的战术(tactics)。他们创造性地利用宰制者的战略环境中潜藏的各种可能性,对高速公路、豪华汽车这些原本彰显特权的符码进行重新编码与定义,使其成为彰显他们主体性的"日常生活空间";他们在自己打造的日常生活空间里,以"离经叛道"的日常生活展演,证实他们在这座城市的存在印记,也将这座被称为"天使之城"的国际都市"重新定义为边界之城,一个与洛杉矶对立的下层空间"(121)。非裔都市漫游者巴兹沃将一辆丢弃在高速公路上的奔驰豪车,改造为传达无家可归者诉求的平台——他在豪车上开辟了媒体采访总部,并邀请主流媒体报道、电视台实况转播流浪者的日常生活。在现场直播时,原本充当宰制权力喉舌的电视台等新闻媒体,被无家可归者们的"战术"所利用与重新定义。无家可归者们通过电视镜头,以狂欢式的表演将报道翻转为自己的再现空间,讲述了属于自己的故事。而电视机前的观众也第一次近距离地了解到这个全球都市中的贫富分化、阶级区隔和种族歧视等问题,对洛杉矶中的流浪群体有了更加人性化的认识。

高速公路作为一个各类冲突力量流动与互动、各类异质元素相遇与交汇的接触区域(contact zone),在旧金山流浪者群体和跨境劳工的空间实践下被重新定义与建构,彰显了布林克霍夫(Brinckerhoff Jackson)所言的公路景观(roadscape)[①]。小说中的高速公路将成为各种力量与观念对话、协商乃至对抗的多声道,"许多声音在这里相遇,混杂地提醒着人们当前所有的热情",从而消解统一性、独断专行的单声道(149-50)。随着阿坎吉尔率领的移民劳工的到来,高速公路原本的空间意义更被改写为表征着流动不息、双向跨界(double-crossing)的意义。他们"从南方而来,但不是外来群体。移民浪潮从未停止,反而不断高涨,并伴随着木制武器和真正的武器、资本和掠夺,加入了洛杉矶的战争"(240)。两股争取空间正义的力量逾越各种人为的边界,在洛

---

① 布林克霍夫指出,公路景观是展演传统、另类乃至新移民"语言"的场所,历史的多重层次和异质现象可以被"解读"和"重读"。详见 Jackson, Brinckerhoff. *Landscape in Sight*: *Looking at America*.London:Yale University Press,1997:23-27.

杉矶的高速公路上会师,将这条高速公路翻转为斗争的舞台,挑战了既定的非正义空间。整个高速公路上的灾难现场瞬间充满了嘉年华的欢乐气氛,这种气氛进一步蔓延到整个洛杉矶,各种人为的界限(国家、种族、阶级、性别)也随之一并消融,正如在高架桥上的日裔漫游者曼扎那所注视的:"整个城市涌现出各种各样的草根指挥家……在立交桥、在街区、从阳台到公园长凳,人们拿着树枝、铅笔、牙刷、胡萝卜在指挥"(256)。这位具有魔幻现实主义色彩的都市漫游者,其眼睛具有迥异于常人的透视力。因此,他看到洛杉矶地图上网格的疆界在流动与变化:"日趋接近的游行队伍拖着整个半球,北美自由区的力量似乎正在覆盖整个城市,比圣贝纳迪诺大小的一个小岛或一个国家还要大"(240)。巴赫金(Mikhail Bakhtin)认为,狂欢通过象征性的错位或者逆转,甚至推崇与粗俗、愚蠢、谬误和矛盾相联系的意象,戏仿性地批判宰制性的意识形态,进一步激发反讽式的批判,并成为一种逾越性的文化符号系统的组成部分(11)。由此可见,在这个狂欢式的占领运动中,都市的边缘群体与拉美移民劳工一起戏谑,挑战并改写高速公路的空间意义。在帝国内部由此形成了一个众声喧哗、多元混杂的跨种族、跨国界、跨阶层、消融多重界限的第三空间,将既定的区隔与界限翻个底朝天。这个跨国草根运动召唤了一个共同的空间,它既在国界之内也在国界之外,形成一股超越实质国界的力量。跨界创造了抗拒的力量,内外之间、异同之间、压迫者与被压迫者之间的疆界在此得以消解。

# 第四节　结语

《橘子回归线》中的全球城市洛杉矶作为美帝国(第一世界)大都市的显著例子,展示了全球主义之外的"另外一个场景"——全球城市在空间上产生并不断恶化的社会分裂,再现了美帝国利益为先的全球化如何造就了大规模的社会不公。然而,洛杉矶也成为帝国(第一世界)宰制权力和南半球(第三世界)各路抵抗力量相互竞逐、相互联系的变革空间。换言之,洛杉矶是身居第三世界以及都市边缘的个人以及群体为争取社会和环境正义的斗争场域,是实现跨国、多种族联盟的新政治场所。小说中,具有不同族裔背景的都市漫游者曼扎那、巴兹沃和阿坎吉尔共同参与对帝国以及全球都市空间的重新解读,他们将异质多元的地方知识"谱系"和记忆介入(intervene)全球主义,挑战西方既定的基本价值观和意识形态，进而重新阐释全球主义，重新设想国家空间和全球城市。三个信马由缰的都市漫游者最终更是集结到洛杉矶高速公路，以狂欢式的街头占领运动抗议帝国政治空间的非正义，他们象征着来自南半球的跨国抵抗力量和美国内部的跨种族、跨阶级的政治联盟。涌动的草根力量对非正义空间的暴力宰制进行干预和抵抗，光复了洛杉矶这座"天使之城"的正义意涵，让这座城市名副其实。可以说，他们以跨国界、跨种族、跨阶级的社群，融合与消解了地理或概念上的界线，撼动了帝国政治空间的根基。

# 第六章　重建山巅之城与巴别塔：
## 《说母语者》中的族裔
## 政治和语言空间

　　美国韩裔作家李昌来（Chang-Rae Lee，1965—）的初试啼声之作为《说母语者》（*Native Speaker*，1995），该书再现了白人宰制权力经由国家机器和国家意识形态操弄对非欧裔少数族群进行边缘化和驱逐的空间暴力。该小说将1992年洛杉矶种族骚乱事件挪移至90年代的纽约，重新审视美国政治体系及公民政治权利议题，从而被视为亚裔在美国归属议题上进行抗争的一个文学转型作品。小说主人公韩裔朴亨利（Henry Park）为了被主流社会接纳而模仿字正腔圆的英语，但由于太过咬文嚼字而无法成为真正的"说母语者"，而是成为摇摆于美/韩文化之间的双面人。亨利的"双面性"使他受雇于移民情报公司，协助美国移民局游走于移民社群中调查和搜集新近移民的资料。他的职业具有侦探性质，这让他有机会在纽约街头混于人群中隐藏身份，以"匿名"的方式漫游于都市空间。起初他以抽离的姿态旁观少数族裔的遭遇，但随着他被委派到韩裔议员姜约翰（John Kwang）手下，前往市长竞选总部窃取机密，并参与竞选活动，他开始行走于皇后街区，重新审视美国都市里白人宰制权力所操弄的政治空间，以及宰制权力对有色少数族裔的公民权之压制与褫夺。当姜约翰因白人宰制权力的迫害而流亡海外后，朴亨利被迫面对亚裔的身份危机，以"何为移民的母语以及美国本土居民的母语？"的叩问展开了对少数族裔身份以及公民权利的求索（Lee 83）。事实上，"何为母语"的议题与国家/城市空间如何被想象、概念化和居住的问题是分不开的，更是牵引出语言与种族身份属性以及由此产生的主体政治归属性的自我暗示，并最终指向少数族裔公民政治权利以及美国政治空间正义的议题。该小说中的纽约地景并非只是展开叙事的纯粹背景，文本中所再现的离散语境下跨国移民、难民和少数族裔重新定义的美国城市空间，可以视为亚裔等处于社会边缘的群体开展社会、文化和政治变革的空间。

本章以《说母语者》为个案，在漫游者空间政治的理论基础上，首先调用了阿尔都塞（Louis Pierre Althusser）的"强制性/意识形态国家机器"、葛兰西（Antonio Gramsci）的"市民社会"/"政治社会"和哈贝马斯（Jurgen Habermas）"公共领域"等与政治空间相关的论述，通过都市漫游者朴亨利目睹纽约少数族裔在公民权利空间被遏制和驱逐的经历，揭示了美国清教主义所构筑的美国是将"他者"（非白人/非基督徒的少数族群）排除在外的政治空间。同时，更聚焦另外一位都市漫游者——韩裔政治家姜约翰如何通过新闻媒体、民主竞选、街头集会的空间上实践，介入白人宰制权力操控的公共领域，解构了追溯单一文化或地理起源的同质化民族身份，将美国重铸为含纳多元异质、彰显空间正义的"山巅之城"。其次，以语言空间为着眼点，经由漫游者朴亨利的所见、所思与所忆，剖析小说中白人宰制权力如何以纯正英语作为种族与阶级区隔的工具，令少数族裔在非正义的语言空间和社会空间中饱受"沉默"和"隐形"之苦；解读少数族裔如何在日常生活中以族裔语言建构流动变化的、多语嘈杂的都市语言地景，颠覆由英语统摄的巴别塔并挑战其背后的都市权力，从而建构一个海纳百川、每个族裔都能自我言说的语言空间。

# 第一节 "美国人的美国"：美国政治空间的非正义

在美国立国与发展的历史脉络中，盎格鲁-撒克逊清教徒挪用基督教典籍话语，对北美殖民地进行空间构想，建构出基于血统与信仰纯正性的国家神话和身份认同，从而合法化对非欧裔"他者"的拒斥与宰制。美国非欧裔少数族群在政治空间被边缘化的遭遇，可溯源至北美殖民地清教徒所建构的国家神话。为了合法化其殖民行为，论证侵占原住民土地的"正义性"，16世纪后半叶至17世纪中叶的北美清教徒殖民者基于种族、文化与宗教信仰的差异，对新大陆客观实存的地理空间进行构想与再现，形成了"交织着种族与国族身份认同的空间化话语建构"（Harvey，*American Geographics* 5）。

事实上，清教徒移民话语及清教理想的展望构建了白种美国人的国家意识。清教徒殖民者作为权力中心的发言者与诠释者,挪用"山巅之城"、"上帝的选民"和"五月花公约"等基督教核心符号形塑了基于血统和信仰纯正性、实现对"他者"的否定和排斥的国家政治空间。具有强烈空间隐喻的"山巅之城"论述更是成为构筑美国国家意识与认同的基石,其作为美国国家意识的构想空间,赋予了盎格鲁-撒克逊移民及其后代作为"上帝的选民"的荣耀,论证了其殖民与占领新大陆地理空间的正当性。《五月花号公约》则体现了公约(compact)及公理教会制(congregationalism)的自治精神,对日后美国共和政体和公民权的确立影响深远。可以说,清教话语所建构的美国立国与国家认同的宏大叙事,更是生产出在种族和宗教文化上认证盎格鲁-撒克逊新教徒(WASPs,White Anglo-Saxon Protestants)主体性的认同体系。在美国数百年的发展中,尽管盎格鲁-撒克逊新教徒在国家人口中不再占据主流,但上述国家意识核心符号依然宰制着美国政治空间,甚至伴随着 19 世纪后半叶欧洲移民的大量涌入而历久弥新(Bercovitch 73-78)。在这个基于种族与宗教话语的政治空间中,基督教文化启蒙熏陶下的欧洲白人移民也被纳入 WASP 的认同体系中,被赋予应有的公民权利,即"享受社会契约所赋予的自由和平等利益;在社会不公的状况下,可以提出诉求,保障个人财富、信仰免于匮乏和威胁"(廖炳惠 223)。然而,美国的政治空间就是经由"强势(白)主人话语"(powerful[white]master discourse)构想,以"包含同质性历史和符号的国家起源叙述"建构的一个拒斥异质性的存在(Bhabha, *Nation and Narration* 306)。因此,尽管美国政府旨在于"自由平等"的架构下运作,但还是"对来自东方、拉美和非洲的移民进行种族等级划分来定义其公民权利"(B. Harvey, *American Geographics* 6)。美国有色少数族群在非正义的政治空间中,由于迥异的体貌特征或宗教信仰,其公民权利遭受了美国白人宰制阶层的压制乃至褫夺,导致他们无法充分享有美国的繁荣衍生出的各项资源,丧失了在"土地所有权、移民和归化政策、区域选举与自治、学校课程设置、语言使用权利方面的合理诉求权和主动权"(Kymlicka 1)。美国清教主义所构筑的美国是将"他者"排除在外的国家空间。此种"虚假意识"所构建的美国,即便面对全球化与移民浪潮语境,依然无法脱离清教话语所建构的"白人性空间",依旧将有色人种移民排斥在外,将他们圈囿于族裔飞地,令其遭遇边缘化与异化,更是忽视乃至侵犯本土少数族裔的公民权利,拒斥其参与公共政治权力角逐。

事实上,美国都市种族空间区隔不仅是白人宰制权力对社会空间进行配置的手段和结果。种族作为一种西方意识形态和社会政治实践整体的发明,却是始于欧洲地理大发现时代,并伴随着奴隶制度和殖民扩张政策,而被逐步建构为一种基于体貌特征区分人类的"知识"，它常和智力甚至道德水平互相联系，并成为欧洲殖民者奴役非洲黑奴或殖民地土著的依据。美国社会根深蒂固的种族主义并非单纯出于偏见，而还是一种结构性与建制性的国家意识形态。该意识形态通过种种规划与界定种族关系的设计，透过国家机器以及社会文化机制进行空间隐喻。具体而言，宰制权力将以意识形态建构的种族特征，作为进一步的规范，或作为社会提供福利的依据，并借此将种族的刻板印象运作在媒体、政治决策和经济发展上，以提防其他族群与种族有任何参加决策的权力。克罗斯和基思（Malcolm Cross, Michael Keith）挖掘了美国种族化进程与城市的关系："城市为种族隔离提供了制度框架，这是种族化得以复制和持续的关键进程"（i）。由此，美国主要的移民大城市成为白人资产阶级以种族话语部署而成的建制场域，整个都会的地理空间都呈现出种族化的现象。具而言之，亚裔族群聚居区的特征和方位表征了美国社会空间的结构力量及空间秩序，即这是一个由白人宰制的权力集团，借助国家机器、国家司法体制以及文化生产机制所建构的彰显种族/阶级二元对立的非正义空间，其凸显了对少数族裔进行贬斥化、边缘化的空间暴力。种族空间区隔也充分反映了福柯所谓的空间权力分隔治理的意识。福柯指出，通过规划空间，赋予空间一种强制性，建构某种"秩序"，进而达到控制的目的。都市的规划不但形塑、改变、限制着它的居民，影响其生活起居以及各种行为，而且通过内化的过程，使内部居民自我区隔、游离于主流社会，蜗居于族裔聚居区。这一点从小说中的亚裔漫游者朴亨利本身，以及其踟蹰于聚居街区中的观察得到了印证。

当朴亨利行走于纽约韩国城，并造访父亲在此开设的杂货店时，他也复刻了主流话语所建构的韩国城的刻板印象，并通过他那漫游者式的"冷眼旁观"，再现了西方主流媒体所强化的韩裔与非裔、拉美裔族群之间的矛盾冲突。漫游于韩国城时，朴亨利举目所见的是彰显族裔特点的、带有韩文招牌的商店，耳边响彻的是夹杂着韩语、西班牙语、黑人英语的嘈杂之音。朴亨利的种族自卑心理使他对韩国城、韩裔群体及非英语的族裔语言——总之，对一切与韩国有关的东西都产生了强烈的抵触。正如基思（Michael Keith）所说："街区既是意识的状态，也是意义的场所，是思考世界的一种方式，也是思想和线索的符号来源。因此，它是一种城市词汇……是将社会样态转化为具备可见性的强有力的例证"（310）。早已内化白人价值观、内心崇尚流利英语的朴亨利，一边用疏离、排斥的目光观察韩国城，一边充当着命名者，对这个街区进行道德判断，称其为"贫民窟零售空间"（ghetto retail space）（Lee 185）。这个聚集着韩裔、非裔、拉美裔等低收入阶层的社区，"是一个由不同种族、阶级、性别、年龄和收入构成的新地形；确切地说是某种烈火烹油似的、一触即燃的城市地理（incendiary urban geography），其间充满了各种暴力的边缘、不稳定的边界、独特并置的生活空间、因财富不均而产生的绝望与愤懑横行的飞地（enclaves of outrageous wealth and despair）"（Soja，"Los Angeles" 448）。在这片"贫民窟零售空间"中，韩裔与非裔之间互不信任、关系紧张，不时剑拔弩张。这一切都在韩裔漫游者朴亨利的凝视中得以再现。

朴亨利对韩国城中韩裔与非裔下层居民之间相互睥睨的观察，复刻了美国主流媒体对大都市中，韩非裔两个族群之间冲突的报道。[①] 尽管朴亨利父亲经营的零售店主要面向下层非洲裔美国人，这一群体是其营生得以存在的关键，但对他来说，"黑色的脸意味着不便、麻烦，或死亡的威胁……他知道几个遇害的韩裔商人都是被企图抢劫的黑鬼枪杀的"（Lee 186）。当年轻的黑人顾客进入他的商店时，他并不试图掩盖自己对来者可能是窃贼的怀疑，也从没"屈尊"导购或费心向黑人顾客解释价格，并时刻准备与其讨价还价。作为冷眼旁观的漫游者，朴亨利将"穿着白色围裙，袖子卷起来"的父亲与一个穿着肮脏外套的非裔女顾客之间的口舌大战描述为一出"最可怕和最悲伤的歌剧"：父亲带口音的英语好似铿锵有力的音乐，宣告大戏的开演，非裔女顾客不甘示弱，以爆发力十足的黑人英语予以回敬；她提高嗓门音调，变换词汇，连珠炮似地讥讽父亲，将他起初的平静击个粉碎，点燃了他心中的怒火。朴亨利以戏谑的口吻比喻两人的争论，说他们犹如恋人之间的斗嘴，周而复始、循环往复。因为她第二天总是依然光顾商店，他也依旧要卖东西给她。因此，他们都被困在"贫民窟零售空间"——他无法在其他地方开商店，而她也没有办法在其他地方购买物美价廉的东西，比如新鲜又平价的苹果或面包（185-86）。

朴亨利父亲与非裔女顾客之间的冲突，事实上揭示了在都市空间配置中，白人宰制权力以种族和阶级作为空间生产的标准，维持种族/阶级不平等关系的同时，在种族空间中同为边缘的弱势族群之间制造隔阂与误解，使这个非正

---

①　事实上，韩裔美国人所经营的商店除了在大量移民以及低收入群体（不仅有韩裔，还有不少非裔和拉美裔）聚集的韩国城，还扩张到洛杉矶非裔的聚居区，并垄断了当地的商业活动，因此韩裔美国人被主流媒体贴上榨取黑人财产的恶劣标签。

义的区隔空间成为潜在的种族误会和认知冲突的引爆点与施暴点。①然而，作为被白人价值观内化的漫游者朴亨利，无法充分理解被困囿于这片都市边缘空间的少数族裔，无法洞悉经济上的困窘所导致的种族隔阂与仇恨，而以一种疏离乃至戏谑的态度，居高临下地对其评判。

阿尔都塞（Louis Pierre Althusser）曾指出，国家权力是通过不同类型的国家机器发挥作用的，后者有两种类型，一是镇压型的国家机器，包括政府、行政机关、军队、警察、法庭、监狱，它们以暴力和镇压的方式执行职能；另一种是意识形态的国家机器，指以专门机构的形式进行意识形态统治的国家机器，包括宗教、教育、法律、信息、工会、家庭和各个政党在内的政治体系（250-55）。葛兰西（Antonio Gramsci）认为国家是由"市民社会"（civil society）和"政治社会"（political society）联合构成的。"市民社会"以新闻媒体、学校及宗教等机制对他者进行软性支配操控，"政治社会"以军警的高压武力及政府部门的监督管制对他者或弱势族群进行直接宰制。国家机制透过二者交互运作：一方面以内在无形的教化规范建构权力论述，诱导公民认同及内化国家所宣扬的价值观与道德伦理；另一方面以外在有形的惩罚胁迫，使公民积极认同统治者的领导及其权威（Schwarzmantel 262-63）。当代美国白人宰制权力不仅掌控国家机器，确保其统治的有效性，更是在公共领域（public sphere）以扭曲和不真实的再现方式产生"虚假意识"，操纵规训美国公众。但正如哈贝马斯所指出的，公共领域在宰制阶层的霸权与意识形态操控下，成为一个由政治、经济和文化精英所构想、支配和控制，代表其利益的政治空间，从而使公众舆论被代表宰制地位的精英话语以及意识形态所收编。具体结合小说中所再现的美国政治空间而言，白人精英宰制阶级在公共领域，如新闻媒体机构中，运用清

---

① 1991年3月16日，洛杉矶的一家韩国杂货店主与一个企图偷窃的非裔少女发生争执，并开枪射杀了后者。事后，韩裔店主仅仅被罚款500美元，并未判刑，这引发了非裔群体的不满，韩裔与非裔之间的矛盾日益激化。1992年的洛杉矶非裔"4.29骚乱"尽管是由于四位暴打非裔青年的白人警察被判无罪所引发，但韩裔却成为这起骚乱事件的主要受害者。黑人暴民袭击、抢劫韩裔商店，与韩裔发生枪战，导致双方伤亡惨重。然而，美国官方置身事外，政府当局对韩裔商店的财产安全和韩裔的人身安全并未采取有效保护措施。虽然1992年的洛杉矶种族骚乱在主流叙述中，被描述为白人与黑人之间的种族紧张关系引发的悲剧，但是韩裔的损失和痛苦并未得到广泛宣传。该事件之后更是被主流媒体描述为两个少数族群之间因为经济利益纠葛而引发的带有"黑帮性质"的种族仇恨，完全掩盖了族裔之间的冲突是由白人宰制权力所进行的空间产生和所维持的种族和阶级不平等的关系而造成的真相。

教话语或"意识形态"，巩固其既有利益，使其对来自亚非拉的劳工移民的统治合法化和正当化。这一切又充分体现在白人精英宰制阶级将其建构的"美国人的美国"的意识形态作为美国社会文化规范和标准，通过新闻媒体这个公共领域，生产具有排斥异族性的"虚假意识"，使本土被支配的公民不断在日常生活中吸收"虚假意识"，认为对外来者的剥削和异化是不容置疑的。

　　在小说中，纽约主流媒体对载运亚裔非法劳工的"黄金历险号"（the Golden Venture）船倾人亡的新闻报道，便是一个宰制权力操控公共领域、构筑排斥亚裔的国家空间的显例。在这则虚构的新闻中，读者首先借主人公朴亨利之眼目睹了电视直播的"黄金历险号"的悲剧：

> 　　午夜时分，一艘小型货船在远岩（Far Rock）附近倾覆。这艘船载有约 50 名中国人，他们每人向走私者支付了偷渡美国的 2 万美元佣金。男人们从船舷上跳下来，紧紧抓住绳子，一头扎进水里。救援船在波涛汹涌的海面上颠簸着，施救人员用鱼叉来回打捞并钩住落水者。被淹死的人的尸体在码头上排成一行，用帆布盖着。被救上的人排成一列，头昏眼花，浑身湿透，一言不发，被粗暴地塞进警车（Lee 246-67）。

　　但是，这场悲剧却在电视转播镜头下，呈现了落水的中国非法劳工的狼狈不堪，而在新闻评述中则使用了"肆无忌惮的走私者""有组织的国际犯罪集团网络"等词汇，向公众传达并令其吸收了"虚假意识"：外来亚裔劳工代表了"黄祸"（yellow peril）与"亚洲入侵"（Asian invasion）的威胁。尽管新闻报道中一再重复使用"外国人"（aliens）一词指代非法中国劳工，意图将该事件与政府接纳合法移民的政策区别开来，但是新闻镜头中所呈现的警察对"黄金历险号"拘留犯的粗暴态度，可以视为歧视与排斥少数族群的极端体现。可以说，作为国家意识形态机器（ideological state apparatus）的主流新闻媒体，回应了美国清教话语所建构的国家意识，以基于种族歧视与排"异"主义的报道，营造了提防外来移民入侵的氛围。进一步而言，表征国家意识形态机器的新闻传媒，巧妙又隐晦地通过视觉经济，将亚裔美国国民同时塑造成不可避免的外国人，表明亚裔美国人并没有完全融入美国文化的观点。因此，针对"偷渡外国人"的拘留和驱逐手段，也可以用来对付定居美国本土的亚裔美国人。主流媒体潜移默化地将亚裔美国公民和非法亚裔劳工画等号，从而将亚裔美国公民再现或塑造成威胁"本土"欧裔白人公民经济或政治支配地位的非法之徒。

　　小说更是挪移改写了 1992 年洛杉矶种族骚乱事件，借此批判主流新闻媒体以看似中立公正的柔性说服手段，客观呈现"事实"，向公民传导与强化"虚假意识"。由于不满法院无罪释放射杀非裔青年的韩国店主，纽约非裔社群开展了大规模抗议运动。主流媒体以看似"中立客观"但又断章取义的方式，现场直播抗议活动："街上一片狼藉，满街游走着高唱圣歌的狂躁黑人，荷枪实弹但惶恐不安的韩裔居民……"（192）在白人掌控的媒体中，非裔、韩裔不仅被剥夺了文字权，也被剥夺了发声权。看似客观公正的新闻修辞实则暗喻了非裔是"动物性与毁灭性"的载体，而韩裔则是"奸诈又怯弱"的东方人。其中，晚间新闻呈现的韩裔店主，正用"蹩脚"的英语向记者们语无伦次地解释骚乱。新闻由此暗示韩裔的无助与"劫难"源于自身语言沟通障碍和文化的"他者性"。媒体更是将骚乱事件定义为韩裔和非裔间的"种族摩擦"（racial strife），将韩、非裔之间的扞格不入解读为源于韩/英语文化的差异以及韩（亚）裔新移民的"入侵"（193）。媒体的"种族摩擦"论述再次向公众传达误导性修辞："这个国家存在的种种差异只会带来痛苦（ails），而非令国家更繁荣强大"（274）。姜约翰则一针见血地批判此"虚假意识"的阴谋："公众开始将主流经验和文化之外的任何东西都视为威胁或危险……这是他们稳扎稳打的策略，目的在于缩小在此正当生活并拥有投票权的人口范围"（274）。换言之，在这个由主流媒体所构想的空间再现里，不真实的报道修辞强化了"美国人的美国"的虚假意识，白人的统治威权得以维护，而亚裔美国人和其他少数族裔则在非正义政治空间中，被剥夺了本该拥有的公民权利。

　　为了确保非正义政治空间坚如磐石，"政治社会"中的白人宰制权力亦动用行政或暴力机关压制和统治他者。小说中，移民局以管理国家安全为由，遏制亚非拉移民入境，更是肆意践踏本土少数族裔的公民权，如非法监视，乃至罗织罪名将其驱逐出境。朴亨利就被委派潜伏到亚裔族群中，搜集能够驱逐移民的情报。在韩/非裔"种族摩擦"中，白人宰制权力隐退幕后，隔岸观火："……在少数警察冷静的监视下，一群黑人抢劫并纵火焚毁了韩裔杂货店"（180）。事实上，白人当权者的"不在场"影射了某种空间特权，此特权源于宰制权力针对少数族群所划分的"种族化空间位阶"。亚裔因在经济和教育上的成功而被建构为仅次于白人的"模范少数族裔"，这不仅证明了美国梦神话，构建了白人化的认同模式，更佐证了非裔等族裔的困境源于自身的劣根性。该种族空间位阶策略起到了分化少数族裔，并制造族群仇恨的作用，同时遮蔽了种族问题的本质：宰制权力操弄下的空间社会关系才是产生种族不平等的根源。小说中，纽约白人市长德鲁斯（Mayor De Roos）对种族骚乱表面上作壁上观,实则利用非裔对韩(亚)裔的种族仇视,破坏可能的跨族裔政治联盟。他指派非裔警官齐灵斯沃斯(Roy Chillingsworth)出任纽约警察局局长,负责处理种族骚乱,让后者充当镇压非裔族人和其他族裔的一枚棋子、白人宰制权力的卫道者。对此,姜约翰揭露了白人宰制权力所导演的少数族裔"同室操戈"之悲剧:"这是一场无法规避的种族战争。在美国,黑人和韩裔注定要卷入麻烦"(181)。韩裔和非裔之间的"种族"冲突,揭示了在白人隐秘的操作下,亚裔成为其他族裔发泄种族仇恨的对象、种族歧视的政治牺牲品。

　　城市公共空间作为实现民主政治的基本条件,为公民提供参与政治的活动空间。但是由于"公共空间被以财富、阶级、种族为标准的空间区隔所取代,各个区隔空间的边界犹如铜墙铁壁",公共空间由此走向封闭,且具有排他性(肖特 240)。因此,处于空间格局最底层的少数族裔群体被阻挡在国家公共权力之外。美国白人宰制行政机关对少数族裔采取"疏离化"(estrangement)与"隔离化"(ghettoization)的空间暴力,将之拘围在以族裔聚居区为表征的"城市孤岛",将之置于"经过重组的公共权力的监督"之下(Soja, *Postmetropolis* 321),并通过非正义选区,压制其参与民主选举的可能。索亚认为:"选区是很容易被操控的空间……,空间政治组织者有目的地操控选举,这就导致了偏差的出现。……选区地理的非正义色彩进一步加剧了选举人群中的文化差异与政治差异"(37-38)。小说通过漫游者朴亨利观察到的法拉盛街区景观,如"破旧不堪的地铁车厢"、好似"地处国家尽头"的街区,以公共设施的陈旧破败和地理方位的偏僻,暗示了少数族裔集中的选区地处政治经济边缘,目之所及的"棕色和黄色皮肤"的移民虽然已是美国劳力和经济结构的重要部分,但"他们是美国种姓制度下的贱民,被排除在民主政治之外,不具备公民资格,处于社会合法性边界之外"(Ngai 2)。但小说通过朴亨利的"凝视",再现了法拉盛少数族裔日常生活的异质性,揭示了这块被边缘化但表征了多元种族性的土地,涌动着改变这个城市乃全国家政治空间的力量:"这群疲惫不堪、营养不良却依旧勤奋工作、为温饱苦苦挣扎的移民是姜约翰的支持者"(Lee 82)。他们颠覆了少数族裔"沉默"的传统、"棕黄肤色"的不可见性,催生了一种参与政治的欲望和对社会变革的渴望,并由此构成了一种颠覆非正义空间的反话语,与姜约翰所代表的新生意识形态和政治力量一起,试图改变美国非正义的政治空间,争取获得自身应有的公民权利。

# 第二节　重建山巅之城：少数族裔政治空间的建构

　　姜约翰不同于西方传统意义上的漫游者，不是呈现出疏离冷漠、毫无社会责任感的旁观者姿态，而是大胆地将自我从都市空间的芸芸看客中抽离出来，热忱拥抱着人群，引领着人群。相较于冷眼旁观、以间谍身份隐身于人群之中的漫游者朴亨利，姜约翰则以政治家的身份现身于公共空间中，大胆逾越宰制权力设定的种族界限，试图通过积极介入的空间实践改变非正义政治空间。他将非裔民权活动家马丁·路德·金奉为偶像，以其《我已至山顶》(*I've Been to the Mountaintop*)这个极具空间修辞的演说作为他的行动纲领。路德·金以"山顶"的隐喻对清教徒的立国理想"山巅之城"进行改写与回应，主张如果要抵达"山顶"眺望"应许之地"，声言平等的民权，就需要重构原有政治空间，这也是作为一个美国公民应该享有的基本权利和正义。姜约翰深受鼓舞，认为非裔民权时代是"一段久远的美好回忆"，仍在政治空间边缘的其他族裔不应该"生活在民权热潮的余晖中"，而是应该获得投票权并"为他们的孩子争取应得的权益"(Lee 195)。他表达了如此愿景："这个国家的景观正在改变。不久，棕色和黄色将超过黑色和白色。然而，这个国家的政治仍然以几乎不承认我们的方式运作。这是一个古老的句法(old syntax)"(196)。他要做的就是改变"美国人的美国"这个古老句法，他要超越种族界限，联合少数族裔，带领他们披荆斩棘，攀登至"山顶"，改变欧裔政治家主宰的政治空间，让少数族群也成为"抵达应许之地的子民"，享有和白人一样的公民权。

　　这位亚裔政治先锋的命名颇富意义："约翰"在美国文化中意指"每个人"，隐喻了他试图超越种族/阶级区隔去团结"每个人"，挑战美国现有政治体系，将美国重塑为一个更具包容性的民主国家。尽管姜约翰是一名韩裔富商，但依旧与处于经济底层的移民一样，没有政治发言权，被排斥在欧裔美国人把持的政治体制之外。正如朴亨利所言，本土白人"似乎对他不感兴趣"，而非裔美国人"似乎不信任他"。"尽管他是民主党人"，但他几乎从未从强大的"工会、商人、老纽约的白人(white ethnic old New York)"的政治机器(political machinery)中得到什么支持(142)。相反，"他的政治团队和群众基础由一群司机、保姆、厨师、裁缝和送货员组成，最富有的支持者不过是韩裔杂货商"。姜约翰并非仅将韩裔社区作为他的"权力基地"(power base)，或从华人社区获得支持,而是寻求其他少数族裔的广泛支持。他预见了更广泛的少数族裔融入政治空间的渴望。于是,他主动接触"韩裔、印度裔、越南裔、海地人、哥伦比亚人、尼日利亚人"(142)。为了改善亚裔与其他族裔的"种族关系",他和竞选团队的成员游走于皇后区的街道、商店乃至小巷,对不同种族背景的居民,"用十种不同的语言说着'姜约翰也和你一样'。你也将成为一个美国人"(143)。这一切也表明了姜约翰的政治抱负——他要做一个逾越了种族与阶级区隔的政治家,而不仅仅是亚裔的代言人。

法拉盛的公共空间在姜约翰和其支持者的空间实践下,成为抵抗白人政体的场所,也成为他们的身份和归属权得以被创造和存在的地方。姜约翰以自豪高调的姿态行走漫步于法拉盛的街区,以竞选活动的空间重新编码美国公共空间:"在基塞纳、罗斯福和梅恩大街,商店的海报上随处可见他的名字",杂货店里彰显店主家族荣耀的墙上挂着姜约翰的镶框画像,一旁则张贴着"店主儿子的常春藤文凭和一封泛黄的美国国籍官方证明";中餐馆的墙上挂着姜约翰的照片,照片上他"与老板手挽手,镜头捕捉到的情绪总是洋溢着欢乐与喜庆"(83-84)。姜约翰的竞选造势传达了成为美国公民的骄傲和拥抱美国梦的信念,向选民们暗示了他们作为美国公民同样具备向上流动的机会,激发了他们参与民主选举和社会变革的渴望。

为了在白人势力盘亘的政治格局中打开新局面,竞选团队介入新闻媒体这个公共领域,并将姜约翰安排在"观众希望他出现的地方,即使是在皇后区法拉盛之外",意图扩大他的影响力(84)。在竞选视频中,姜约翰的社交对象均以空间形式展现其身份和社会地位的多样化——他"在华盛顿高地的男孩俱乐部与西班牙裔青年交谈,在曼哈顿豪华酒店派对上与打着黑领结的狂欢者交谈,在斯塔顿岛与工会老板打迷你高尔夫球,在贝德福德-斯图文森与黑人教会领袖一起在街道漫步","在一家土耳其人的熟食店前"或者在"以曼哈顿天际线为背景的学校操场"接受采访(84)。这些举措,可视为曾经在主流媒体的报道中缺席、噤声或者面部模糊的亚裔,开始介入这块由宰制权力掌控的公共领域,以"我被见到,我被听到"的姿态挑战了作为白人喉舌的主流媒体,逾越了族裔聚集区的边缘飞地,重新开创属于他们的政治空间。

姜约翰更是大胆走出拘囿少数族裔的法拉盛,进入表征纽约中心的曼哈顿街头,发表振聋发聩的竞选演讲。他以"像清教徒、中国佬以及搭船而来的人的语言"的杂糅英语,强调了美国是一个由移民和难民组成的国家,打破了以白人为中心的美国身份谱系,拆解了我们/他们、美国公民/移民或非法移民的对立。在小说中作者如此评价姜约翰的演讲所呈现的政治愿景:"他并非仅是阅历丰富的少数族裔政客……他将像这块土地上的第一个公民一样昂首站立，在城市每一个角落自由行走。他将带领所有的民族来到格雷西大厦（Gracie Mansion）的台阶上，不是作为战利品，也不是作为被征服的人，而是作为这座城市鲜活的声音，生生不息"（303）。对于姜约翰来说，纽约市长官邸格雷西大厦是一个具有象征意义的公共空间，其位于纽约实质地理空间的中枢位置，是俯瞰统揽纽约政治的核心。以白人市长德鲁斯为代表的白人宰制阶层所占据的格雷西大厦，是一个彰显政治等级制度的再现空间，表征了"宰制权力操控下威风凛凛的监控、管理与调控"（Soja，*Thirdspace* 250）。姜约翰选择格雷西大厦作为政治抗争的地点，显然想借由占领白人宰制的政治空间，抵抗原本封闭的政治运作模式。由此可见，他要突破的不仅是政治逻辑与话语，更是整个国家政治的运作秩序。在这里，那些被排除在平等参与民主之外的人的权益，将因为他的当选而得到实现。

白人宰制权力在"种族主义的爱"（racist love）的掩护之下，炮制出"模范少数族裔"话语，利用隐晦的方式排斥亚裔进入政治空间（Chin 56-57）。因为"模范少数族裔"话语所建构的温顺随和、克己复礼的亚裔，只能被禁锢于科研技术等领域，被隐性剥夺了参与政治空间架构的可能。因此，"美国的民主修辞与反亚裔的排斥构成了美国国家政治的一个现实"（K. Chu 42）。然而，姜约翰拒绝接受"模范少数族裔"或者"永久的外国人"（perpetual foreigners）、"文化异乡人"（cultural aliens）的从属边缘地位，改变了传统亚裔保守怯弱、避谈政治的立场，以"声言美国亦我所有"（claim America）的现实主张确立了参与性的公民身份。戴维斯（Diane E. Davis）认为，日益加速的经济全球化、跨国移民现象及冷战后的政治现实质疑了现代民族国家（nation-state）的政治秩序和制度；全球都市中，大量移民以及少数族裔聚居区松动了原有国家机制划定的政治空间边界（2-3）。因此，姜约翰坚定而清晰地阐述道，纽约因为移民的到来而彰显了多元而包容的"城市的声音"，这种来自移民们生活空间中日常的、嘈杂多元的声音，正在改写原有的都市空间景观，进而重新构建出包容开放的再现空间，孕育着美国民主的可能性和新来者的政治渴望。

从黑人民权运动中受到政治启蒙的姜约翰，希冀能和马丁·路德·金一样，带领着他的人民登至山巅。但和马丁·路德·金一样，姜约翰同样难逃宰制权力的扼杀。美国宰制阶层依然对非欧裔公民的政治权利进行有预谋的压制，或有系统的褫夺。姜约翰对既有非正义政治空间的挑战，使宰制权力再次动用行政暴力机关，操弄意识形态，打压少数族裔的政治诉求，死守非正义的政治空间。移民局特工买通姜约翰竞选助理——牙买加移民费敏（Eduardo

Fermin)，套取了竞选募集人名单，对捐助者进行监视；更是动用警力和司法体系，将姜约翰为移民劳工提供经济援助的"资金募集会"(ggeh)宣布为"非法集资"的洗钱俱乐部。此外，为了彻底打压姜约翰，宰制权力又运用"意识形态"战略，向本土白人公民强化"美国人的美国"这个"虚假意识"，将歧视性的身份认同标准合理化，将对少数族裔的宰制正当化。在主流媒体的新闻中，姜约翰跌落神坛，模范少数族裔代表人物刹那间被丑化成黄祸的化身。他被再现为偷渡非法移民的蛇头、族裔聚居区的帮会头目、制造爆炸案的黑社会大佬。在舆论的诱导下，部分白人公民被宰制权力的意识形态所收编。一群激进的年轻白人聚集在姜约翰家前，怒斥移民和难民抢走了他们的工作。他们高举着"美国人的美国"的示威标牌，并高呼："他们每个人都该被踢回原籍"，应该"让他们和走私犯姜约翰一起淹死在海里"(Lee 331)。"美国人的美国"实为极具排外主义与本质主义的口号，再次凸显了小说所要质疑的问题——谁是美国人？谁能成为美国人？谁能"合法地生活在这里，并被计算在内？"这些问题对于姜约翰的支持者而言显得尤为迫切，他们希望并等待姜约翰回归。朴亨利也转向支持姜约翰。看见约翰被愤怒的人群包围，他便冲向前去保护他，质问白人示威者们："你们当中有多少人不也是跨海'游泳'到这儿？"(332)那些聚集在他房前的少数族裔支持者则从民权斗士姜约翰那里汲取了力量，为改写美国非正义的政治空间继续奋斗。

　　尽管姜约翰被剥夺了市长竞选人的资格，更是被剥夺了美国公民身份，永久流亡海外，但促成他政治生涯的条件、抱负、希望和渴望仍然存在——因为那些拥有"棕色和黄色皮肤"的民众不仅改变着文化和经济格局，也重塑了社会关系，推动了政治体制改变，并将继续产生改变，重新定义美国的身份和国家空间。正如梅西(Doreen Massey)所言："因为空间是关系的产物，同时社会关系本身又是积极的、物质的、不断进行的实践，故而空间总是处在一个不断形成的过程。"既然空间被理解为"多重性关系的产物，是激进开放性的根源"，空间就与"具备真正开放过程的政治"之间存在一种变动不居的关系；因此，重新思考空间和政治之间的关系，将导致"对'差异'的更大关注，乃至对差异构成的本质和身份投以更大的关注"("Space/Power, Identity/Difference" 109-10)。换言之，在纽约这个充满陈旧与新兴社会关系的空间里，种族和民族国家的边界被宰制权力所划定、所监管，但同时也被新抵达的少数族裔所越界、所重新定义。小说结尾以充满各种语言的纽约城的都市景观，隐喻了封闭排外的既存政治空间将被各路新兴力量所干预，随之将诞生一个"少数民族、流亡者、边缘人和新冒现的人群都可以发声的地方"，一个"含混异质的空间"，一个"反民族主义、彰显新跨国文化"的正义空间（Bhabha，*Nation and Narration* 4）。

# 第三节　重建"巴别塔"：少数族裔语言空间的开辟

　　本雅明认为，都市漫步者作为城市景观的辩证观察者，既可以目空一切地环视周围的景致，又能以侦探的眼光随时捕捉、感觉到任何能够震撼其心灵和引发思考的人和事。《说母语者》主人公韩裔间谍朴亨利作为戏仿西方都市侦探小说主角的都市漫游者，身上既有本雅明所定义的白人中产阶层男性漫游者的特质，又因自身的族裔属性而凸显了政治性。作为一名富有经验的双面间谍/侦探，朴亨利的观察表面上看是漫不经心的。他流露出超然冷漠的表情，或者显示出毫无社会责任感的旁观者姿态，貌似是一个游离于现代都市中心的局外人。然而，冷眼旁观实则掩盖着他敏锐的洞察力，实际上；他在破译着都市街头的符码，恣意穿行在城市幻景中，又试图打破幻景之下的种种迷思和荒谬。

　　《说母语者》从漫游者朴亨利看似疏离实则敏锐的视角，审视了英语如何作为空间区隔的符号，成为制造种族与阶级区隔、进行经济剥削的有效工具。具体而言，白人宰制权力运用英语霸权，阻止少数族群"伸张自己说话的权利"（claiming right to speak），令后者困囿于欲说却无以言表的言说囚牢，饱受"沉默"和"隐形"所导致的心理折磨，深陷政治经济囹圄的痛苦。在非正义的语言空间中，英语"在国家内部乃至国家之间，都扮演着财富和威望的看门人的角色，是财富、资源和知识不平等分配的主要工具"（Pennycook 81）。朴亨利漫步于纽约街头时敏锐地洞察到，这个国际大都会含纳了世界各地的移民，尽管嘈嘈切切的各种语言充溢着城市的每个街角，但无法掌握英语的移民劳工只能蜗居于破败肮脏的贫民窟，饱受经济的剥削，毫无捍卫自我权利的可能，甚至遭遇生命威胁。在电视新闻播报的纽约城出租车司机连环谋杀案中，朴亨利发现遇害的司机基本就是"刚抵达美国的拉脱维亚人、牙买加人、巴基斯坦人、（中国）苗族人"（Lee 246）。这些移民出租车司机被物化为满足城市交通需求的运输工具，为了生计甚至冒险出入犯罪频发的区域而遭受致命伤害。朴亨利意识到，移民司机的悲剧源于语言沟通障碍，无法用英语请求饶命，无法让凶手明白他能做什么方能保住性命。对刚抵达美国的移民来说，在险境中求饶是其得以生存的最紧迫的一课,"用四十种符号和语言说出饶命并被了解"是获得生存权利和破除非正义空间区隔的要义(4)。但在英语宰制的语言空间中,他们的生存权被无情褫夺了。朴亨利由此看出,英语霸权导致了正义和仁慈的缺失。

"由于英语与特定的文化和知识之间紧密关联,加之社会、经济和政治精英的销,英语显而易见地给掌握和推广它的人带来非常真实的经济和政治优势"(Pennycook 83)。换言之,英语是决定"社会成员能否接受继续教育、顺利就业以及获得社会职位升迁的最有力手段之一"(Lee 81)。因此,朴亨利最初将英语视为少数族裔"塑造成功或失败、被接受或被拒绝的主体"的关键(Belluck 1995)。对于移民而言,英语是他们在美国过上"向往的生活"的必备工具,是交流和生存的重要手段,更是进入主流社会的入场券。朴亨利的父亲毕业于韩国顶级大学的工程专业,带着"口袋里的两百美元、一个妻子、一个婴儿以及几个英文单词"移民美国(43)。有限的英语能力使他被排除在美国技术领域之外,使他无法成为主流社会中令人尊重的工程师,而只能困囿在贫困的少数族裔聚居区经营杂货店。尽管朴亨利的父亲勤奋努力,事业有成,但糟糕的英语使他始终被视为异国者。即使朴亨利一家后来搬到白人中产阶级社区,还是被彻底边缘化为静默不可见的群体。正如朴亨利回忆:"在这完美无瑕的社区里,我们与犹太人同处边缘地带,他们是我们沉默的伙伴"(52)。在英语宰制的语言空间里,其他少数族裔的民族语言被压制,因此言说的主体也一并被遮蔽隐匿。朴亨利回忆起儿时在父亲杂货店里打工的经历:"如果我一直说我们的语言,顾客似乎没有看到我。……我是一个不威胁他们的美丽影子。"为了吸引顾客,父亲鼓励朴亨利向客人证明他的英语水平:"我们的英语说得那么好,就得随口背上几句莎士比亚名言"(53)。事实上,将莎士比亚台词运用于杂货店中的日常英语交流情境显得荒谬可笑,反映了少数族裔试图利用英语跻身社会上层、参与社会活动,但他们无法用英语进行真正有效沟通或表达个人情绪,最终陷入"隐形"和"沉默"的困境。

成年后的朴亨利,凭借亚裔"隐形沉默"的特质,成为美国移民局下属情报公司的间谍,负责监控少数族裔移民。间谍工作要求他隐藏情绪、说假话,并接受派遣、担任各种不同的角色。事实上,他作为职业间谍的"隐匿性"更是凸显了主流社会有意区隔,甚至抹杀少数族裔在社会空间的位置。在工作中,他用纯正英语演讲,以"近乎完美的教科书式语言"撰写监视移民的调查报告(159)。事实上,朴亨利只有在白人雇主赋予他言说权力时才具有创造性,或者说这源于他讲"权力语言"的能力;他用完美的英语教会了其他同事如何监视和区隔移民时，又使他自己充当了一枚捍卫白人宰制权力的棋子。如此看来，占据中心的英语具备功能性与社会性：它服务于那些占据种族金字塔顶端的人；而朴亨利的工作就是确保种族层级秩序的稳定，清除可能威胁到种族秩序的潜在抵抗力量。

初遇白人妻子莱莉雅时，他仅关注并试图模仿她的纯正英语："我是多么仔细地听她说话……看着句子在她那大而饱满的嘴里轻快地划过，那感觉就像一个人在参观黑暗房间时，忽然一道道完美的光线流淌而入"（10）。此时，朴亨利以空间意象赋予了纯正英语神圣性：其犹如射入黑暗房间的圣光，具有启蒙心智、清除野蛮落后的功能。事实上，朴亨利再次重复了欧洲中心主义所定义的"文明"和"进步"的话语，潜意识里肯定了英语表征的白人至上主义。法农（Frantz Fanon）指出，黑人男性为了获得白人霸权的男性气质，开启了追求白人女性的性（欲）神话而罹患"恋白情结"（Black Skin，White Masks 72）。由此观之，朴亨利爱莱莉雅的初衷，也是因为她标准的英语及其表征的白人种族优越性。他由此深陷恋白情结，试图通过跨种族婚姻实现对白种文化的想象认同。但他同时又罹患了法农所定义的"被弃官能症"（abandonment neurosis）（76）。在莱莉雅面前，他自卑又多疑，唯恐遭遇白人妻子的嫌弃。在和妻子的言语沟通中，他从未真正理解如何被倾听、被理解的奥秘。莱莉雅更是批评朴亨利太在意自己的语音而无法成为一个以英语为母语的人。莱莉雅最终无法忍受"亨利语言"（Henryspeak）的空洞冷漠，更对他在处理儿子之死时的怯弱无能倍感失望，斥责他是个"语言骗子"（false speaker of language），留下一张列满了亨利缺点的清单后拂袖而去（Lee 6）。亨利的家庭悲剧说明，纯正英语并不具备赋权（empowerment）功能，在白人面前他依旧是沉默的存在。

亨利遭遇了婚姻危机，目睹了说着完美英语的韩裔政治家姜约翰遭受白人当权者的政治迫害，意识到少数族裔以"纯正英语"在美国立足的尝试的荒谬性与不可靠性，随即开启了如何定义"母语"以及确立自我身份的探寻。在此过程中，亨利也和其他移民在都市日常生活实践中，洞悉到多元异质的族裔语言具备颠覆纯正英语的权威以及重构异质多元的语言空间的力量。

为了挽救婚姻，亨利辞去间谍工作并在莱莉雅的语言课堂担任助手。莱莉雅的学生多为初到美国的儿童移民。她的课堂与传统英语教学利用整体性和均质性对少数族裔言说进行的压迫展开了对抗，表征为开放包容、异质多元的第三空间。迥异于传统学校所营造的严肃与压迫的气氛，她的课堂轻松愉悦并极为人性化。莱莉雅用温柔又古怪的语音语调朗读荒诞故事，"告诉他们把语调搞糟也没什么大不了的"(348)。她尊重每个学生,模仿各个族裔语言的发音,诚挚地叫出不同族裔孩子的名字,从而保留了族裔姓名的异质性,打破了英语的霸权优势,使族裔语言也具有与英语相同的正当性,更是让少数族裔学生甚至亨利感受到真实的自我,肯定了自我的独特性。可见,莱莉雅的课堂不再是以英语霸权规训移民的语言空间,她和学生们用杂糅着移民语音腔调的英语重新定义了母语言说,构建了迥异于都市规范话语的差异性,使学生们摆脱了英语所依附的隐性假设,摆脱其负载的社会价值,能够不畏惧言说并创造具有他者性意识的语言。

在参与妻子的教学工作中,亨利逐渐破除"纯正英语"所划定的种族/阶级区隔,摒弃模范少数族裔的光环,得以近距离接触移民劳工及其子女的真实生活。也唯有如此,他才能真正去倾听和理解他们。为了打破纯正英语所带来的隔阂、增进自己与移民孩子们的课堂互动,亨利戴上"语言怪兽"(speech monster)面具活跃课堂气氛,减少学生对说英语的恐惧。亨利之前困囿于"纯正英语"所界定的言说规范而装腔做势,沦为无法表达真实情感的"失语者"。具体言之,作为一个男人,他向妻子求爱,却没有真正理解如何让自己被倾听和理解的奥秘;作为一名间谍,他职业的成功取决于模仿教科书式的语言,这让他无法讲述自己的故事。"语言怪兽"面具为亨利开辟了一个另类的语言空间。他卸下了"纯正英语"加载于其身的重负——不再需要戴着"模范少数族裔的虚假面具",说着空洞虚伪的"亨利语言"在主流社会苟且求生。当他以戏谑的语气、以各种口音说着英语时,将英语与族裔语言相互交叠和散置,实为弃用了英语所代表的规范和本质主义假设,将异质的族裔语音、节奏和词语嵌入其中,撼动了语言空间中的"权力语音"、"权力节奏"和"权力词语",颠覆了英语作为强权语言和都市中心语言的地位,开辟了自我言说的空间。在这个经由语言怪兽面具开辟的另类语言空间中,亨利冲破了英语霸权的囚笼,摆脱了之前那个虚假的"语言怪兽"的控制,成为一个自我破坏与自我建构的存在,从而拥有了掌握语言的独立性与自主性。亨利的蜕变揭示了少数族裔"挪用并重构帝国中心的语言",将之重置于"完全适应于自我的话语情境"(Ashcroft 34),标志着自身脱离了被宰制的地位并实现了自我界定。亨利也逐渐认同了自己曾试图掩盖的韩裔性(Koreaness),他不再特意掩饰自己的口音,并怀念已故亡、说着浓重韩语口音英语的父亲。坐在公寓敞开的窗户前,俯视着人潮涌动的纽约,亨利坦言:"非常想再听一听父亲说话,为此我愿意付出任何代价……我也想听听这城里街上其余的声音"(Lee 337)。"其余的声音"即为移民们的母语,隐喻了纽约是一座充满了各种语言的"文字之城"

(city of words)(334)。

亨利对语言与城市空间的思考,肇始于语言班里一对叫奥布(Ouboume)和伯赫(Bouhoame)的老挝双胞胎男孩。尽管他们能说最基本的英语词汇,却依旧在洋葱(onion)和联合会(union)等词的区别上有困难。但他们不以为意,在课间快乐地哼唱着家乡的童谣。亨利由这对双胞胎联想到古罗马的起源,意识到美国也应如罗马帝国一样,具备海纳百川、拥抱异质多元的气度:

> 看着这两个男孩,我想到罗穆卢斯(Romulus)和莱姆斯(Remus)①……在鼎盛时期,罗马城生活着各个民族。这些外来民族作为使者、情人、士兵和奴隶被带到这座城市,也带来了他们的本土香料、织物和仪式,还有语言。古罗马是第一个真正的通天塔。纽约肯定是第二个(169)。

亨利再次漫步于熙来攘往的街道,重新审视国际化的纽约大都市:"来自不同世界角落的韩国人、印度人、越南人、海地人、哥伦比亚人、尼日利亚人,正在改变美国城市和国家空间的景观"(83)。纽约街头涌动的各个种族人群及其"鲜活的声音"(living voice),正在改变着这座城市的语言地景(linguistic landscape)。一切的变化如亨利所见,语言的多样性正将纽约重构为多元异质的都市空间:"我知道这里充斥着移民们皮肤的颜色、因蛀牙而散发的口气、聒噪的说话声、身上的厨房烟火气还有体臭,这里还有生硬的英语、咕哝含糊的英语短语、西班牙英语……还有莱莉雅所称的混合式的语言(mix-up)"(334)。多元的语言地景标志着"我们最真实的世界",而移民们正以各自的语言诉说着彼此的生活经验,仿佛"以不同的旋律歌唱'我们是谁的主题'"(240)。亨利观察到的纽约多元语言地景,说明了语言地景重塑都市空间的过程,总是发生在日常生活实践之中,并且影响主体重新认知都市空间中的语言样态,并由此重构异质的社会空间。

多语共生的语言地景回应了语言学家帕尔默(Bryan Palmer)的观点:"词语-符号的意义由语调和语境传达,而语调和语境自身总是阶级、社会集团、个体以及话语之间冲突和斗争的产物"(23)。这些由移民所带来的异质景象、多元语言林立的状态挑战了以英语为宰制语言的都市话语霸权,由此抵制和扰乱了背后的政治、经济等级架构。正如亨利在姜约翰竞选总部整理选民捐款

---

① 根据罗马神话,双胞胎兄弟罗穆卢斯(Romulus)和莱姆斯(Remus)在公元前753年兴建了罗马城,这也被认为是罗马帝国的肇始。

名单时,发现附在钞票上的纸条上有"用洋泾浜英语、西班牙语和普通话,还有他从未见过的语言写的寄语"(Lee 278),移民们用不同语言书写的捐款纸条表明:少数族群利用本族语言或挪用"中心英语"(English),将之杂糅与改造,重新铸造为适应都会日常现实的"地方英语"(English),进而对抗纯正英语所代表的"正统"(政统),为重塑多元包容和彰显正义的社会空间做出努力。可以说,不同族裔背景的选民,以自己的语言声张对城市的权力,并紧密连接成不可分割的生命共同体,"编撰着一本关于这片土地的新书",由此挑战了带有本土主义、同质色彩的"美国"和"美国人"的"古老句法"(279)。

# 第四节　结语

《说母语者》经由两位韩裔都市漫游者的都市空间实践,以鲜明的族裔色彩和强大的社会批判力度再现了美国社会种族政治的霸权宰制。韩裔间谍/漫游者朴亨利戏仿西方都市叙事中的侦探,隐身行走于都市少数族群中,以冷峻而敏锐的眼光解读种族政治和国家机器操弄下城市空间的隐秘内核,揭示了美国少数族裔难以避免的种族身份建构和语言文化认同的困境;但在漫游都市的过程中,他逐渐抛弃间谍"隐形"身份,现身于少数族群中,打破"沉默"的困境,肩负起社会文化观察家和行动家的责任,和少数族群一起开辟彰显正义的政治空间和异质多元的语言空间。小说中另外一位政治改革家/漫游者姜约翰,则逾越了族裔聚集区的边缘飞地,介入宰制权力操控的公共领域的空间实践,抵抗原本封闭的政治运作模式,解构了追溯单一文化或地理起源的同质化民族身份,重构山巅之城的意涵,为身处政治空间边缘的少数族裔开辟了孕育着变革力量和异质多元的国家政治空间。

# 第七章　跨界与日常生活实践：
## 《曼哈顿之乐》中南亚裔
## 女性生存空间建构

　　亚历山大(Meena Alexander)是与穆科杰(Bharati Mukherjee)、拉希莉(Jhumpa Lahiri)齐名的当代美国南亚裔女作家,曾获得英国艺术委员会、美国学术协会和国家妇女研究委员会的奖项,其诗作、回忆录、小说被列入美国高校的女性研究、后殖民文学和多元文化文学课程的阅读清单(Brunda 6)。她的作品主要涉及文化记忆、漂泊离散、种族主义、宗教狂热主义、身份危机等议题,引发了亚裔美国文学学术研究的兴趣。后殖民主义评论家霍米·巴巴(Homi Bhabha)曾经高度评价亚历山大的创作:"移民和离散的状况被视为我们这个时代的隐喻,亚历山大的作品以深刻的洞察力,再现了后殖民主义时代的多样性和特殊性,开启了一场场引人注目、精心制作的表演。"(引自 Oh,8)亚历山大也被认为是后殖民时代最具影响力的南亚裔女权主义者,她的许多作品以深刻的笔触,批判父权传统对南亚裔女性主体性的褫夺所导致的女性生存困境,还通过再现南亚裔女性跨国离散语境下流动与跨界的经验,凸显其对家园和归属感的追寻,以及主体的建构。

　　《曼哈顿之乐》(Manhattan Music,1997)为亚历山大创作的第二部小说,聚焦于 20 世纪 90 年代纽约都市中,南亚裔女性移民的跨国离散经验,以及在美国重构自我生存空间的经历。尽管小说标题为"曼哈顿",但叙事的空间地理并不局限于美国纽约。事实上,这部充满意识流写作风格的都市叙事随着各色人物的回忆、幻想而跨越了地理边界的局限,横亘南亚次大陆、加勒比海、欧洲、美洲大陆,暗喻了全球化跨国语境下,纽约多元文化交融的空间意涵。本章以身体空间为着眼点,首先剖析南亚裔女性桑迪亚(Sandhya

Rosenblum)在父权/种族双重宰制下遭遇的空间非正义,并且结合移动、跨界、逾越(transgression)等具有空间修辞意义的后殖民主义概念,探讨身处美国都市的南亚裔女性德劳帕迪及其印度裔女性先祖,如何透过自己身体的跨界迁徙,建构主体能动性,以及他们如何在都市漫游过程中,交杂着颠覆性的记忆和激进开放的行为艺术,破坏男性在城市景观中的主导地位。此外,本章也将借用列斐伏尔和德·塞托的日常生活实践的相关理论,探讨南亚裔女性漫游者如何运用公共空间,通过节日庆典和女性聚会等日常生活实践,战略性地对"家"和"美国空间"进行重新定义与想象,从而确立南亚裔女性的生存空间。

# 第一节　"家中的天使"：父权/种族主义建构的南亚裔女性性别空间

女性主义地理学者很早就发现,物质性社会实践造成了不平等的男女关系,其主要原因仍在于父权制的存在。女性地理学者邓肯(Nancy Duncan)提醒我们："理性和知识的普遍范畴以及历史和权力,实际上是性别实践的反映,不仅以性别为标志,而且以性别内部的差异为标志。这种心理和身体的性别二元论在其他二元论中也有空间推论,比如内在性/外在性和公共/私人的区别。这些区别又取决于其他二分法的社会关系,也包括重要的性别关系,这些社会关系都是在空间上构建和协商的,并且根植于空间的组织之中。"(2)可以说,性别化的空间由社会的物质与非物质方面所生产,展现了一个性别对另外一个性别的偏见、区隔及排斥。

父权宰制下的都市空间是一个以男性空间(masculine space)为特征的空间,其促进了以男性为基础的活动和力量的表达。这体现为空间被划分为公共空间/私人空间的二元对立。其中,菲勒斯中心主义将都市的公共空间定义为男性的,而女性则被拘禁在以家庭空间为表征的私人空间。索亚(Edward W. Soja)对此指出："父权都市秩序即为父权力量的空间化,不仅体现在建筑物的设计(如住宅、办公室、工厂、学校、公共纪念碑、摩天大楼),而且体现在都市主义自身的结构,见于城市的日常生活……妇女被蓄意孤立起来,离开工作地点和公共生活,蜷缩在小家庭和现代生活方式之中,俯首帖耳于男性的养家人和他的军团"(*Thirdspace* 123)。可以说,男性在经济社会结构的重要组织中居于领导和控制的地位，并通过对女性身体在空间位置的设定与限制，实现对其进行规训与制约的目的。因此，性别的区分从来不仅仅抽象地包含在一整套观念和礼仪系统中，也具体体现在现实的空间区隔上。某种程度上，所谓的男性和女性的定位，正是通过外在/内在、社会/家庭、公共领域/私人领域等空间划分而得以强化。

身处美国都市的亚裔女性，所遭遇的非正义性别空间更和自身族裔背景密切相关。换言之，遏制亚裔女性的非正义性别空间的力量，不仅仅来自亚裔族群内部的东方父权律法，还来自带有鲜明种族主义色彩的白人菲勒斯中心主义话语。在亚裔族群内部，亚裔女性往往必须恪守亚洲父权社会中"男尊女卑"的位阶秩序，遵从"男主外，女主内"的性别空间规划。此外，通过重复种族/性别规范，白人菲勒斯中心主义话语建构了宰制亚裔女性的非正义性别空间。在和白人男性的关系中，亚裔女性往往处于从属地位，除了扮演着西方父权话语对白人女性所设定的"家中天使"的角色，更要屈从于白人男性为其设定的角色——白人男性凝视下、富有异国情调的色欲客体，满足白人男性征服东方的幻想。因此，在亚裔女性和白人中产阶级男性的婚姻中，白人丈夫除了将亚裔妻子拘禁在家庭的内部空间，更是将两性关系种族化，通过对亚裔妻子施加白人男性威权，进而掌控婚姻和家庭生活。

在《曼哈顿之乐》中，尽管白人中产阶级丈夫斯蒂芬（Stephen Rosenblum）对来自印度的妻子桑迪亚呵护有加，但也呈现出一种隐而不见的控制。正如他们第一次在印度见面时，桑迪亚发现对"他似乎所能够提供的自由"感到难以捉摸，好像"她被锁在一个自己没有选择权的世界里"（Alexander, *Manhattan Music* 38），成为一个白人中产阶级的"家中天使"。桑迪亚原本并非传统意义上的、符合西方想象的亚裔女性。她在印度接受高等教育，拒绝包办婚姻，之后嫁给斯蒂芬以逃避印度父权社会加诸女性的种种枷锁。然而，在她远嫁美国后，现实与她的期望大相径庭。她赫然发现，她在美国的生活是空虚的，几乎所有的事情都依赖于她的丈夫，任由他统筹安排。斯蒂芬白天在毗邻曼哈顿的康涅狄格州大学工作，很少顾及家里。桑迪亚只能整天待在家里，感到孤独与无助，"对自己选择的命运感到一种奇怪的痛苦，生活的现实似乎将她抛入母亲为她挑选的印度包办婚姻中，继续充当着传统的主妇角色"（23）。不仅如此，具有传统道德准则的犹太裔丈夫也不断强化着犹太教义中的家庭观念。从空间视角看，"家庭观念"（cult of domesticity）主要包含两层含义："一是领域的区隔（separate spheres），另一个则是女性在家庭中的角色。领域的区隔建立在一连串的二元对立上，其中男性特质、理性、工作被视为公领域，和建立在私领域上的女性特质、情感与休闲相对立"（George 38）。因此，桑迪亚发现，她不过是在美国都市重复着印度家乡传统的家庭生活，履行妻子和母亲的传统职责，在私人空间和公共空间中都处于疏离状态。这情形犹如吉尔伯特（Sandra Gilbert）和古芭（Susan Gubar）所抨击的，在父权制度下，"她们从父亲的房子走出去，然后被嫁到丈夫的房子中，终其一生都在父权的房子中忙碌，遵循着传统价值观的要求，扮演着家中天使的角色，即奉献者和牺牲者的角色"（85）。这里的"房子"实际上就是女性被男性束缚和监禁的空间。对于桑迪亚而言，位于曼哈顿的家表面看上去"温暖安适"，实为一个冷漠疏离的"家牢"。家不仅是"一种话语的空间实践，还通过日常生活实践产生有形结果"（Marston 176）。丈夫斯蒂芬每天前往"秩序井然和整洁的"康涅狄格大学工作，而桑迪亚则忙于家务和清洁等任务，并为家人提供可口的食物，照顾女儿朵拉，安排丈夫与朋友的聚会（Alexander，*Manhattan Music* 39）。斯蒂芬下班回家后，仅仅与桑迪亚进行短暂和常规的交流。这一切表明，曼哈顿的家是一个性别化的家庭生活空间：在这里，男性/女性、工作/家庭、生产/繁殖、公共/私人、家庭/公民之间的分离领域的意识形态被复制和实践。

　　斯蒂芬限制桑迪亚外出，他遵循的是犹太社区中对女性的角色定位：女性被认为是照顾"私人"家庭的母亲，她们应该克制自己，避免露面于街道和政治场所等"公共"区域。可见，以斯蒂芬为代表的传统犹太宗法制度和父权制，将桑迪亚禁锢于家庭，令桑迪亚承担家中所有的劳务，却剥夺了她作为一个独立自主的个体应有的发言权，使桑迪亚成为家庭空间中的边缘他者、公共空间的缺席者。因此，桑迪亚也鲜有机会独自一人走出位于曼哈顿的公寓，几乎都是等待斯蒂芬在周末时抽空陪同她，到距家十五个街区的超市购物。但购物的过程中，斯蒂芬也显示了父权式的独断专行。他以养家之人的身份自居，却没有发现他将桑迪亚无报酬的家务劳动产生的价值据为己有的事实。夫妇两人在超市购物，桑迪亚亦步亦趋紧随斯蒂芬身后，毫无购买商品的自主权："她太紧张了而不能和斯蒂芬争论该买什么牌子的商品，因为斯蒂芬只购买大众公认的品牌货"（39）。

　　后现代女性地理学者对女性空间遭受的压迫有着更为细腻的分析。吉布森-葛兰汉姆（Julie Kathy Gibson-Graham）在探讨女性和空间的关系时，认为由于女性在菲勒斯知识语言体系当中呈现了缺席/负面（absence/negativity）的状态，所以必须等待男性以语言意符填满其"空无"（lack），并给予意义。于是，吉布森-葛兰汉姆以异性恋中阴道/阴茎的器官关系来比喻这种女空/男满的关系，并以女性在空间上被强暴谓之。在吉布森-葛兰汉姆看来，女性的"强暴空间"指的是男性对女性身体在知识、权力、再现等层面的掌控，使女性身体成为一种被动体，等待男性发现（discovered）、测量（measured）、记录（recorded）、书写（written about）和填满（filled with）而被给予意义（Gibson-Graham 311）。桑迪亚种族化的身体也在白人菲勒斯主导的再现中被强暴了。斯蒂芬幻想他和桑迪亚的婚恋就是浪漫电影《帕德赛》（*Pardesi*）在现实中的翻版（35）。这部电影以西方人的视角，讲述了中世纪俄国旅行家尼基丁（Afanasy Nikitin）与印度女子的浪漫爱情故事①，重复着东方女性为白人男性牺牲自我的戏码。可以说，桑迪亚成为斯蒂芬男性凝视的客体，南亚女性的褐色身体在斯蒂芬的凝视下，被色欲化和物化。在这样的性别操演之下，桑迪亚逐渐内化斯蒂芬所代表的白人父权主义加之于其身的种族/性别规范，经历了吉布森-葛兰汉姆所定义的女性空间的"强暴"。到达纽约后不久，桑迪亚就开始在日常生活中与丈夫产生距离感，部分原因是种族差异导致的不平等。斯蒂芬甚至限制桑迪亚在曼哈顿的公寓里烹饪印度的家常菜，不允许她购买印度的料理食材。当他们拜访斯蒂芬母亲穆丽尔（Muriel）时，桑迪亚敏感地注意到，大宅中那位来自特立尼达的女佣和她有着相同的肤色。女佣的存在似乎也在提醒着桑迪亚她的印度血统，她在这个家族中的地位并不比一个佣人高多少。傲慢的穆丽尔也提醒她，"永远不要忘记"这段跨族婚姻使她有机会嫁到这个"机遇之国"（37）。斯蒂芬家族的白人至上主义令她痛苦，甚至令她产生了自卑与自憎心理："她注视着眼前的双手，心想如果能剥掉棕色的皮肤，把头发染成金色，把身体漂白，那么和斯蒂芬在一起是否会更快乐？"（7）

波德莱尔笔下的男性诗人/艺术家可以伪装自己的真实身份，随意出入街头任何角落，行使着诗人的特权，而这二者又都体现了漫步者的一种主动和积极的"不可见性"。然而，桑迪亚的"不可见性"或自我丧失则是被动的，体现了父权制社会中女性在公共场所沦为男性被动消极的陪衬物。即使桑迪亚无比渴望走出曼哈顿的公寓，去享受纽约街头的漫步，但她在公共场所都必须符合资产阶级女性的身份，履行父权社会赋予她的神圣职责，满足父权社会把女性局限在私人领域的传统观念。因此，她作为漫步者的出行就必须是被动的与

---

① 尼基丁（Afanasy Nikitin）是中世纪的俄罗斯探险家，是历史上第一个到达印度的西方白人。尼基丁于 1469 年抵达印度。他的游记《三海之旅》（*The Journey Beyond Three Seas*）描述了大量印度当地的寺庙和宗教活动；他还到达卡利卡特和斯里兰卡，在那里他将著名的亚当峰描述为印度教徒、佛教徒、基督徒和穆斯林的圣地。和早期的西方探险家一样，尼基丁对印度迥异于西方的政治组织、宗教历史进行了相当主观的描述，事实上塑造了一个遥不可及、模糊神秘的异域空间。

不可见的。在为数不多的外出机会中,斯蒂芬监护下的桑迪亚并不能充分享有漫步都市、信马由缰的自由。斯蒂芬自行决定桑迪亚应该在何种公共场合露面,往往也是出于白人中心主义式的傲慢与优越感。带着对犹太先祖移民美国的家族史的自豪与自负,他领着桑迪亚参观了埃利斯岛移民博物馆。斯蒂芬十分欣赏博物馆所陈列的关于早期欧裔移民历史的展品,但桑迪亚却从那些陈旧破损的展品中体会到了自己作为美国新移民的破碎感。埃利斯岛对于斯蒂芬而言,是美国梦开始的地方,但博物馆中侮辱亚裔的展品让她想起自己支离破碎的过去。因此,作为身陷移民困境的桑迪亚的反面,斯蒂芬是一个成功融入美国的爱尔兰犹太移民,他不知道他的亚裔妻子所遭遇的认同困境。

尽管斯蒂芬告诉桑迪亚,她有自己的"选择权","整个纽约市就在她面前"(37),但是他想象不出桑迪亚能够在公共领域扮演何种角色,除了从事犹太社区"哈德萨的志愿工作"或参与"长老会教堂的施舍慈善"(39)。斯蒂芬不鼓励桑迪亚随意到公寓附近的街区散步,因为斯蒂芬自持种族和阶级的傲慢,他把这个少数族裔和移民的街区排除出他的家庭社交范围。由此观之,桑迪亚再次遭遇了吉布森-葛兰汉姆所定义的"阴性空间的强暴"。无论在私密空间的家庭,还是公共空间的商业区、居民区或生产区等,她似乎呈现出一种近乎空无的状态,该在何种空间露面,该以何种方式利用空间,完全依据丈夫斯蒂芬的白人菲勒斯权威的指示,后者事实上已经将桑迪亚的生存空间强行操纵与挤占,构成了一种空间的强暴。由于在曼哈顿公寓中根本找不到属于自己的空间,桑迪亚压抑着种族、性别、阶级等歧视所带来的伤感,忍辱负重,产生了自我空间缺乏的焦虑。桑迪亚成为斯蒂芬房子中的点缀,她和斯蒂芬的跨族裔婚姻不过被后者用于满足其东方主义的臆想。

## 第二节　跨界移动中的女性身体及生存空间重构

身体并不是简单地存在于自然之中,而是从过去以来就一直是各种权力互相竞逐的场域。梅洛-庞蒂(Maurice Merleau-Ponty)曾言:"身体远不止于工具或手段;它是我们在世的表现,是我们意向的可见方式"(219)。梅洛-庞蒂否定思维(心灵)优于身体的观点,主张身体即自我;因为身体,我们得以感知空间,一切思想、行动也依赖肉身而存在。列斐伏尔(Henry Lefebvre)认为:"整个社会空间都是从身体开始的,不管它如何将身体变形以至于彻底忘记身体……只有立足于最接近我们的秩序——身体秩序，才能对遥远的秩序（国家的、全球的）的起源问题做出解释。从空间的视角来看，在身体内部，感觉（从嗅觉到味觉，它们在不同的领域被区别对待）所构造的一个又一个层次预示了社会空间的层次和相互关系"（*The Production of Space* 405）。换言之，身体作为一种空间性的存在，"位于空间与权力的话语的真正核心处"而成为空间的原点，其也可视为空间定位生产的坐标轴（170）。福柯在其专著《规训与惩罚》中曾调用权力-知识的论述，认为身体经由论述建构成知识对象，被加以规训并烙上标记；权力更可能使用相应的空间技术加强对身体的控制，使其成为驯服的客体。对于女性身体的规训代表着一种权威行为，旨在维护基于父权制理性价值组织起来的公共秩序。而对于少数族裔女性而言，其身体由于宰制权力主导的知识体系而被赋予了种族/性别的内涵，遭受着父权主义与性别主义的双重压迫。列斐伏尔进一步指出身体所蕴含的解放性潜能：既然身体是空间的原点，空间的压迫也必然开始于对身体的控制、圈围、区隔与边缘。但这个过程也并非单向的，因为"身体抵抗着压迫性关系的再生产"（*The Survival of Capitalism* 89），故而身体在空间位置的改变也将相应地引发空间性质的变化。进而言之，身体正在哲学、话语和话语理论之外"牢固地建立自身"，应该在空间里重新拥抱身体，把身体作为空间的创始者和生产者（Lefebvre, *The Production of Space* 407）。因此，要颠覆非正义的性别空间，少数族裔女性只有真正地拥有、操控自己身体的自主权，方能从"被父权制定义、受种族主义操控"的非正义中获得解放。女性自我的身体是其建构主体性和文化身份表达的关键场所，只有通过拥有自我决定权的身体，个体才能抵制强加于她们的各种宰制，并由此松动乃至颠覆非正义的性别空间。

值得关注的是，地理空间层面的位移首先为女性身体摆脱原有空间暴力宰制，并重建在美国都会的主体性提供了巨大的解放潜能。离散情境下的南亚裔女性在东西方碰撞的阈限空间中，对自己的身体拥有了自主权，在漂泊离散中体验了迁移（migration/immigration）、跨国界（transnation）所带来的解放力量，更是在抵达美国后经由都市行走，经历了跨界乃至逾越的空间实践，重获生存之道。正如格罗兹（Elizabeth Grosz）所认为的："城市总是代表和投射着身体的形象和幻想，无论是个人的、集体的，还是政治的"；这种关系"通过各种各样介入、规范、阐释和铭刻的关系变得复杂，由此在城市的特殊性和人口的异质性中产生了身份"（*Architecture from the Outside* 49）。换言之，城市是女性掌控对身体的自主权以及重建主体性和身份认同的重要场所。

《曼哈顿之乐》的作者亚历山大曾指出:"他们的语言会让我们失去自己的身体,被禁止、殴打、监禁、扭曲的身体,但女性的身体可以咿呀学语,可以预言,可以咆哮"(Alexander,"Unquiet Borders" 262)。《曼哈顿之乐》中,女性的身体同样也用来指涉离散的都会中南亚裔女性在父权主义和种族主义宰制下所面临的多重问题,如女性的身体被性别化与种族化,被标记为错位和边缘化而成为产生文化冲突、被剥夺感和身份焦虑的一个富有争议的场所。但该小说又将上述议题融合在都市女漫游者德劳帕迪(Draupadi Dinkins)的逾越跨界和公共空间行为艺术中,揭示了父权制和西方同化主导的规范框架如何被颠覆和挑战,从而渐进地建构其离散脉络下的主体能动性和美国都市中的女性生存空间。

在小说中,德劳帕迪是一位纽约的行为艺术家和民权活动家,也是来自西印度群岛特立尼达的印度裔夫妇的独生女。事实上,德劳帕迪的身体和血统铭刻着美国离散移民"跨越边境"的历史,更揭示了南亚裔女性所遭遇的种族/性别的双重宰制。德劳帕迪于美国国庆日(7月4日)在"离哈德逊河仅一步之遥"的纽约州津吉小城出生。她的生辰、身上流淌的血液以及名字,呈现了美国南亚裔跨国越界、多重源头的杂糅属性——父亲是"夹杂着日本血统、少许白人血统、北美原住民血统"的南亚裔,母亲的南亚裔血脉中则融合了"肯塔基州的黑人血统以及北美原住民的血统"(Alexander, *Manhattan Music* 87-88)。德劳帕迪一家身处欧裔白人至上主义环伺的非正义空间。父亲在城里经营着一家汽水店,然而,他们"棕色的身体"在白人居住区却被彻底种族化与区隔化,使他们遭遇了白人街邻的敌视。光头党将他们的姓氏狄金思(Dinkins)蔑称为"丁古"(Dinkoo),在他们家后院堆放垃圾,打破汽水商店的窗户并投掷废弃的避孕套,试图把他们赶出津吉(90)。高中时代,德劳帕迪和白人男孩吉米约会,吉米的父母为此警告德劳帕迪的父亲:"我不想要任何巴基斯坦的东西玷污我家血统"(92)。恼羞成怒的父亲被迫成为同谋,他要求妻子用湿纱丽鞭打女儿以此管教女儿。可以说,德劳帕迪的身体不仅遭遇了白人社区的种族压迫,也遭遇了家庭内部的父权压制。

父权宰制下的都市诚然可以将女性排除在外,使之成为男性独自进行商业交易、管理国家和执行法律的空间,但都市同时具备将女性从私人家庭空间中解放出来的解放力量。都市可以为女性提供无限可能,主要通过教育和工作让她们摆脱家庭奴役而拥有独立自主性。此外,城市具备了女性之间构建姐妹情谊的可能性,因为逃离家庭的妇女们聚集在公共场所工作和交流,就像小说中的德劳帕迪和萨吉、桑迪亚等女性一起构筑同盟,构建女性的生存空间。于是，为了挣脱拘囿她身体的宰制，德劳帕迪逃离了"津吉的隔板房子、苏打水商店、铁轨"(93)——所有这些都标志着种族和阶级在空间的隔离。她不愿意像父母那样唯唯诺诺、苟且存活，甘当津吉小镇的隐形人，于是她前往机遇与风险并存的纽约。至此，她不但是可见的而且是无畏的跨界者，甚至是具有冒险精神的女性漫游者——冲破扼杀南亚裔女性主体性的种族/父权桎梏，寻找和开拓着供自己自由徜徉的一片广阔天地。她进入视觉艺术学院学习。由津吉小城向纽约的跨境迁移(border-crossing)解放了她被种族化与性别化的身体。德劳帕迪曾以自己的印度名字为耻，甚至期望被称为多萝西(Doro-thy)，一个典型的高加索白人女性的名字(88)。但在视觉艺术学院研习古印度舞蹈时，她发现自己的名字源于印度教神话中的女英雄德鲁帕迪(Draupadi)(Alexander, *Manhattan Music* 52)。德劳帕迪从古印度史诗《摩诃婆罗多》(*Mahabharata*)中，了解到与自己同名的女英雄遭受父权宰制下的屈辱以及在跨界离散中复仇而得以重生的故事。在史诗中，德鲁帕迪又称黑公主，诞生于父王举行仪式的一场祭祀火中，并以人间第一美女而著称于世；而后被父王嫁给了般度国的五个王子。在一场般度国与宿敌卡乌拉瓦家族(Kaurava)的骰子游戏中，她的丈夫坚战(Yudhisthira)不仅输掉所有财产和王国，最后还输掉了五兄弟共同的妻子黑公主。黑公主在朝堂之上被宿敌当众奸淫羞辱。可以说，神话中的黑公主不论是在诞生(由父创造)，还是在婚姻(由父包办，五夫共有、由夫鬻卖)中，都是作为父权权威的附属品，不具备完整的人格。她更是父权主义制度的牺牲品，她的身体不过是父权政治斗争、权力游戏的筹码。之后，黑公主与亡国的五兄弟开始了颠沛流离的流亡生活。她跨越了天界、人间乃至冥界的各种区隔与险阻，将身体伪装乃至转变成不同的身份，以女性的坚毅不屈，引领着丈夫们匡扶正义、报仇雪恨。这个在身体和精神上饱受屈辱、四处流亡却最终战胜敌人、生存下来的女性，最后成为一位火之女神："她骑着大象，在朝堂受辱却也在战场上获胜，她在流亡离散中逃出生天，追风逐日，驯服老虎，是一手执莲花的慈悲女神，也是一手握持宝剑的女勇士"(88)。德劳帕迪觉得自己与这位女英雄有一种亲缘关系，这位黑公主的流亡和坚韧让她想起了曾祖母。

德劳帕迪在美国的家族谱系远可以追溯到印度的曾祖母。彼时的印度社会是一个典型的父权社会，更是一个贫富悬殊、种姓等级制度森严的社会。曾祖母出生于印度贫困低种姓家庭，家人因生活所迫，将她卖给一位富商为奴。曾祖母在遭受富商的玷污后产下一个男孩，又以包身工的身份连同"私生子"被贩卖。由此可见，曾祖母的身体在性别/阶级的双重压迫下被物化为商品，成为男性凝视的色欲客体。曾祖母的身体更是成为跨洋苦力贸易与印度劳工在新世界遭遇殖民剥削的记忆现场,承载着美洲南亚裔以及他们的苦力劳工先祖的集体记忆。[①] 她的身体蚀刻下了所有美洲南亚裔女性先祖最为惨痛而难以言说的创伤:儿子在航运半路夭折而被水手抛入大海,她自己像畜生一样被打上贩卖的烙印而失去了人格——"他们把她的名字去掉,就给了她一个号码""从英国帆船上像货物一样被卸载下来,和所有印度劳工一起,就像黑胡椒粉被撒播到特立尼达的种植园里"(87-88)。曾祖母成为甘蔗园里的奴工,她失去了自己的名字而被农场主唤作德洛普媞(Dropti)(88)。可以说,丧失名字,即自我命名权被褫夺,彻底标志着自我主体性的完全丧失。她那跨越亚洲与美洲边境的身体,已成为资本主义、殖民主义和种族主义三重暴力宰制的场域。在甘蔗园中,千千万万像曾祖母一样的印度奴工遭遇了殖民主义暴力体制去人性化的剥削与虐待——在监工的鞭笞监视下,奴工们犹如行尸走肉一样,整齐划一地重复机械乏味的动作,他们的身体被规训为没有主体性的劳动工具。但曾祖母的主体性开始觉醒,当监工唤她德洛普媞时,她大声回答:"妮衍娜(Nyanah),这才是我",以此夺回自我命名权。她从甘蔗园逃跑,试图夺回对自己身体的主控权,却被捉回,且遭遇监工头子的皮鞭抽打。曾祖母遭遇鞭笞的身体被德劳帕迪翻转为追溯南亚族群漂泊离散、遭遇殖民剥削的苦难的历史空间。一个不甘于奴役、奔跑追寻自由的女性形象矗立于前——"她的故事在我灵魂深处呈现":"当他们谈起印度时,我能听到甘蔗园里一个女人急促的呼吸。烈日当头,她在尘土飞扬的轨道上奔跑着,双臂挥动着"(88)。可以说,曾祖母从高度父权宰制、等级森严的印度,以"被迫迁移"的跨越国界(transnation)的方式来到西印度群岛,可视为摆脱印度种姓、父权钳制的第一步;其为了获得女性对身体的自我主控权的抗争,更成为德劳帕迪在纽约公共空间进行艺术表演的灵感来源。

从黑公主的史诗神话和曾祖母的离散史中,德劳帕迪挖掘到了南亚裔女性求生存,建构自我主体的线索:只有跨越各种控制、圈限和压迫身体的空间,又以身体为载体,释放被种族/父权主义所否定的本真性,才能抵抗与颠覆非

---

[①] 苦力贸易开始于非洲奴隶贸易的终结。过去依靠黑人奴隶劳动的种植园主不得不依靠两种新的人力资源:印度劳工和中国苦力。其中南亚裔劳工主要被输送到大英帝国的各个殖民区,尤以西印度群岛的甘蔗种植园为主。详见 Chan, Sucheng. *This Bittersweet Soil: The Chinese in California Agriculture*, 1860-1910. Berkeley: University of California Press, 1989:21.

正义的宰制。德劳帕迪决定让自己的身体成为一个展演空间，在其中呈现被异己化、族裔化的身体如何挪转为离散脉络下的异质展演场域，并进而以傲然不逊之姿颠覆主流文化的强势召唤，达成自我认同的重新协商与形塑的可能性。通常而言，在写实叙事的传统表演艺术中，视觉艺术往往以菲勒斯中心主义主导，由二元对立的再现框架所支配，形成男/主动/观看，女/被动/被观看的刻板形象，女性身体往往是被动的、愉悦的，同时也被情欲化，物化成男性欲望的对象，而被男性观赏与操弄（Mulvey 62）。但德劳帕迪借助在公共空间的女性身体表演和城市空间互动，从父权支配的象征系统边缘潜入中心，扰乱都市父权系统的一贯性，并再现女性集体记忆以争取女性的社会空间，松动男性在城市景观中的主导地位，又在殖民主义和帝国主义的社会空间中，重塑一个多样性和异质性的世界。

安扎尔杜阿（Gloria Anzaldúa）倡导一种异质性的、边缘的、具有跨界意识的女性：

> 她在各种文化之间转换而体现多重人格……她逾越僵化的边界，形成变动不居、杂糅多元的身份……她使用新的符号，重新诠释历史，重新诉说神话。她看待黑皮肤、女人和同性恋者时采取了新的视角……她放弃了所有安全、熟悉的概念。她学会了把小"我"转变成完全的自我。（79-82）

德劳帕迪就是安扎尔杜阿所言的，"具有跨界意识"的女性。她漫步于纽约街头，利用她的身体作为展演异质文化与抗议霸权的空间，以自己的女性身体，重新占领象征着父权/种族秩序的美国都市公共空间，声言自我乃至整个少数族群的主体性。她行走至诗人咖啡馆（Poet's Cafe），运用肢体分饰三个"灵魂姐妹……一个黑人，一个盎格鲁人，一个拉美裔亚洲人"，以"摇摆、手臂相连、歌唱开始表演，用肢体语言，吟诵印度/黑人民谣乃至咆哮"（Alexander, *Manhattan Music* 119）。这种非写实的手法，呈现了少数族裔女性在父权社会中所受的不公平待遇与压迫。德劳帕迪和她的"灵魂姐妹"拒绝被边缘化、隔离和限制在家庭空间或少数民族聚居区。在纽约自然历史博物馆，德劳帕迪又即兴表演了一段名为"有色人种女性在世界上旋转"（*Women of Color Whirling through the World*）的歌舞，演绎曾祖母的漂泊离散以及曾祖父哈里参与"驹形丸号"(Komagata Maru)起义的故事①。她的祖先曾经是种族主义的"弃儿"、种姓等级制度的"贱民",但她把祖先的经历搬上舞台,令其不仅仅是种族主义和性别歧视的受害者,更让他们作为历史和社会变革的主体而居住在美国的土地上。可以说,自然历史博物馆是一个由官方论述、知识-权力共谋形塑而成的空间再现,其中复刻了宰制权力意志,而德劳帕迪却将先祖离散漂泊、争取公民权的故事在此展演,以历史的记忆和想象重现被遗忘或者掩盖的"贱民"历史,在某种程度上重书了城市历史,重新定义了美国公民的身份。

可以说,德劳帕迪的行为艺术具有史诗性质的叙述,而这种叙述产生于她的族群记忆与都市漫步。她游荡于纽约的各个公共空间,挖掘隐藏在自我乃至族群记忆中的历史碎片,把握了南亚裔女性的真实历史经验。她更是以其自由移动的身体,开创跨界的艺术,让过去进入现在的空间,"使其作为过去事件的证据留存,形成一种象征性叙事,并使不在场的事件和人物得以再现"(Benjamin,"The Return of the Flâneur" 165)。换言之,德劳帕迪在漫游和即兴表演中,产生了体验与想象的鲜活瞬间(lived moment),构成了对宏大叙事的某种质疑乃至颠覆,对抗文化和种族的纯洁性,展现美国空间的跨界主体能动性,进而成就让少数族群发声而非沉默、现身而非隐形、挺进中心而非边缘化的城市空间政治。

# 第三节　日常生活实践中的女性主体建构

英国女性都市地理学家威尔逊(Elizabeth Wilson)认为,都市为女性提供了父权制和家庭权威所无法给予的自由;都市中"女性化"的流动性和灵活性(feminine fluidity and flux)挑战了严苛的"男性化"秩序观念(*The Sphinx in the City* 3)。因此,都市对女性而言,既是一个充满威胁和危险的空间,也是

---

① 1914 年,日本商船"驹形丸号"(Komagata Maru)从香港出发,目的地为加拿大不列颠哥伦比亚省温哥华,船上载有来自英属印度旁遮普省的 376 名乘客。其中只有 24 人获准进入加拿大,其他 352 名乘客被拒绝入境。这艘船被迫返回印度加尔各答,19 人在返回后的暴乱中被射杀。"驹形丸号"事件是 20 世纪初加拿大和美国通过法案排斥亚裔移民的显著例子。2016 年 5 月 18 日,加拿大总理特鲁多就发生在 1914 年温哥华的拒绝数百名印度移民入境的"驹形丸号"事件做出官方道歉。

一个使女性得以自我建构的场域。换言之，都市提供了巨大的解放潜能，创造了各种"多重复数"的、异质多元的空间：大城市才能提供的替代资源，可以让女性尝试新的角色。南亚裔女性困囿其中的性别空间，是父权制和种族主义相互渗透而形塑的空间再现。但应该指出的是，这块地处边缘的空间并非滞定固化的，而是各种社会关系和权力论述互相角力激荡的场域。因此，亚裔女性可能通过身处其中的、被霸权支配的边缘空间，运用日常生活的实践，对原来种族/父权主义支配的空间区划进行反向操作，在重新建立她们与社群、与都会的关系中，抚平宰制区隔造成的创伤，并重新凝聚社群意识，建立属于自我的精神家园。

在《曼哈顿之乐》中，以萨吉(Sakhi Karunakaran)和桑迪亚为代表的南亚裔女性，拒绝被囚禁在中产阶级舒适的家庭空间，这一空间实为饱受阶级和种族区隔的种族飞地。她们勇敢踏出家门，漫步于都市街区，并巧妙运用日常生活实践，对"家"和"国家空间"进行了重新想象。她们通过女性之间的姐妹情谊，将家宅以及族裔聚居区这些边缘空间，重新铸造成一个能在离散的种族和文化复杂性中发挥作用的纽带。借用小说作者亚历山大的话说："在这个充满想象力的边缘空间中，地方之间的差异创造了相当精确的自我意识的斗争，与之相关的必要的亲缘关系也得以重新塑造"(Alexander，"Diasporic Writing" 21)。小说中，萨吉和桑迪亚均是中产阶级的家庭主妇，不论是市郊的住宅，还是曼哈顿舒适的公寓，都是限制她们追寻自我、建构自我主体性的再现空间。因此，她们必须首先打破这个空间桎梏，在空间实践中重新定义本为边缘空间的"家"。

萨吉的丈夫拉维(Ravi Karunakaran)是美国电话电报公司(AT&T)的南亚裔工程师，其中层管理职位确保了他们舒适安逸的郊区中产阶级生活。但萨吉发现，作为"模范少数族裔代表"的丈夫，已逐步成为被资本主义消耗的工作机器，工作让他变得"粗鲁"和"日益迟钝"(Alexander，*Manhattan Music* 103)。夫妻之间的交流困难与日俱增。萨吉对丈夫复刻着模范少数族裔刻板印象的行为感到不安的，恰恰是丈夫对种族主义和阶级主义的容忍，以及对主流价值体系和规范的拥护。萨吉发现自己被隔离在"赚钱、奋斗、抱负、权力的男人的世界"之外：家庭以外的兴趣、活动似乎都和她无缘。这种家庭内部的性别分工(gender division of labor)在空间上的意义显示为：郊区是女性与儿童生活的自然空间，而城市则是男性工作的场域。正如威尔逊(Elizabeth Wilson)所指出的，住宅的地理位置在复制家庭内部性别不平等方面具有不可小觑的作用。美国20世纪50年代以来的"住宅郊区化"继续强化了父权宰制的社会和空间关系;郊区的住宅限制既剥夺了女性使用公共资源和设施,以及进入劳动力市场并获得金融资本资助的可能性,又恶化了家庭内部女性的不利处境(*The Contradictions of Culture;Cities,Culture and Women* 42)。可以说,郊区的"家"作为父权制度建构的边缘,否定了女性拥有开放且自由的世界的可能性,遏制了女性主体能动的创造性。

萨吉迈出的第一步就是走出郊区的家,跨越公共空间/私人空间之间的区隔,进入纽约的城市公共空间。然而,都市街道一直被视为男性的公共空间,城市蓝图被性别化的结果就是景观被女性化,而视线/观景被男性化和权力化(Chialant 39)。换言之,女性一旦踏足城市空间的公共领域,男性凝视就无所不在,女性被置于男性观看、打量和占有的强势自由中。除了性别之外,还有诸如阶级、族裔和宗教等因素,也在影响和建构着少数族裔女性在城市公共领域的位置。小说中,萨吉带着桑迪亚走出金丝鸟笼一样的家,去体验外部的纽约。尽管她们跨越了潜藏于美国城市公共空间的性别边界,但仍无法逃脱种族化公共空间的区隔,更是遭遇白人男性的言语和行为暴力。当她们身着纱丽漫步于纽约街区时,一群街头白人青少年开着一辆红色小车擦肩而过,对她们大喊"巴基斯坦佬"和"印度婊子",并投掷石头(Alexander, *Manhattan Music* 135)。她们以南亚裔女性的身份行走于父权宰制的街区,却使自身遭受白人空间的冲击。萨吉对此暴力行为感到震惊和愤怒,但令她惊讶的是,桑迪亚却满脸羞愧、惴惴不安,"好像是她的错,似乎她不应出现在这个街区"(133)。

萨吉试图挺进都市公共空间,从而挣脱"家"的束缚,但在遭遇凌辱以及目睹桑迪亚的忐忑恐惧后,她开始重新思考该如何在充斥着种族主义、性别主义暴力的都市空间中,开辟属于少数族裔妇女的生存空间。都市街头的遭遇让萨吉敏锐地意识到,要想真正获得对这座城市的权利,她必须重新看待边缘的意义。事实上,印度裔女性主义学者斯皮瓦克(Gayatri Chakravorty Spivak)提出了"边缘-中心"的观点:"中心即边缘,不在于我是否处于边缘或中心,而是我深谙自己即为中心,并觉察是何政策迫我于边缘。既然如何认定取决于自我,那么解构主义者就可以使自身穿梭来回于中心/边缘、里/外,并叙述移置的过程"(*In Other Worlds* 107)。斯皮瓦克建议第三世界/后殖民女性应该把决定权放在自己手上,因为中心与边缘的位置是可以随时依情况而转变的。萨吉本身对边缘的逆转就体现了一种斯皮瓦克式的模式。驱动她摆脱"家中天使"角色的力量,来源于与公共表演艺术家德劳帕迪的接触。德劳帕迪的艺术表演启发了萨吉和桑迪亚:少数族裔女性要想定义自我,可以回到并利用看似劣势的"边缘"——从被主流社会贬斥的族裔文化和历史中汲取灵感，找寻自己的同盟，认清个体与其他女性乃至整个社群的相互依存关系，造就少数族裔女性成就自我不可或缺的力量源泉。

德·塞托(Michael De Certeau)把城市日常生活的实践者分为两种：一种是站在高楼俯瞰全城，拥有无所不见的万能视角的"窥视者"。在他们眼中，城市是一幅图画，一个透明可读的文本，但他们忽略了流动变化的实际行为。另一种是"生活在底下的人"，是漫步者，他们用身体编织着纵横交错的城市街道，以位置移动的形式书写着城市文本，讲述着既无作者也无读者的城市叙事(*The Practice of Everyday Life* 141-43)。萨吉正是第二种"实践者"，虽没有俯瞰众生、纵览万象的全能视角，却用漫步者流动的脚步把橱窗、建筑、街道乃至整个城市串联起来，用行走构成了"当下的、离散的、交际的流动空间"(143)。萨吉回到了处于纽约边缘的南亚裔社区，她不再是悠闲行走于纽约街道以"摆脱束缚桎梏"的中产阶级女性，而是在小印度狭窄曲折的街角巷陌行走的敏锐观察者和行动者，以行走这种更能体验日常生活的空间实践形式，对压迫性和主导系统进行抵制。她运用"从边缘本身的内部处理边缘"的方式，以女性漫游者特有的"感性凝视"关注这块边缘之地，通过造访蔽塞破败的贫困街区，来更深入小印度的人世萧索，从而开始关心被主流社会边缘化的群体。于是，萨吉担任了促进族群福祉的社区工作者，帮扶南亚裔社群中不同背景的女性和其他弱势群体，带领大家抵抗种族主义和性别主义的双重压迫："作为一名社会工作者，萨吉协助处理的社群案件一天比一天多——越来越多的人，如被迫失学的儿童、被殴打的已婚妇女都在寻求她的帮助。"(Alexander, *Manhattan Music* 127)在这个过程中，萨吉逐渐把南亚族裔社区转化为更广义的"家"。这个家不仅仅是一个物质的房子，或者任何物理的建筑，还是一个由各种社会过程和关系构成的、超越房子有形边界的社会领域。这个新的家庭空间是一个凝聚认同感、建构姐妹情谊、生产人与地方关系的正面女性空间，也是南亚社群积极定义自我的源头。而这正如梅西(Doreen Massey)所指出的："每个人都有一个叫家的地方，他们可以回顾那里；家不仅是有着物理样态的场所，还是一个他们的精神依附的场所，他们在那里能找到他们的身份"(*Space, Place and Gender* 10)。萨吉通过为社区奉献的精神来实现自我，激发社群中的南亚裔女性思考、定义自我，更带动桑迪亚面对自我的局限、偏见而成长。

为了帮助迷茫的桑迪亚找到一个真正意义上的"家"，萨吉带领着桑迪亚漫步于纽约小印度，出入脏乱逼仄的小巷弄堂，加入南亚裔女性社团，聆听着她们被流放而无家可归,却又重新塑造自己和她们在城市的生活的故事,或者她们抗击"家庭暴力""工作场所歧视"的叙述(Alexander, *Manhattan Music* 211-13)。身处边缘的南亚裔女性们叙述在公共和私人领域所遭遇的歧视乃至虐待,以及对这些不公正行为和虐待行为的斗争,是确立她们在这个种族化/性别化社会空间的地位的第一步。而当桑迪亚在通风不良的大房间里,聆听同为南亚裔的女性在美国遭受不公不义后抗争奋斗的相关叙述后,"曼哈顿,此时对她来说是一个不同的城市了,因为现在在表姐的庇护下……和印度姐妹们在一起时,桑迪亚觉得她进入了一个既不需要护照、绿卡,也不需要任何其他归属感标志的国家"(211)。可以说,桑迪亚透过全新的观察与诠释,重新审视小印度聚居区和女性社群,将这个种族主义和父权主义共谋下产生的非正义空间,翻转为南亚裔女性的家园这个全新的构想空间。桑迪亚逐步实现自我认知,重新认识自己过去的选择,找到了自己在家庭和社群中的角色。

德·塞托(Michael De Certeau)提到,家庭空间也是展现和重复空间实践艺术的场所;人们从公共空间的监视中退守到这个私人地盘,并在此私密空间反映出主人的生活、回忆和梦想,其主体性也随之得以建构(*The Practice of Everyday Life*, Vol.2 205-06)。巴巴(Homi Bhabha)认为,在殖民情境中,重塑被殖民的历史和族裔文化传统时,文化差异的展演正如同代表女性寻常家务的房子(homely),变得不寻常且陌生(unhomely),本来属于弱势女性、私密/家务化/驯化的"家"空间,成为展演/重现被压抑的弱势族群的历史及文化差异的场域(*The Location of Culture* 9-10,113)。由此观之,少数族裔女性在边缘化的家庭空间中的日常活动将是一种联结地方与个人、自我意识的途径。那么家务活动也具备了启发想象、自我创造乃至召唤文化记忆的功能。如卢普顿(Deborah Lupton)所指出的,烹饪和饮食是"我们生活的方式,并通过我们吃什么和怎么吃,决定我们是谁,它们与主体性息息相关"(1)。也就是说,虽然烹饪和饮食属于司空见惯的日常生活实践,但在"边缘"的家中,对具有本体论意义的食物进行重新定义,使那些被边缘化为普通和平庸的事物政治化,更对被边缘化的女性恢复完整的人格以及主体的建构具有深远意义。

在和萨吉共同参与南亚裔女性社群的公益活动中,桑迪亚从其他同族女性的个人经历和奋斗中获得了启发,她不再甘愿成为白人丈夫斯蒂芬眼中"乖顺服从"的东方妻子,也不愿再对自己本族的生活饮食方式感到自卑,具体体现在家中的饮食烹饪上,她不再遵循丈夫斯蒂芬的西方菜谱,而开始在日常饮食中使用印度食材。桑迪亚在家中烹饪印度菜肴,印度香料的芳香和故土记忆串联了地方与个人、自我意识,将曾经拘囿她的"家"这个边缘空间翻转为展演族裔文化差异的场域；她用彰显自己族裔身份的香料重新定义她的厨房工作——以具备自发性和创造性的印度菜肴的烹饪，使我的欲望、情感、喜乐找到了安放之处，使得原先纯粹的家务劳作被重新定义为彰显自我生命力的行为。此外，食物和饮食往往作为一套性别化的标志在日常生活中循环，某些食物也被认为是男性或女性的食物。[①] 通常情况下，清甜的、芬芳的、精致加工的食物被认为是女性化的，最适合女性的体质。而男性通常与红肉和大量粗加工的食物联系在一起（Lupton 104）。可以说，桑迪亚在氤氲着印度香料香气的厨房里，以精致而芬芳的印度早餐彰显了女性主体性。居家生活中的桑迪亚通过烹饪具有南亚特色的早餐，介入由白人至上主义所形塑的、彰显清教徒价值观的生活方式，松动了种族主义在家庭空间的权威，以富于美感和创造力的烹饪活动开辟了属于亚裔女性自我的生存空间，并从中获取了自信与力量。她不再是被拘禁于曼哈顿白人中产阶级公寓的"家中天使"，而是"早饭一吃完，她就得出去，一路往城里赶，去做她该做的事，筹备万灯节（Diwali）"（Alexander, *Manhattan Music* 208）。

　　不可否认，每个社会群体都被一个相互关联的食品生产、仪式和意识形态系统所建构。食物和饮食在少数族裔主体性的形成中占有重要的地位：它们不仅仅是满足生存的必需品，更见证了他/她们在异国生存、适应环境、展现独创性、战胜逆境的奋斗历程。因此，印度食物的意象隐喻了介于民族空间、家庭空间与都市空间之间，种族和性别主题相互交织的关系。在南亚裔社群筹划的印度传统节日万灯节中，萨吉与南亚裔社群的女性们一起准备着节日需要的印度食品。萨吉搭建了一个食品亭子，用售卖印度食品挣来的钱作为社群的活动经费（208）。于是，传统节日万灯节触发了她们的集体意识，增强了她们的创造力，令她们所遭遇的一切对立与压抑得以消解和释放，从而使他们具备了重新塑造自我的意识。进一步说来，集体的家务活动更具有动员邻里、联络社群的功能。她们那种具有自发性、创造性的家务劳作，将原本的家庭/私密空间与社群福祉、外部的都市空间相连，逐渐形成与父权主义和性别主义宰制的空间相抗衡的地方意识。可以说，都市边缘社群的妇女们在一起筹备

---

① 例如，法国工人阶级认为鱼是女性的食物。布迪厄认为："吃鱼的方式必须与男性的进食方式完全相反，即克制地小口细嚼慢咽，用嘴的前部、牙齿的尖端轻轻地咀嚼……参与这两种吃的方法是女性化的。"详见 Bourdieu, Pierre. *Distinction：A Social Critique of Judgment of Taste*. Trans. Richard Nice. Cambridge：Harvard University Press，1984：190-191.

烹饪印度美食的过程,是一个突破空间限制的过程,她们借此卸下种族/性别的重负,释放精力,唤起想象,勾连了对故乡、族裔和文化的漂泊离散记忆。她们也得以重新想象"家"的意涵,最后通过公共空间的行动主义来宣称自己在这座城市的主体地位。

南亚裔社群最终将万灯节的地点由族裔聚居区迁移到了南街海港(South Street Seaport),这是曼哈顿下城滨水地带一个受欢迎的文化活动和商业社区。此地既是纽约社会生活的中心,也是通往曼哈顿港口的门户。这个地理空间隐喻了移民、难民和离散族群跨越大洋、融入美国都会的历史。在万灯节上,"两国国歌都将演奏······两国国旗,星条旗在右边,印度三色国旗在左边。它们在微风中一起猎猎飘扬"(217),海港广场上沸腾着"马拉雅拉姆语、泰米尔语、印地语、古吉拉特语、英语,所有的声音都在呼喊"(226)。德劳帕迪也参与到这场狂欢盛会当中来。她将自己的公共行为艺术表演也安置于曼哈顿南街海港,并集结了南亚裔以及其他少数族裔女性一起参与她的表演,一起为重塑美国文化和重构女性生存空间而努力。这个跨越种族、民族和国家边界的联盟,标志着另一个跨越边界的行为:有色人种的跨界和联系嵌入复数形式的贱民艺术中。德劳帕迪作为一个社会行动者,不断调用历史能量(historicity),发挥文化想象力和批判精神,再现了离散移民的历史伤痕,唤起被压抑的社群集体记忆,以激发民众的集体行动而形成命运共同体。通过在象征都市中心的南街海港举办印度教节庆活动,南亚裔妇女和她们所在的社群在宣称自己归属的同时,也在改变这座城市的文化景观以及其中所隐含的种族和国家身份,成为参与改变美国空间的新主体。

# 第四节　结语

在父权制、种族主义,甚至资本主义所形塑的性别空间中,美国都市中的南亚裔女性被困囿于非正义的边缘空间。然而,这个空间本身具备的开放性和矛盾性,也为她们提供了契机。《曼哈顿之乐》中三位南亚裔女性都市漫游者逾越了公共领域/私领域的二分疆界,破坏了男性在城市景观中的主导地位。在街头巷陌的漫游过程中,她们成为敏锐的观察者和行动者,并运用日常生活实践的战术和空间实践形式公开质疑、挑战潜藏在被拘禁的女性身体内的种族主义、殖民主义的共谋共生结构,彰显了亚裔女性对建构自我主体性的诉求。此外，她们充分利用具有抵抗能量的、激进开放的边缘空间，对原来种族/父权主义的空间区划进行反向操作，更是利用集体劳作、节日庆典等日常实践，建立了一种互为主体的机制，战略性地对"家"和"美国空间"进行重新定义与想象，最终建立了自我在都市的空间坐标。

# 结　论

　　都市不仅是各类社会力量和等级制度聚合的场域，更是一个为民主、平等、正义而斗争的竞技场，因此都市成为一个对社会和经济有利的特殊空间和场所（Soja, *Seeking Spatial Justice* 6-7）。可以说，都市已经成为全球化矛盾的焦点，也是社会问题以及更为隐蔽的文化政治问题的结合场所。在 21 世纪全球化浪潮的席卷下，以旧金山、纽约和洛杉矶为代表的美国大都市已然成为族裔、文化和阶级汇集融合但也颉颃角逐的所在，更是各种既定疆界与区隔协商、松动乃至被颠覆的重大场域。正如巴特（Roland Barthes）所指出的：“城市总是被认为具备了颠覆决裂的力量，更是竞争者交集与相互作用的空间”（“Semiology and the Urban” 89）。换言之，全球化语境下的都市充分彰显了鲜明的空间政治意义：它不只是充满争议、各方力量相互角逐的空间，还是一个蕴含着各种变革与解放潜能的空间。美国是一个工业化、信息化程度较高的发达国家，都市在美国的发展历程中扮演着重要的角色。然而，美国都市空间作为一个霸权宰制空间，也充满了各种冲突，具体表现为白人宰制权力和话语所生产建构的社会空间与少数族裔等都市弱势群体的扞格不入。从近代美国国家发展进程来看，尽管亚裔族群对美国工业化、都市化以及文化多样性做出了巨大贡献，但是依旧身处社会边缘，面临种种不公不义。从空间视角观之，美国都市的少数族群遭遇了如下空间暴力：贫困阶层生存空间的萎缩，基于种族和性别话语形成的弱势群体的空间边缘化，文化空间的歧视压迫以及政治空间的暴力驱逐。

　　然而，美国都市同时也是一个他者抗拒霸权宰制的颠覆空间，孕育着多种解放与创新的可能性。美国都市生活方式的异质性、开放性、多元化、碎片化等特征，为亚裔文学叙事提供了极为深厚与广阔的文学创作与意义表现空间，并由此开启了与美国都市宰制文化进行对抗与协商的模式。因此，美国都市已经成为书写族群离散历史的重要场域，更是亚裔族群在这块新生土地上孕育的民族叙事中不可或缺的注脚。亚裔族群所遭遇的不公不义以及他们为捍卫空间正义所做的抗争等各种都市体验，经过当代亚裔作家的升华，都在美国亚裔都市叙事中，在多样化的视角下得以被记录、铭刻与再现。亚裔作家笔下的都市漫游者，是美国异质多元都市生活的独特产物，是多元城市景观的辩证观察者。亚裔作家借用都市漫游者，以文字测绘城市，以语言为城市写下情节，创造了属于亚裔族群自己的都市文本；具体而言，更是以种族、阶级、性别政治为底色，再现了迥异于西方都市叙事中白人男性都市漫游者的都市体验。亚裔都市叙事文本中的漫游者们以侦探般敏锐的眼光，阅读都市的空间寓言，以画家般细腻的手法再现了都市空间的结构和规则，揭示这些空间的非正义性，并经由"都市行走""逾越""重新命名""重绘"等挑战权威的空间实践，解构既定的都市空间结构和规则，揭示这些空间隐含的解放潜质，并从中开辟富有生产性的空间，彰显其中的空间政治。

本书所遴选的六部当代亚裔都市叙事，经由都市漫游者这一个城市书写独有的文化符号，在主题上重访了美国亚裔文学中主体建构、历史书写、族裔语言文化、性别平等、公民权利等重大议题，再现了全球化进程中，当代种族、性别乃至经典开放等政治纷争。这些作品中的都市漫游者以自身漫游都市的体验，参与了对都市空间既定意义的解码与再编码。具体而言之，亚裔都市叙事借"漫游者"的挪移疆域、编织新的动态式开放的都市景观的行动，争夺对美国社会空间的解释权和划分权，彰显"再现空间的政治"（the politics of representational space），使都市成为产生对抗空间的场域，以抵抗主导秩序的空间再现的政治性。漫游者们在都市行走过程中，每时每刻都地将城市地理空间与人物心理、族群历史和个人乃至集体的离散体验联结起来，与秩序暴力进行对抗，向着宰制权力与话语建构的空间再现挺进，在美国都市空间的日常实践中生产出属于亚裔"真实与想象兼具"的另类再现空间，开辟出颠覆性的对抗空间（counter-space）。以唐人街为背景的《骨》，经由华裔女性漫游者莱拉的女性视角，重新审视唐人街，形成对西方白人男性漫游者凝视的回望，真实再现华裔族群鲜为人知的苦难记忆和故事碎片，重现了深陷非正义空间的唐人街居民的日常，以及他们的生存困境，进而将原本权力宰制下产生的非正义空间，翻转为重现族群真实历史记忆的精神家园。《孙行者：他的即兴曲》中，都市吟游诗人慧特曼以具有杂糅性的多重身份行走于都市空间，从而粉碎加诸亚裔身份的"连字符"空间，并通过将华裔空间历史镶嵌于美国经典文学传统和都市地景,建构逾越东/西文化疆界的"西方梨园",实现亚/华裔美国人身份和族裔再现空间的重构。《为何把心留在旧金山?》中的菲律宾裔记者大卫,在旧金山的"寻父"与"寻根"的都市漫游中,游目骋怀或凝视谛听于街市、观世相于人群之中,收集与拼贴被遮蔽的菲律宾殖民历史,以及不同阶层移民的离散记忆碎片,在书写族群故事的过程中重构自我身份,并与族群一起重构菲律宾裔的文化历史空间。《橘子回归线》中以三个多族裔都市漫游者的空间实践,凸显了国际都市洛杉矶蕴含的解放性空间政治。日裔漫游者曼扎那以彰显自我实现以及社会变革而又充盈着"奢侈"意义的街头流浪,突破亚裔迁徙叙事中"必需"的桎梏,以占据高速公路立交桥的空间实践,建构彰显都市弱势族群自身权力与意志的空间,更以身体表演的可见性,抗议美国官方对少数族裔实施空间暴力的历史的遮蔽。非裔都市漫游者巴兹沃在街头漫步中,汲汲于城市的历史过往,以对洛杉矶官方地图的批判性解读,展演了被遮蔽的殖民主义、霸权主义以及被环境非正义宰制的城市历史,撼动了其背后的意识形态体系和权力结构。具有魔幻现实主义色彩的奇卡纳吟游诗人阿坎吉尔,以超然的自由逾越各种界限,彳亍街头,即兴创作政治诗歌,揭露西方线性进步主义和资本主义所虚构的"神话",更颠覆传统西方漫游者"抽离人群"的既定特征,置身于人群中,引领移民劳工开启史诗般的跨国行动,参与都市边缘群体的街头占领运动,改写表征帝国政治的都市空间,使洛杉矶成为实现跨国、多种族联盟的新政治场所。《说母语者》中的间谍朴亨利戏仿漫游都会的西方侦探,隐藏真实身份,混迹于纽约人群中,以抽离的姿态、局外人的冷峻旁观,审视美国宰制权力所操弄的非正义政治空间对有色少数族裔公民权的褫夺;但同时,以自己的所见所闻所感引导叙事,内外视角交叠呈现,进而解读由少数族裔语言所建构的变动不居的都市语言地景,从而挑战英语霸权背后的都市权力。另外一位韩裔漫游者政治家姜约翰,则逾越族裔聚集区的边缘飞地,带领都市边缘群体介入白人宰制权力操控的公共政治领域,松动了原有国家机制划定的政治空间边界,力图将美国重铸为含纳多元与异质、彰显空间正义的"山巅之城"。《曼哈顿之乐》中,三位饱受种族与性别双重压制的南亚裔女性漫游者成为敏锐的观察者和行动者,打破公共领域/私领域的二分疆界,破坏了男性在城市景观中的主导地位。行为艺术家德劳帕迪挖掘隐藏在自我乃至南亚裔女性记忆中的历史碎片,利用身体作为展演异质文化与抗议霸权的空间,以自己的女性身体占领象征着父权/种族秩序的美国都市公共空间,再现女性集体记忆,以争取女性的生存空间及文化空间。萨吉和桑迪亚则巧妙运用家宅以及族裔聚居区等边缘空间,对原来的种族/父权主义的空间区划进行反向操作,通过日常生活实践,对"家"和"国家空间"进行了重新想象,以属于公共空间的节庆活动改变纽约的文化景观,以及其中所隐含的种族和国家身份,成为参与改变美国空间的新主体。总之,亚裔都市叙事作为都市空间的文本再现,彰显了解放性的空间政治和异质的空间诗学。文本中的都市漫游者这一独特的城市文化符号,加上以都市漫步为导向的空间实践,阐释了日常实践所勃发的解放性与开放性。都市漫游者们在都市街头信马由缰,实则挑战了权威监管与规训的边界,将多元异质的族裔记忆、历史文化和意识形态嵌入都市空间中,参与了美国社会空间的重塑。

由于有些亚裔族群新移民(如越南裔、老挝裔、苗裔等)加入亚裔文学市场的时间较晚,因此反映美国都市生活的文学作品在各个亚裔族群之间呈现出分配不均的态势。目前,关于新近都市亚裔族群遭遇的不公不义的论述及其隐喻,陆续出现于网络或者新闻媒体中,只是尚未成书而已;假以时日,很可能会有一些新近的亚裔都市叙事付梓,而这也将成为笔者今后进一步研究的方向。总之,本书试图以亚裔都市叙事中的都市漫游者为切入点,通过分析都市空间的文本再现以及解读文本叙事中再现空间的文化政治操作,对构筑都市空间的意识形态进行研究,进而洞察到都市中的空间政治性。笔者希望由此抛砖引玉,就少数族裔都市叙事文本的空间政治及异质多元的空间诗学等议题,和学界同仁进行交流切磋,同时也启发读者反思当下全球高速发展的城市化进程可能引发的问题,并做出回应。

# 参考文献

Abbott，H. Porter. *The Cambridge Introduction to Narrative*. New York：Cambridge University Press,2008.

Aldama，Frederick Luis. "Spatial Re-imaginations in Fae Myenne Ng's Chinatown." *Hitting Critical Mass：A Journal of Asian-American Cultural Criticism* 1.2 （1994）：85-102.

Alexander，Meena. *Manhattan Music*. San Francisco：Mercury House，1997.

---. "Unquiet Borders." *The Nuyor Asian Anthology：Asian American Writings about New York City*. Ed. Bino A. Realuyo. New York：Asian American Writers' Workshop，1999.262-63.

---. "Diasporic Writing：Recasting Kinship in a Fragmented World." *Hitting Critical Mass* 6.2 （2000）：21-35.

Anderson，Benedict. *Imagined Communities Reflections on the Origin and Spread of Nationalism*. London：Verso，2006.

Andrews，M."Walt Whitman and the American City". *The American City：Literary and Cultural Perspectives*. Ed. G. Clarke. London：Vision Press,1988.179-97.

Ashcroft，Bill，Griffiths，Gareth，and Tiffin，Helen. *The Empire Writes Back：Theory and Practice in Post-colonial Literatures*. New York：Routledge,1989.

Bakhtin，Mikhail. *Rabelais and His World*. Trans. Helene Iswolsky. Bloomington：Indiana University Press,1984.

Barthes,Roland. "Semiology and the Urban." *The City and the Sign：An Introduction to Urban Semiotics*. Eds. Mark Gottdiener and Alexandros Lagopoulos. New York：Columbia University Press,1986.76-99.

---. *Camera Lucida：Reflections on Photography*. Trans. Richard Howard. London：Vintage，2000.

Benjamin, Walter. *Charles Baudelaire*: *A Lyric Poet in the Era of High Capitalism*. London: Verso, 1989.

---. *The Arcades Project*. London: Verso, 1998

---. *The Origin of German Tragic Drama*. Trans. John Osborne. London: Verso, 1998.

---. "The Return of the Flâneur." *Selected Writings II* 1927-1934. Trans. Rodney Livingstone et al. Eds. Michael W. Jennings, Howard Eiland, and Gary Smith. Cambridge, MA: Harvard, 1999.157-72.

Belluck, Pam. "Being of Two Cultures and Belonging to Neither: After an Acclaimed Novel, a Korean-American Writer Searches for His Roots." *New York Times* 10. Oct. 1995.

Bercovitch, Sacvan. *The Puritan Origins of the American Self*. London: Yale University Press, 1976.

Berger, John. *About Looking*. New York: Vintage, 1980.

Bhabha, Homi K. *Nation and Narration*. London: Routledge, 1990.

---. *The Location of Culture*. London: Rouletdge, 1994.

Blauvelt, William Satake. "Talking with the Woman Warrior. "*Conversation with Maxine Hong Kingston*. Eds. Paul Skenazy and Tera Martin. Mississippi: University Press of Mississippi. 1998.75-82.

Boelhower, William. *Through a Glass Darkly*: *Ethnic Semiosis in American Literature*. New York: Oxford University Press, 1987.

Bourdieu, Pierre. *Distinction*: *A Social Critique of Judgment of Taste*. Trans. Richard Nice. Cambridge: Harvard University Press, 1984.

---. "Social Space and Symbolic Power." *Sociological Theory* 7.1 (1989): 14-25.

---. *The Field of Cultural Production*: *Essays on Art and Literature*. New York: Columbia University Press, 1993.

Brand, Dana. *The Spectator and the City In Nineteenth Century American Literature*. Cambridge: Cambridge University Press. 1992.

Brinckerhoff, Jackson. *Landscape in Sight*: *Looking at America*. London: Yale University Press, 1997.

Brooks, Charlotte. *Alien Neighbors*, *Foreign Friends*: *Asian Americans*, *Housing*, *and the Transformation of Urban California*. Chicago: The University of Chicago Press, 2009.

Brunda Moka-Dias. "Meena Alexander." *Asian American Novelists*: *A Bio-bibliographical Critical Sourcebook*. Ed. Emmanuel S. Nelson. London: Greenwood Press, 2000.4-7.

Buck-Morss, Susan. *The Dialectics of Seeing*: *Walter Benjamin and the Arcades Project*. Cambridge, Massachusetts: MIT, 1993.

Carbó, Nick. "Returning a Borrowed Tongue: An Introduction." *Returning a Borrowed Tongue: Poems by Filipino and Filipino American Writers*. Ed. Nick Carbó. Minneapolis: Coffee House Press, 1995.i-xvi.

Carlaw, Darren. *The Flâneur as Foreigner: Ethnicity, Sexuality and Power in Twentieth Century New York Writing*. Newcastle: Newcastle University, 2008.

Carter, Paul,and Malouf, David. "Spatial History." *Textual Practice* 3.2 (1989): 167-95.

Castells, Manuel. "The Urban Symbolic." *Question Urbaine*. Ed. Alan Sheridan. Cambridge, MA: MIT Press, 1977. 215-21.

Chambers, Iain.*Migrancy, Culture, Identity*. London: Routledge, 1994.

Chamners, I. "Cities without Maps." *Mapping the Futures: Local Cultures, Global Change*. Eds. J. Bird, B. Curtis, and T. Putman. London: Rouletdge, 1993.169-201.

Chan, Sucheng. *This Bittersweet Soil: The Chinese in California Agriculture*, 1860-1910. Berkeley: University of California Press, 1989.

Chang, Yoonmee. *Writing the Ghetto: Class, Authorship, and the Asian American Ethnic Enclave*. New Brunswick, NJ: Rutgers University Press, 2010.

Chen, Yong. *Chinese San Francisco*, 1850-1943: A Trans-Pacific Community. Stanford, CA: Stanford University Press, 2000.

Chialant, Maria Teresa. "The Feminization of the City in Gissing's Fiction: The Streetwalker, the Flaneur,the Shopgirl." *A Garland for Gissing*. Ed. Bouwe Postmus. New York: Rodopi, 2001.21-65.

Chin, Frank, and Jeffery Paul Chan. "Racist Love". *Seeing Through Shuck*. Ed. Richard Kostelanetz. New York: Ballantine.1972.32-57.

Chu, Kandice.*Imagine Otherwise: On Asian American Critique*.Durham: Duke University Press, 2003.

Clarke, Graham, ed.*The American City: Literary and Cultural Perspectives*. London: Vision Press, 1988.

Clough, Wilson O. *The Necessary Earth: Nature and Solititude in American Literature*. Austion: University of Texas Press,1964.

Cochoy, Nathalie. "Walking the City: An Experience of New York in American Fiction." *New York: A Literary History*. Ed. Ross Wilson. Cambridge: Cambridge University Press, 2020. 265-84.

Cochrane, Allan. "Here, There and Everywhere: Rethinking the Urban of Urban Politics." *Handbook on Spaces of Urban Politics*. Eds. Kevin Ward, Andrew E.G. Jonas, and David Wilson. New York:Routledge, 2015.

Cross, Malcolm, and Michael Keith. Eds. *Racism, the City, and the State*. London:

Routledge，1993.

Dana Brand，*The Spectator and the City In Nineteenth Century American Literature*. Cambridge：Cambridge University Press，1992.

Davis，Diane E.*Cities and Sovereignty*：*Identity Conflicts in the Urban Realm*. Bloomington：Indiana University Press，2011.

Davis，Mike. *Magical Urbanism*：*Latinos Reinvent the U.S. City*. London：Verso，2000.

Davis，Rocío G. " 'Backdaire'：Chinatown as Cultural Site in Fae Myenne Ng's *Bone* and Wayson Choy's *The Jade Peony*." *Revista Canaria de Estudios Ingleses*，43（2001）：83-99.

De Certeau，Michael.*The Practice of Everyday Life*. Trans. Steven Rendall. 1984. Berkeley：University of California Press，1988.

---*The Practice of Everyday Life*，*Vol.2*：*Living and Cooking* Minneapolis：University of Minnesota Press，1998.

Demirtürk，Emine Lâle. "Rescripted Performances of Blackness as Parodies of Whiteness：Discursive Frames of Recognition in Percival Everett's *I Am Not Sidney Poitier*." *Journal of Literature and Art Studies* 1.2（2011）：83-95.

---. *The Contemporary African-American Novel* ：*Multiple Cities*，*Multiple Subjectivities*，*and Discursive Practices of Whiteness in Everyday Urban Encounters*. New York：Fairleigh Dickinson University Press，2014.

Doyle，Michael. *Empire*. Ithaca，NY：Cornell University Press，1986

Duncan，J. "Ideology and Bliss：Roland Barthes and the Secret Histories of Landscape." *Writing Worlds*：*Discourse*，*Text and Metaphor in the Representation of Landscape*. Eds. Trevor J. Barnes，and James S. Duncan. London：Routledge，1992.18-38.

Duncan，Nancy. *Body Space*：*Destabilizing Geographies of Gender and Sexuality*. London：Rouletdge，1996.

Edgar，Andrew，and Sedgwick，Peter，ed. *Cultural Theory*：*The Key Concepts*. London：Routledge，2002.

Elkin，Lauren. *Flâneuse*：*Women Walk the City in Paris*，*New York*，*Tokyo*，*Venice*，*and London*. New York：Farrar，Straus and Giroux，2017.

Emma，Cleary. "Here Be Dragons：The Tyranny of the Cityscape in James Baldwin's Intimate Cartographies." *James Baldwin Review* 1.1（2015）：91-111.

Eng，David L. *Racial Castration*：*Managing Masculinity in Asian America*. Durham，NC：Duke University Press，2001.

Espiritu，Yen Le.*Home Bound*：*Filipino American Lives across Cultures*，*Communities*，*and Countries*. Berkeley：University of California Press，2003.

Fanon，F. *Black Skin*，*White Masks*.Trans. C. Lam Markmann. London：Pluto，1986.

Featherstone, Mike. *Global Culture : Nationalism , Globalization and Modernity*. London:SAGE ,1990.

Feng, Pin-Chia. "Writing the Big Apple in Chinese and Chinese American Literature." *New York : A Literary History*. Ed. Ross Wilson. Cambridge: Cambridge University Press, 2020. 61-75.

Ferguson, Priscilla Parkhurst. "The Flâneur on and off the Streets of Paris." *The Flâneur*. Ed. Keith Tester. New York: Routledge, 1994. 22-42.

Fishman, Joshua A., ed.*An Interdisciplinary Social Science Approach to Language in Society*. Taipei: Crane, 1978.

Foucault, Michel. "Preface to Transgression."*Language , Counter-Memory , Practice*. Ed. Donald F. Bouchard, trans. D. F. Bouchard and Sherry Simon . New York: Cornell University Press, 1977. 29-52.

---. *Power / Knowledge : Selected Interviews and Other Writings*.New York:Pantheon, 1980.

---. "Space, Knowledge, and Power." *The Foucault Reader*. Ed. Paul Rabinow. New York: Pantheon, 1984. 349-64.

---. "What is Enlightenment?"*Foucault Reader*. Ed. Paul Rabinow. New York:Pantheon Books,1984. 32-50.

--- . "Of Other Spaces." *Diacritics* 16.1 (1986): 22-27.

--- . "Governmentality." *The Foucault Effect : Studies in Governmentality*. Eds. Graham Burchell, Colin Gordon, and Peter Miller. Chicago: The University of Chicago Press, 1992. 87-104.

Frankenberg, Ruth. *White Women , Race Matters : The Social Construction of Whiteness*. Minneapolis:University of Minnesota Press,1993.

Frisby, David. *Fragments of Modernity : Theories of Modernity in the Work of Simmel , Kracauer , and Benjamin*. Cambridge,MA: MIT Press, 1986.

Genthe, Arnold. *As I Remember*. New York:Reynal & Hitchcock,1936.

George, Rosemary Marangoly. *The Politics of Home : Postcolonial Relocations and Twentieth-Century Fiction*. Berkeley: California University Press, 1999.

Gibson-Graham, Julie Kathy. "Postmodern Becomings: From the Space of Form to the Space of Potentiality." *Space and Social Theory : Interpreting Modernity and Postmodernity*. Eds. Georges Benko, and Ulf Strohmayer. London:Blackwell, 1997. 306-23.

Gilbert, S., and Gubar, S. *The Madwoman in the Attic : The Woman Writer And the Nineteenth Century Literary Imagination*. New Haven: Yale University Press, 1979.

Gloria Anzaldúa, Borderlands: *La Frontera : The New Mestiza*. San Francisco: Spinsters Ink, 1987.

Gonzalez, N. V. M., and Oscar V. Campomanes. "Filipino American Literature."Cheung, King-Kok, *Interethnic Companion to Asian American Literature*. Cambridge: Cambridge University Press, 1996. 62-124.

Grosz, Elizabeth. *Space, Time, and Perversion: Essays on the Politics of Bodies*. New York: Routledge, 1995.

---. *Architecture from the Outside: Essays on Virtual and Real Space*. Cambridge, MA: MIT Press, 2002.

Hakutani, Yoshinobu. "Introduction". *The City in African- American Literature*. Eds. Robert Butler and Yoshinobu Hakutani. Fairleigh Dickinson University Press,1995.

Haraway, Donna. "Situated Knowledges: The Science Question in Feminism and the Privilege of Partial Perspectives." *Feminist Studies* 14.3(1988):575-99.

---. "Universal Donors in a Vampire Culture: It's All in the Family: Biological Kinship Categories in the Twentieth-Century United States." *Uncommon Ground: Rethinking the Human Place in Nature*. Ed. William Cronon. New York: W. W. Norton,1996. 321-66.

Harley, J. B. "Maps, Knowledge, and Power."*The Iconography of Landscape: Essays on the Symbolic Representation, Design, and Use of Past Environments*. Eds. Denis Cosgrove and Stephen Daniels. New York: Cambridge University Press, 1988. 277-12.

Harvey, Bruce. *American Geographics: U.S. National Narratives and the Representation of the Non-European World*, 1830-1865. Stanford, CA: Stanford University Press, 2002.

Harvey, David. *Justice, Nature, and the Geography of Difference*. Oxford, UK: Blackwell,1997.

hooks, bell. *Yearning: Race, Gender and Cultural Politics*. Boston, MA: South End Press, 1994.

Huang, Guiyou. *The Greenwood Encyclopedia of Asian American Literature*. London: Greenwood Press, 2010.

Jansen, Katherine Elizabeth. "The Marginalized Flâneur: An Exploration of Race, Gender, Ethnicity and Commodity Culture in Invisible Man." June 2020. https://digitalcommons. bucknell.edu/honors_theses/365/.

Jarvis, Brian.*Postmodern Cartographies: The Geographical Imagination in Contemporary American Culture*. New York: St. Martin's Press, 1998.

Jenks, Chris. "Watching Your Step: The History and Practice of the Flaneur."*Visual Culture*. Ed. Chris Jenks. London: Routledge, 1995.142-160.

---*Transgression*. London and New York: Rouledge, 2003.

Johnson, Allan G.*The Blackwell Dictionary of Sociology: A User's Guide to Sociological*

*Language* .Oxford: Wiley-Blackwell，2000

Keith，Michael. "Shouts of the Street: Identity and the Spaces of Authenticity." *Social Identities* 1.2 (1995): 297-315.

Kennedy，Liam. *Race and Urban Space in Contemporary American Culture*. Edinburgh: Edinburgh University Press，2000.

Kernicky，M. J. "The B-Side of Oblivion: Context and Identity in Michael Thomas's Man Gone Down." *The Journal of Men's Studies* 23.2 (2015):212-225.

Kingston，Maxine Hong. *Tripmaster Monkey: His Fake Book*. New York: Vintage，1990.

Kymlicka，Will. *Multicultural Citizenship*. London: Oxford University Press，1996.

Lakatos，Agnieszka.*The Flâneur and the Detective: Patterns of Urban Identity in American Fiction*. Edingburg: Press of University of Glasgow，2004.

Le，Cuong Nguyen. *Asian American Assimilation Ethnicity，Immigration，and Socioeconomic Attainment*.New York: LFB Scholarly Publishing LLC，2007.

Lefebvre，Henri. *Everyday Life in the Modern World*. Trans. by Sacha Rabinovitch. London:The Penguin Press,1971.

---. *The Survival of Capitalism*. London:Allison and Busby,1976.

---. *The Production of Space*. Oxford: Blackwell Press，1991.

---. *Writings on Cities*. Oxford: Blackwell Press，2000.

Lehan，Richard.*The City in Literature: An Intellectual and Cultural History*. Berkeley: University of California Press，1998.

Lowe，Lisa. "Heterogeneity，Hybridity，Multiplicity: Marking Asian American Difference." *Diaspora* 1.1(1991): 24-44.

---."Decolonization，Displacement，and Disindentification: Asian American 'Novels' and the Question of History."*Cultural Institutions of the Novel*. Ed.Deidre Lynch and William B. Warner. Durham，NC: Duke University Press，1996.96-128.

---. *Immigrant Acts: On Asian American Cultural Politics*. Durham: Duke University Press，1996.

---. "Literary Nomadics in Francophone Allegories of Postcolonialism: Pham Van Ky and TaharBen Jelloun." *Yale French Studies Post/Colonial Conditions: Exiles，Migrations，and Nomadisms* 82.1(1993):43-61.

Lui，Mary Ting Yi. *Chinatown Trunk Mystery: Murder，Miscegenation，and Other Dangerous Encounters in Turn-of-the-Century New York City*. Princeton，NJ:Princeton University Press，2004.

Lupton，Deborah. *Food，the Body，and the Self*. London: Sage，1996.

Lee，Chang-rae.*Native Speaker*. New York: Riverhead Books，1995.

Marston, Sallie A. "A Long Way from Home: Domesticating the Social Production of Scale."*Scale and Geographic Inquiry: Nature, Society and Method*. Eds. Eric Sheppard and Robert B. Oxford: Blackwell, 2004:170-191.

Massey, Doreen. *Space, Place and Gendeer*. London: Polity Press, 1994.

---. "Spatial Disruptions." *The Eight Technologies of Otherness*. Ed. Sue Golding. London: Routledge, 1997:279-94.

---. "Space/Power, Identity/Difference: Tensions in the City." *The Urbanization of Injustice*. Eds. Andy Merrifield and Erik Swyngedouw. New York: New York University Press, 1997. 100-16.

McArthur, Colin. "Chinese Boxes and Russian Dolls." *The Cinematic City*. Ed. David Clarke. New York:Routledge,1997.15-32.

McMillan, Bo. "Richard Wright and the Black Metropolis: From the Great Migration to the Urban Planning Novel." *American Literature* 92. 4(2002): 653-80.

Memmi, Albert. *The Colonizer and the Colonized*. Trans. Howard Greenfeld. Boston: Beacon Press, 1991.

Mohanty Chandra Talpade. *Feminism without Borders: Decolonizing Theory, Practicing Solidarity*. Durham: Duck UP, 2000.

Morrison, Toni. *Playing in the Dark. Whiteness and the Literary Imagination*. NY: Vintage Books, 1992.

Moy, James S. *Marginal Sights: Staging the Chinese in America*. Iowa: University of Iowa Press, 1993.

Mózes, Dorottya. "Black Flânerie, Non-White Soundscapes, and the Fantastic in Teju Cole's*Open City*." *Hungarian Journal of English and American Studies* 26.2 (2020): 273-98.

Mulvey, Laura. "Visual Pleasure and Narrative Cinema." *Feminism and Film Theory*. Ed. Constance Penley. New York: Rouletdge, 1988:57-68.

Negri, Antonio, and Hardt, Michael. *Empire*. Cambridge, MA: Harvard University Press, 2000.

Nelson, Emmanuel S.*Asian American Novelists: A Bio-bibliographical Critical Sourcebook*. London: Greenwood Press, 2000.

Ng, Fae Myenne. *Bone: A Novel*. New York: Harper Perennial, 1993.

Ngai, Mae M.*Impossible Subjects: Illegal Aliens and the Making of Modern America*. Princeton. NJ: Princeton University Press, 2004.

Norris, Frank. "The Third Circle."*A Deal in Wheat and Other Stories of the New and Old West*. Port Washington, NY: Kennikat Press, 1928.1-10.

Oh, Seiwoong.*Encyclopedia of Asian-American Literature*. New York: Facts On File,

2007.

Onions, C. T. *The Oxford Dictionary of English Etymology*. Oxford: Clarendon Press, 1986.

Palmer, Bryan. *Descent into Discourse: The Reification of Language and the Writing of Social History*. MA: Temple University Press, 1990

Palumbo-Liu, David. *Asian/American Historical Crossings of a Racial Frontier*. Stanford, CA: Stanford University Press, 1999.

Partridge, Jeffrey F. L. *Beyond Literary Chinatown*. New York: University of Washington Press, 2007.

Pennycook, Alastair. "English in the World/the World in English." *Analysing English in a Global Context: A Reader*. Eds. A. Burns, and C. Coffin. New York: Routledge, 2007. 78-89.

Phillipson, R. "Linguisticism: Structures and Ideologies in Linguistic Imperialism." *Minority Education: From Shame to Struggle*. Eds. J. Cummins, and T. Skutnabb-Kangas. Avon: Multilingual Matters,1988. 330-96.

Preston, Peter and Paul Simpson-Housley. Eds. *Writing the City: Literature and the Urban Experience*. London and New York: Routledge, 1994.

Rabinow, Paul. *The Foucault Reader: An Introduction to Foucault's Thought*. New York: Penguin Books,1991.

Radhakrishnan. R. *Diasporic Mediation:Between Home and Location*. Minneapolis: University of Minnesota Press, 1996.

Rossiter, Benjamin, and Katherine Gibson. "Walking and Performing the City: A Melbourne Chronicle." *A Companion to the City*. Eds. Gary Bridgeand and Sophie Watson. London: Wiley-Blackwell, 2000. 437-70.

Said, Edward. *Orientalism*. New York: Vintage, 1978.

---. *Reflections on Exile and Other Essays*. Harvard University Press, 2002.

Sandercock, Leonie.*Towards Cosmopolis: Planning for Multicultural Cities*. New York: Academy Press,1997.

Santos, Bienvenido N. *What the Hell for You Left Your Heart in San Francisco*. Quezon City, Philippines: New Day Publishers, 1987.

Sassen, Saskia. *The Global City: New York, London, Tokyo*. Princeton, NJ: Prince University Press, 1991.

---. "Analytic Borderlands: Race, Gender, and Representation in the New City." *Representing the City: Ethnicity, Capital, and Culture in the Twenty-Fist-Century*. Ed. Anthony D. King. New York: New York UP, 1996.183-202.

---. "Reading the City in a Global Digital Age: Between Topographic Representation and

Spatialized Power Projects." *Global Cities: Cinema, Architecture, and Urbanism in a Digital Age*. Eds. Linda Krause and Patrice Petro. New Brunswick, NJ: Rutgers University Press, 2003. 15-30.

Sawtelle, Mary Priscilla. "The Foul, Contagious Diseases: A Phase of the Chinese Question: How the Chinese Women Are Infusing a Poison into the Anglo-Saxon Blood." *Medico-Literary Journal* 1.3 (1878): 1-8.

Seshachari, N. C. "An Interview with Maxine Hong Kingston." *Culture Studies* 12.1 (Winter 1995):7-26.

Scheper, Jeanne. "The New Negro Flâneuse in Nella Larsen's *Quicksand*." *African American Review* 42.3 (2008): 679-95.

Schwarzmantel, John. *The Routledge Guidebook to Gramsci's Prison Notebooks*. New York: Routledge, 2015.

Shah, Nayan.*Contagious Divides: Epidemics and Race in San Francisco's Chinatown*. New York: University of California Press, 2001.

Shields, Rob. *Places on the Margin: Alternative Geographies of Modernity*. London and New York: Routledge, 1991.

---. "Fancy Footwork: Walter Benjamin's Notes on Flânerie." *The Flâneur*. Ed. Keith Tester. *New York*: Routledge, 1994.61-80.

Skutnabb-Kangas T. and Cummins, J. Eds. *Minority Education: From Shame to Struggle*. Avon: Multilingual Matters,1988.

Soja, Edward W.. *Thirdspace:Journeys to Los Angeles and Other Real-and-Imagined Places*. Malden, MA: Blackwell, 1996

---. "Los Angeles 1965-1992: From Crisis-Generated Restructuring to Restructuring-Generated Crisis." *The City*. Eds. Alan J. Scott and Edward W. Soja. Berkeley: University of California Press, 1996. 426-62.

---. *Postmetropolis: Critical Studies of Cities and Regions*. Oxford and Malden, MA: Blackwell, 2000.

---. *Seeking Spatial Justice*. University Of Minnesota Press , 2010.

Sontag, Susan.*On Photography*. London: Penguin, 2002.

Spivak, Gayatri Chakravorty.*In Other Worlds: Essays in Cultural Politics*. New York: Rouletdge, 1987.

---. "Cultural Talks in the Hot Peace: Revisiting the Global Village." *Cosmopolitics: Thinking and Feeling Beyond the Nation*. Ed. Pheng Cheah and Bruce Robbins. Minneapolis: University of Minnesota Press, 1998:329-48.

Stewart, Jacqueline. "Negroes Laughing at Themselves? Black Spectatorship and the Performance of Urban Modernity." *Critical Inquiry* 29.4(2003): 650-77.

Szmańko, Klara. "Oppressive Faces of Whiteness in Walter Mosley's Devil in *Blue Dress*." *Text Matters: A Journal of Literature, Theory and Culture* 8(2018): 258-77.

Tanner, J. T. F. "Walt Whitman's Presence in Maxine Hong Kingston's *Tripmaster Monkey: His Fake Book*." *MELUS* 20.4 (1995): 61-74.

Tester, Keith. ed. *The Flâneur*. London: Routledge, 1994.

Tucker, Lindsey. "Walking the Red Road: Mobility, Maternity and Native American Myth in Alice Walker's *Meridian*." *Women's Studies* 19:1(1991):1-17.

Turner, Frederick Jackson. "The Significance of Frontier of American History". *The Significance of Frontier in American History*. Ed. Harold Simonson. New York: Fedrick Ungar, 1963.1-38.

Vergara, Benito M., Jr. *Pinoy Capital: The Filipino Nation in Daly City*. Philadelphia: Temple University Press, 2009.

Walkowitz, Judith. "City of Dreadful Delight: Narratives of Sexual Danger in Late-Victorian London." *The Blackwell City Reader*. Eds. Gary Bridge and Sophie Watson. Oxford, UK: Blackwell, 2002.410-18.

Walter, Allen. *The Urgent West: The American Dream and Modern Man*. New York: E.P. Dutton, 1969.

Wang, Jennie. "Tripmaster Monkey: Kingston's Postmodern Representation of a New China Man." *MELUS* 20.1(1995):101-14.

Ward, Graham. *The Certeau Reader*. London: Blackwell, 2000.

White, Edmund. *The Flâneur: A Stroll through the Paradoxes of Paris*. New York: Bloomsbury, 2011.

Wilson, Elizabeth. *The Sphinx in the City: Urban Life, the Control of Disorder, and Women*. New York: University of California Press, 1991.

---. *The Contradictions of Culture: Cities, Culture and Women*. London: Sage, 2001.

Wirth-Nesher, Hana. *City Codes: Reading the Urban Novel*. Cambridge: Cambridge University Press, 1982.

Wong, Sau-Ling Cynthia. *Reading Asian American Literature: From Necessity to Extravagance*. New Jersey: Princeton University Press, 1993.

---. "Ethnic Subject, Ethnic Sign, and the Difficulty of Rehabilitative Representation: Chinatown in Some Works of Chinese American Fiction". *The Yearbook of English Studies* 24.1 (1994):251-62.

---. "Denationalization Reconsidered: Asian American Cultural Criticism at a Theoretical Crossroads." *Postcolonial Theory and the United States: Race, Ethnicity, and Literature*. Eds. Amritjit Singh and Peter Schmidt. New York: University Press of Mississippi, 2000.122-50.

Yamashita，Karen Tei.*Tropic of Orange*. Minneapolis：Coffee House Press，1997.

Yoonjeong Kim. "Flâneur and Flânerie in Harlem：Toni Morrison's Jazz." 6th May 2020.

https://www.researchgate.net/publication/332258511_Flaneur_and_Flan erie_in_Harlem_Toni_Morrison's_Jazz

阿尔都塞(Louis Pierre Althusser)：意识形态与意识形态国家机器.马列主义研究资料(54辑).北京：人民出版社,1988.

艾布拉姆斯(Meyer Howard Abrams)：《文学术语词典》.第7版.吴松江等译.北京：北京大学出版社,2009.

本雅明(Walter Benjamin)：《本雅明文选》.陈永国，马海良编译.北京：中国社会科学出版社,1999.

波德莱尔(Charles Pierre Baudelaire)：《波德莱尔美学论文选》.郭宏安译.北京：人民文学出版社,1987.

陈永国：本雅明译波德莱尔译坡：思想在文学翻译中的旅行.《外国文学研究》,1(2010)：141-51.

德·塞托(Michael De Certeau)：城中漫步.苏鄻译.《城市文化读本》.汪民安、陈永国等编.北京：北京大学出版社,2008.

胡俊：《后现代政治写作》.北京：中国社会科学出版社,2015.

李贵苍,冯洁：存在与荒诞：《骨》中唐人街的时空政治与华裔的主体建构.《外国文学研究》,41.3(2009)：105-10.

廖炳惠：《文化理论关键词200》.南京：江苏教育出版社,2006.

列斐伏尔(Henry Lefebvre)：空间：社会产物与使用价值.《现代性与空间的生产》.包亚明主编.上海：上海教育出版社，2003：47-58.

---.《空间与政治》.李春译.上海：上海人民出版社,2015.

刘士林：都市与都市文化的界定及其人文研究路向.《江海学刊》,1(2007)：16-24.

梅洛-庞蒂(Maurice Merleau-Ponty)：《直觉现象学》.姜智辉译.北京：商务印书馆,2001.

芒福德(Lewis Mumford)：《城市发展史：起源、演变和前景》.宋俊岭，倪文彦译.北京：中国建筑工业出版社,2005.

蒲若茜：华裔美国小说中的"唐人街"叙事.《深圳大学学报(人文社会科学版)》,23.1(2006)：48-53.

索亚(Edward W. Soja)：《第三空间——去往洛杉矶和其他真实和想象地方的旅程》.陆扬译.上海：上海教育出版社,2005.

---.《后大都市》.李钧等译.上海：上海教育出版社,2006.

---. 以空间书写城市.强乃社译.《苏州大学学报》,1(2012)：21-28.

汪民安：《文化研究关键词》.南京：江苏人民出版社,2007.

---.《现代性》.南京：南京大学出版社,2012.

吴冰：《亚裔美国文学导读》.北京：外语教与研究出版社,2012.

肖特(John Short):《城市秩序》.郑娟,梁捷译.上海:上海人民出版社,2011.

谢纳:《空间生产与文化表征:空间转向视阈中的文学研究》.北京:中国人民大学出版社,
2010.

袁荃:《唐人街叙事与华裔美国人的文化身份—赵健秀、伍慧明与陈耀光研究》[博士学位
论文].北京:北京语言大学,2015.

张琴:另类空间视阈中的唐人街——论伍慧明小说《骨》中的异托邦呈现.《外国语文研究》,
2.1(2016):39-44.

张笑夷:《列菲伏尔空间批判理论研究》.北京:社会科学文献出版社,2014.

郑晓风:《唐人街:美国华裔作家的中国文化情结》.[硕士学位论文]南宁:广西师范大学,
2006.